그녀의 나무 **펭귄리**

그녀의 나무 **펭귄리**

한 수 영 소 설

민음사

차 례

나비

우리 엄마 머릿속에는 나비가 산다. 작고 검은 나비다. 나비는 내가 엄마 뱃속에 들어오기 전부터 살고 있었다. 그 나비는 지금도 조금씩 자라고 있다. 그래서 나는 늘 불안하다.

오늘도 나는 하루 종일 꽃 그림을 그린다. 사회 시간에도 국어 시간에도, 다른 아이들이 피아노 학원에 가고 숙제를 하는 동안에도. 엄마 머릿속의 나비를 불러낼 수 있는 방법은 그것밖에 없을 것 같다. 그림을 그리면서도 나는 끊임없이 생각한다. 엄마를 내 곁에 붙들어 둘 수 있는 방법은 없을까.

이사 온 지 한 달이 되어가지만 아직도 방 한쪽에는 이삿짐을 담은 상자가 그대로 쌓여 있다. 이곳저곳으로 집을 옮기는 엄마와 나는 지금 당장 필요한 것이 아니라면 이삿짐을 풀지 않는다. 어느 때에는 상자 속의 물건들이 다시 이사 간 집에서야 정리되기도 한다. 맨 아래쪽에 있는 상자는 몇 번의 이사 끝에 뭉개지고 너덜너덜해져 있다. 아빠의 물건이 들어 있는 상자다. 하나뿐인 방이 좁고 불편해도 엄마는 오래전에 죽은 아빠의 옷상자를 버리지 못한다. 그 상자 속에는 엄마의 머릿속을 찍은 엑스레이 필름도 들어 있다. 검은 나비가 찍힌 필름. 나는 가끔 엄마 몰래 상자 속의 필름을 꺼내어 본다.

이번에 이사 올 때는 짐이 하나 더 늘었다. 엄마는 그 짐을 버리고 갈까, 잠깐 고민을 하기도 했다. 바로 외할머니다. 외할머니는 두 달 전쯤 우리 집에 왔다. 외삼촌이 업고 온 할머니를 짐 부리듯 내려놓았을 때 엄마는 아무 말도 하지 않았다. 외삼촌 손에 들린 할머니의 보따리만 바라보았다.

요 모양 요 꼴로 살라고 에미 버리고 동생 놔두고 도망쳤냐, 이년아. 이 독사 같은 년아.

십오 년 만에 만난 딸에게 외할머니가 처음 한 말이었다. 아빠가 돌아가셨을 때도 외할머니는 오지 않았고 내가 태어났을 때도 마찬가지였다. 독사 같은 년. 그 말을 듣는 순간, 엄마는 갑자기 왼발을 싸쥐며 주저앉았다. 오랫동안 아무렇지도 않았던 엄마의 왼쪽 발등이 다시 시큰거리기 시작한 것이다. 엄마 나이 아홉 살이었을 때 외할머니가 엄마의 발등을 돌로 찍으며 말했다고 한다. 독사 같은 년. 포플러나무의 시커먼 그림자 아래로 덤불이 무섭게 뻗어나가던 여름 저녁, 신작로에서였다. 외할머니는 도둑질하다 들켜서 밤도망을 놓는 중이라고 했다. 외할머니를 따라가겠다며 외삼촌은 그악스럽게 울어댔고, 그 곁에서 눈물 한 방울 흘리지 않고 서 있는 엄마가 미워서였을까. 외할머니는 엄마의 발등을 내리찍었다. 그 뒤로도 외할머니의 도둑질은 끊이지 않았고 매번 동네가 잠잠해질 때까지 외삼촌만 데리고 도망을 갔다.

한데 왜 그랬을까. 늬 외할머니와 삼촌이 신작로 너머로 사라진 뒤에야 눈물이 나더라. 발등이 아파서인지, 술 취한 외할아버지가 있는 집으로 혼자 돌아갈 일이 무서워서 그랬는지. 나도 데려가, 나도 데려가 하는 말은 입 안에서만 맴을 돌고. 한번은 늬 외할머니가 동네 어른들 손에 끌려 조리돌림을 당한 적이 있었어. 그날도 외할아버지는 술에 취해 무슨 일이 일어난지도 모르고. 늬 외삼촌이랑 나는 탱자나무 울타리 뒤에서 얼마나 떨었는지 몰라. 탱자나무 가시에 온몸을 찔린 것처럼 며칠을 앓았으니까. 그래도 늬 외할머니가 나만 신작로에 두고 갔을 때처럼 무섭지는 않았어.

언젠가 잔뜩 취한 엄마는 다 큰 딸에게 하는 것처럼 내게 말한 적이 있다. 지금도 엄마의 나쁜 꿈에는 늘 포플러의 시커먼 그림자와 희부윰한 신작로가 나타난다.

"나 죽는 꼴 보고 싶지 않으면 저 늙은이 얼른 데려가."

한참 동안 할머니의 보따리만 바라보고 있던 엄마가 삼촌에게 말했다. 하지만 삼촌의 대답보다 먼저 나온 것은 할머니의 욕이었다.

"이런 쳐 죽일 년!"

할머니의 성한 한쪽 손이 어느새 엄마의 머리채를 움켜쥐고 있었다.

외할머니는 우리 집에 그렇게 왔다. 당뇨병 때문에 몸은 누렇게 떠 있었고 참빗이며 비녀며 남의 집 헛간에 걸어둔 마늘까지 훔치던 날랜 손은 자기 옷에 달린 단추 하나 맞추지 못하게 비틀어져 있었다. 며칠 후에 외삼촌이 다녀가기는 했지만 외할머니를 보러 온 것이 아니라 돈 때문이었다. 그날도 역시나 삼촌은 꼭 코 푼 휴지 같은 모습으로 왔다. 삼촌이 그런 모습으로 나타나는 날은 엄마에게 돈을 뜯어가는 날이다. 외삼촌은 신기하게 멀리서도 엄마에게 있는 돈 냄새를 맡았다. 엄마는 전세금을 올려주기 위해 모아놓은 돈과 집주인에게 얼마간 돈을 빌려서까지 삼촌에게 주었다. 다음 달 말일께 갚을게. 그때는 꼭 돼. 삼촌은 늘 그렇게 말한다. 하지만 엄마는 그 말을 믿지 않는다. 삼촌이 이번에는 좀 더 멀리, 좀 더 오랫동안 사라져주기만 바랄 뿐이다. 결국 전세금을 올려주지 못한 엄마는 개똥이 더 많은 동네로 이사한다. 개똥 같은 집으로 개똥 같은 외할머니와 나를 데리고.

외할머니는 조금 전부터 사탕 하나만 달라고 조르고 있다. 나는 들은 척도 하지 않는다. 할머니는 몇 번 더 조르다가 욕을 할 것이다. 입에 늘 먹을 것을 달고 사는 할머니는 입 안의 것이 목구멍으로 넘어가자마자 또 조른다. 할머니 입속에 들어 있는 것은 본드로 몇 번 땜질한 틀니와 과자 부스러기와 욕밖에 없다. 그것이 할머니의 전부다. 비녀 바깥으로 빠져나온 머리카락은 아무렇게나 헝클어져 있다. 오랫동안 염색을 하지 않아 머리카락은 귀를 경계로 검정과 흰색이 반반이다. 언뜻 보면 귀까지 내려오는 흰 모자를 눌러쓴 것처럼 보이기도 한다. 머리카락 사이로 눈곱이며 흘러나온 침 자국도 보인다. 나는 고개를 돌려 버린다. 방 귀퉁이에 있는 네모난 깡통이 눈에 들어온다. 일회용 주사기가 들어 있는 깡통이다. 나는 아침마다 할머니 허벅지나 엉덩이에 인슐린 주사를 놓아야 한다. 가느다란 주삿바늘이 할머니의 살을 뚫고 들어가는 순간, 내 몸에 소름이 돋는다. 할머니의 버캐가 낀 요강을 비우는 것보다 그 일이 더 싫다. 엄마와 외할머니 사이가 조금만 좋았다면 내가 맡지 않아도 될 일이다. 하지만 어쩔 수 없다. 엄마가 외할머니를 미워하는 건 너무도 당연하다. 만약 엄마가 외할머니를 미워하지 않았다면 나라도 외할머니를 미워했을 것이다.

"육시랄 년."

할머니 입에서 욕이 쏟아지기 시작한다. 순식간에 엄마와 나는 모가지가 비틀어지고 눈알이 빠지고 가랑이가 찢어진다. 어쩔 수 없다. 엄마가 욕먹는 것을 참을 수 없어 나는 부엌 찬장에 숨겨 둔 막대 사탕 하나를 꺼내 온다. 학교 앞 문방구에서 뽑기로 뽑은 사탕이다. 엄마에게 금색 실반지를 뽑아다 주고 싶었지만 재수 없게 막대 사탕이 나와 버렸다. 나는 사탕을 좋아하지 않는다. 막대 사탕을 입에 물고 다니는 철없는 짓은 하지 않는다. 연탄불 갈 시간을 챙겨야 하고 할머니 요강에 낀 버캐를 없애야 하고 엄마 머릿속의 나비를 불러낼 방법을 궁리해야 한다. 그러느라 구구단 외울 시간을 놓쳐 버렸다. 4학년이나 된 내가 구구단을 외우지 못한다는 사실을 우리 엄마만 빼고 알 만한 사람은 다 안다. 나는 구구단을 외워야 할 시간에도 엄마 생각만 한다.

새로 이사 온 동네는 그전 동네와 많이 다르지 않다. 달라진 것이 있다면 개똥이 좀 더 많아진 것뿐이다. 우리 집은 늘 산 언저리에 있었다. 처음에 살던 집은 시내버스가 다니는 길에서 멀지 않았고, 그 다음 집은 간신히 마을버스가 닿는 곳에, 지금 살고 있는 집에서는 한참을 내려가야 마을버스를 탈 수 있다. 우리 집은 이사할 때마다 조금씩 산 위로 기어오르고 있다. 이러다가 언젠가 우리 집은 산꼭대기에 자리 잡을지도 모른다. 텔레비전에서 본, 눈보라를 뚫고 캠프를 옮겨 가며 산을 오르는 히말라야 등반대의 모습이 떠오른다. 그 아저씨들은 산 정상에 깃발을 꽂고 감격스러워하지만 우리는 꽂을 것이 아무것도 없다. 그러면서도 우리는 일 년에 한 번 꼴로 캠프를 옮긴다. 우리의 잦은 이사가 엄마의 머릿속에 든 나비 때문인지 외삼촌이 엄마에게 뜯어가는 돈 때문인지 잘 모르겠다. 아무튼 우리의 새집은 늘 먼저 집보다 높고 개똥이 많은 골목 어디쯤에 있다.

겨울방학이 가까워진다. 오늘도 나는 개똥이 많은 골목을 지나 학교로 간다. 땅바닥을 안 보고 싶지만 그러다가 언제 개똥을 밟을지 모른다. 어쩔 수 없이 나는 골목 안의 개똥 하나하나를 다 살피며 가야 한다. 외할머니에게 주사를 놓을 때마다 바늘 자국이 없는 곳을 고르기 위해 할머니의 몸 여기저기를 살펴야 하는 것처럼 기분 나쁜 일이다. 골목길을 빠져나와서야 크게 숨을 쉬고 나는 언덕 아래로 구르듯이 뛰어간다. 목에 매단 열쇠가 딸랑거리며 소리를 낸다. 지난번에 살던 집에서는 열쇠를 잃어버려 밤늦게까지 밖에서 엄마를 기다린 적이 있었다. 그 뒤로 엄마는 줄에 열쇠를 매달아 내 목에 걸어주었다. 이제는 열쇠를 잃어버려 집에 못 들어가는 일은 없다. 그일로 엄마가 우는 일도 없을 것이다.

내가 밤늦게까지 문밖에서 엄마를 기다리던 날, 엄마는 엄청 울었다. 나를 안고 운 것이 아니라 소주병을 붙들고 울었다. 엄마 입으로 들어간 소주는 모두 눈물이 되어 나왔다. 김정호 아저씨랑 함께 울었다. 엄마는 술을 마실 때면 늘 김정호 아저씨의 노래를 듣는다. 엄마 나이 열여덟이던 해 가을에 죽은 그 가수를 엄마는 아직도 잊지 못한다.

음 생각을 말아요. 지나간 일들을. 음 그리워 말아요. 떠나갈 임인데. 음. 어디로 갔을까. 길 잃은 나그네는. 음. 어디로 갈까요. 임 찾는 하얀 나비.

엄마는 물처럼 술을 마셨다. 엄마 한 잔, 김정호 아저씨 한 잔, 엄마 또 한 잔, 하얀 나비 한 잔. 돌아누워 자는 척하며 나는 속으로 노래를 따라 불렀다. 그러다가 노래 때문인지 엄마의 눈물 때문인지 나도 눈물이 났다. 볼을 타고 흐른 눈물이 귓속으로 들어가 간지러웠다. 그래도 자꾸만 눈물이 났다.

우리 반에는 나처럼 열쇠를 목에 걸고 다니는 아이들이 몇 있다. 그전에 다니던 학교에서도 그랬고 이곳에서도 마찬가지다. 권총 모양의 열쇠를 목에 걸고 있는 아이의 집은 옥탑방이다. 엄마 아빠가 야근하는 날이면 바람에 새시 문이 덜컹거려 무섭기도 하지만 전철이 지나가는 것을 볼 수 있고 하늘을 올려다보기도 좋다. 저녁 무렵, 환하게 불을 밝힌 채 지나가는 전철을 볼 때마다 아이는 어디 먼 곳으로 가고 싶다는 생각을 한다. 꽃을 좋아하는 아이의 엄마는 옥상 가장자리마다 주워 온 스티로폼 상자를 놓고 그곳에 씨를 뿌린다. 과꽃이랑 채송화, 맨드라미가 피고 진다. 잦은 야근으로 아이의 엄마는 꽃을 보지 못한 날이 더 많다. 일 년에 한 번씩은 구청에서 단속을 나오는 무허가 옥탑방. 단속이 시작되면 집주인은 벽을 깨고 옥탑방 옆에 있는 노란 물탱크를 방 안으로 들이민다. 아이네 식구는 며칠 동안 물탱크 옆에서 불편한 잠을 잔다. 구청에서 나온 공무원이 사진을 몇 장 찍고 간 후에야 물탱크는 밖으로 나온다.

골목 끝, 지하 작은 방에서 불빛 하나가 켜진다. 은색 열쇠를 목에 건 아이의 집이다. 창문이 땅바닥에 붙어 있어 멀리서 보면 불빛은 앉은뱅이꽃처럼 보인다. 집 안의 풍경도 꽃 속 같았으면. 하지만 지난여름 물에 잠겼던 집 안은 아직도 눅눅하다. 장판 밑에 깐 신문지는 늘 젖어 있고 한쪽 귀퉁이에서 피기 시작한 곰팡이가 온 방으로 번지고 있다. 아이의 마른기침이 멈추질 않는다. 아이의 얼굴은 아이의 목에 걸린 열쇠처럼 창백하다. 물에 젖은 장롱이랑 방문은 아귀가 맞지 않는다. 늘 푸석푸석한 아이 엄마의 얼굴처럼 방 안의 물건들은 조금씩 부풀어 있고 얼룩져 있다.

내가 아이들의 열쇠 구멍으로 한 번도 가보지 않은 그 아이의 집을 훤히 들여다볼 수 있는 것처럼 우리 반 담임 선생님에게도 그런 힘이 있다. 전학 오던 날, 나는 그것을 알아챘다. 선생님은 교실 문 앞에서 쭈뼛거리는 나를 발견하고 누굴 찾아왔니? 하고 물으셨다. 언니나 오빠에게 볼일이 있어 온 하급생으로 아셨던 것이다. 하기야 내 키는 4학년치고 너무 작은 키다. 나는 어디서든 너무 작아서 눈에 띈다.

"전학 왔는데요."

"전학?"

나는 엄마가 아침에 준 종이쪽지를 내밀었다. 전날 교무실에서 받은 종이에는 내가 지정받은 교실 호수와 담임 선생님의 이름이 적혀 있었다.

"그런데 너 혼자 왔니?"

나는 말없이 고개만 끄덕였다. 선생님의 눈길이 내 목에 걸려 있는 열쇠에 와서 꽂혔다. 선생님은 더 이상 묻지 않으셨다. 열쇠를 본 순간 선생님은 그 구멍 속으로 우리 집 방 안을 모두 들여다본 것이다. 방문 옆에 놓인 버캐 낀 요강도 보셨을까. 신체검사 날 손톱 밑의 새까만 때를 들켰을 때처럼 얼굴이 화끈 달아올랐다.

내 자리는 덩치가 큰 아이의 뒤쪽이다. 나는 아이의 뒤에 숨어서 하루하루를 보낸다. 전학 온 날을 빼고 선생님과 눈이 마주친 적은 한 번도 없다. 처음 며칠은 내 키 때문에 아이들의 호기심 어린 눈빛을 받지만 며칠 지나지 않아 나는 너무 작아서 그들 눈에 띄지 않는다. 나랑 친구가 되어줄 아이는 없다. 아이들에게는 모두 단짝이 있고 새 친구가 필요하지 않을 것이다. 나는 쉬는 시간에도 꽃만 그리고 앉아 있다. 이제 조금 있으면 겨울방학이 시작된다. 방학이 되면 나는 외롭지 않을 것이다.

아이들은 지금 크리스마스카드 만들기에 정신이 없다. 준비물을 챙겨오지 않은 나는 큰 아이 뒤에 숨어 머리만 긁고 있다. 언제부턴가 자꾸만 머릿속이 가렵기 시작했다. 나는 가만가만 손끝으로 머릿속을 더듬어본다. 빨간 색종이로 산타 할아버지 모양을 접던 아이가 자기 집 마루에 있는 크리스마스트리에 대해 이야기한다. 금색 빤짝이 풀을 손에 쥔 아이도 끼어든다. 나는 머리를 긁으면서 아이들의 집 마루에 세워진 크리스마스트리를 상상해 본다. 나뭇가지마다 눈처럼 얹힌 하얀 솜, 여러 색깔의 방울들과 금색 은색의 종. 산타클로스의 썰매가 그려진 빨간색 카드. 사실 나는 한 번도 크리스마스트리를 만들어보지 못했다. 그래도 나보다 더 큰 크리스마스트리를 가진 아이는 없을 거다. 밤늦게 엄마를 기다리며 언덕 아래를 내려다보면 도시 전체가 커다란 크리스마스트리가 된다. 빽빽한 붉은 십자가와 가로등, 간판의 불빛들. 밤마다 엄마는 크리스마스트리 숲을 지나 내게로 온다. 손님들이 남긴 술을 한 잔한 잔 마셔 비틀비틀한 걸음으로, 하얀 나비를 부르며. 엄마의하얀 나비는 겨울이 되어도 죽지 않는다.

점심때가 다 되어가지만 엄마는 아직도 자고 있다. 오늘은 둘째 주 일요일이다. 엄마가 일하러 다니는 식당은 둘째, 넷째 주에는 쉰다. 이렇게 엄마가 쉬는 일요일이 나는 좋다. 나는 조용조용 아침 설거지를 하고, 대문간에 있는 공동화장실에 할머니 요강을 비우고 연탄불을 간다. 할머니는 그 사이에 몇 번이나 니 에미 년 깨워라, 했지만 나는 그때마다 할머니에게 길게 눈을 흘긴다. 엄마는 잠잘 때 빼고는 집에 붙어 있질 못한다. 외할머니는 내 마음도 모르고 자꾸만 성화다. 마음에 드는 것은 아니지만 어쩔 수 없이 나는 또 그 방법을 쓰고 만다.

"할머니 엊저녁에도 사탕 먹은 것 엄마한테 말해 버린다."

할머니는 더 이상 아무 말도 하지 못한다. 할머니가 사탕 먹은 사실을 엄마가 알게 되면 그때는 나도 죽고 할머니도 죽는다. 보건소에서 할머니의 약을 탈 때마다 의사는 단 것은 절대 안 된다고 말했다. 왜 안 되는지 모르지만 의사가 안 된다고 한 건 엄마도 안 된다.

"육시랄 년!"

한마디 내뱉고 할머니는 잘 닫혀지지 않는 입을 이죽거린다. 외할머니는 언제부턴가 은근히 엄마를 무서워한다. 외할아버지를 닮은 엄마는 화가 나면 뭐든지 집어 던지기 때문이다. 외할머니는 자기가 엄마 같은 딸을 낳은 것은 전생에 지은 죄가 많아서라고 한다.

"너도 전생에 지은 죄가 많아 저런 에미 년을 만난 거여."

눈곱이 잔뜩 묻은 눈을 가늘게 뜨며 외할머니는 말한다. 외할머니의 비뚤어진 입에서 나온 말대로라면 엄마는 외할머니와 내가 전생에서 지은 죄 때문에 우리를 벌주러 온 사람이다. 그래도 나는 엄마가 좋다. 내게 와주어서 좋다. 엄마는 나에게 아주 커다란 선물이다. 가끔은, 엄마에게 나도 선물이 되는지 궁금하다.

　이젠 외할머니도 잠이 들었다. 나는 외할머니와 엄마 사이에 엎드린다. 엄마와 외할머니는 절대로 나란히 눕지 않는다. 두 사람은 잠이 들어도 사이가 좋지 않다. 외할머니의 벌어진 입에서 흘러나온 침이 베개에 스며든다. 외할머니의 얼굴은 잠잘 때도 비뚤어져 있다. 그런 외할머니의 얼굴을 오래 보고 있으면 자꾸만 내 얼굴도 비뚤어지는 것 같다. 내 입에서도 침이 흘러나오는 것 같아 나도 모르게 입을 훔치곤 한다. 나는 엄마 쪽으로 다가간다. 조심스럽게 엄마의 머릿속에 코를 묻고 엄마 냄새를 맡는다. 엄마의 머리에서는 숯불 냄새가 난다. 숯불 속에서 고깃점이 익어가고 마늘이 탄다. 갈빗집 주방에서 일하는 엄마한테서는 늘 매캐한 숯불 냄새가 난다. 그 냄새는 엄마의 머리카락과 손톱 밑 그리고 속옷에까지 배어 있다. 하루 종일 지글거리며 타는 고기 냄새를 맡다 보면 엄마는 미칠 것 같다고 했다. 하지만 머릿속에 나비를 키우는 사람을 받아주는 곳은 많지 않을 것이다.

나는 공책을 펼쳐든다. 엄마를 오래오래 재우고 싶기 때문이다. 나는 엄마를 잠들게 하는 방법을 알고 있다. 마음만 먹는다면 며칠이고 엄마를 재울 수도 있다. 엄마 곁에 엎드려 하루 종일 연필로 무엇인가를 쓰거나 그림을 그리면 된다. 엄마는 종이 위에서 연필이 내는 소리를 좋아한다. 사각사각. 엄마는 그 소리가 꼭 누에가 뽕잎을 갉아대는 소리 같다고 했다.

이상하게도 누에 키우는 철만 되면 늬 외할머니 손버릇이 사라졌어. 누에고치는 바로 돈이 됐으니까. 그러니 외할아버지랑 싸울 일도 없었지. 채반에서는 누에가 뽕잎을 먹고, 늬 외할머니는 또 연한 뽕잎을 따러 가고. 채반이 가득 찬 방에 누워 있으면 풀밭 위에 있는 것 같았어. 자꾸만 잠이 쏟아졌지.

내가 소리를 만들어내는 동안 엄마는 번데기처럼 오그리고 고른 숨을 내쉰다. 엄마의 잠 속에서 누에는 뽕잎을 갉아 먹고, 누렇게 살이 오르고, 입에서 실을 뽑아낸다. 흰 고치 속으로 몸을 숨긴 누에처럼 어쩌면 엄마도 어디론가 꼭꼭 숨어버리고 싶을지 모른다. 나는 엄마에게 누에고치처럼 희고 단단한 집을 지어주고 싶다. 외할머니나 외삼촌이 열려고 해도 절대로 열리지 않는 단단한 집을. 그림을 그리는 사이사이 나는 엄마 머리에 얼굴을 묻고 엄마 냄새를 맡는다.

'엄마', '외할머니', '삼촌' 그리고 '아빠'. 꽃을 그리고 난 여백에 글씨를 써나간다. 까만 글씨가 이제 막 알에서 깬 새끼 누에 같다. 엄마, 아빠, 외할머니, 삼촌. 나는 '외할머니'와 '삼촌'을 지우고 그 위에 내 이름을 크게 써넣는다. 그리고 낭미충. 나는 엄마의 머리에 가만히 귀를 가져다 댄다. 숯불 냄새 저편으로 무엇인가 사그락대는 소리가 나는 것도 같다. 나는 더 바짝 귀를 가져다 댄다.

어렸을 적, 엄마는 외할머니가 훔쳐온 돼지고기를 날로 먹은 적이 있다고 했다. 술 취한 외할아버지는 잠들었고 외할머니는 또 도둑질하러 나가고 없는 밤이었다. 엄마와 삼촌은 부엌 바닥에 쪼그리고 앉아 듬성듬성 털이 있는 생비곗살을 썰어 소금에 찍어 먹었다. 얼마만큼이나 먹었을까. 맞은편에 쪼그리고 앉아 먹던 외삼촌이 입술에 묻은 피를 쓰윽 닦을 때에야 엄마는 정신이 번쩍 들었다고 했다. 날비곗살 깊숙이 박혀 있던 기생충이 엄마의 핏줄 속으로 흘러들었다. 외할머니가 외삼촌만 데리고 신작로로 달아나고, 술만 마시면 무엇이든 던지는 외할아버지가 저수지에 자신의 몸을 던져버리고, 김정호가 죽고. 그러는 사이에 엄마 머릿속에 있는 기생충은 알을 낳기 시작했다. 알에서 머리와 꼬리가 생기고 그 속에서 다시 알이 슬고. 한살이를 마친 낭미충은 엄마 머릿속에 누에처럼 집을 짓고 죽는다. 엄마의 머릿속은 낭미충의 집이 되고 무덤이 된다.

벌써 공책이 다 되어간다. 새 공책을 꺼내려 일어서던 나는 텔레비전 위에 놓인 달력을 집어 든다. 달력을 앞쪽으로 넘겨 본다. 달력에는 드문드문 붉은 동그라미가 그려져 있다. 내가 표시해 둔 것이다. 마지막 동그라미는 두 달 전쯤에 표시되어 있다. 엄마 머릿속에 사는 검은 나비가 움직인 날이다. 갑자기 불안해진다. 불쑥 나타나 돈을 뜯어가는 외삼촌처럼 엄마 머릿속의 검은 나비도 언제 움직일지 모른다. 나는 얼른 새 공책을 꺼내 들고 꽃을 그리기 시작한다. 아무리 생각해 봐도 엄마 머릿속의 나비를 불러내는 방법은 그것밖에 없다. 나는 이 세상에서 가장 향기로운 꽃을 그리고 싶다. 긴 꿀주머니가 달린 꽃, 꽃대궁에 꿀이 가득 찬 꽃. 공책 가득 넓은 꽃잎을 그리고 암술 수술을 그려 넣는다. 마법사가 쉬지 않고 외우는 주문처럼 나는 쉬지 않고 꽃을 그린다. 어느새 공책은 향기 나는 꽃밭이 된다. 개똥 위에도 할머니 요강 속에도 꽃이 내려앉는다. 꽃밭은 넓은 정원이 되고 마을이 되고 온 세상이 된다. 그러다가 꽃향기에 취해서일까. 슬슬 졸리기 시작한다. 나는 공책을 엄마 머리맡에 활짝 펼쳐놓고 잠이 든다. 꿈속에서도 세상은 온통 꽃 천지다. 끝없이 펼쳐진 꽃길 사이로 엄마랑 내가 걸어가고 있다. 길도 꽃도 끝없이 이어진다. 그 꽃길 한가운데서 갑자기 엄마가 머리를 싸쥐며 쓰러진다. 엄마 머릿속에서 검은 나비 한 마리가 날아오른다. 나비가 팔랑거릴 때마다 검은 가루가 떨어져 내린다. 나는 뒤돌아본다. 엄마와 내가 걸어온

길이 지워지고 꽃이 사라진다. 엄마와 내가 검은 가루에 파묻힌다. 꿈이 사라진 자리에 외할머니의 머리 긁는 소리가 들어찬다. 외할머니는 상처가 날 정도로 머리를 긁어댄다. 손톱 밑으로 피 묻은 때가 낀다. 나도 잠이 든 채로 머리를 긁기 시작한다.

와! 눈이다. 한 아이가 외치는 소리에 교실 안은 눈 내리는 바깥보다 더 수선스러워진다. 몇몇은 자리에서 일어났고, 몇몇은 슬금슬금 선생님의 눈치를 보며 창가로 간다. 칠판에 우리나라 지도를 그리던 선생님도 그대로 멈추어서 창밖을 바라본다. 호랑이를 닮은 지도는 등줄기 중간쯤에서 멈추어졌다. 흰나비 떼처럼 몰려오는 눈이 땅 위에서 이리저리 흩어진다. 사실 나는 조금 전부터 알고 있었다. 공책 한 귀퉁이에 꽃을 그리다가 무심히 창밖을 내다보았을 때 눈이 내리고 있었다. 첫눈이었다. 순간 엄마 얼굴이 떠오르면서 눈물이 핑 돌았다. 엄마는 오늘도 어김없이 술을 마실 것이다. 지나가는 바람에 갈빗집 주방 창문이 덜컹거리기라도 하면 몇 번이고 창밖을 내다보면서.

엄마랑 같은 공장에 다니던 아빠가 엄마의 방 창문 아래에 서서 밤을 지새우고 했던 것은 김정호 아저씨가 죽던 그해 겨울이라고 했다. 창문을 두드려볼까, 망설이면서 아빠는 속절

없이 발밑의 그림자만 지우고 또 지웠다. 그런 밤이 이어졌다. 창문이 열리지 않아도 아빠는 엄마의 방 창문 아래에 서면 행복했다고 한다. 만약 그날 눈이 내리지 않았다면 아빠는 다른 날처럼 발밑의 그림자 위에 애먼 동그라미만 그리다 돌아갔을 것이다. 똑. 똑. 똑. 첫눈이 창문을 두드리게 했다. 하얀 나비를 김정호만큼 잘 부르던 사람. 공장 야유회 때마다 그 노래를 불러 가슴 젖게 만들던 남자가 푸지게 내리는 눈 속에 서 있었다. 누레진 옥양목 커튼 뒤에서 엄마의 가슴이 뛰었다.

첫눈 내리던 날 엄마에게 왔던 아빠는 커다란 삼나무에 깔려서 스물넷에 죽었다. 염색 공장에서 버는 돈으로는 엄마의 병을 고칠 수 없어 아빠는 아는 사람을 따라 벌목 일을 시작했다. 아빠한테서는 늘 나무 냄새랑 풀 냄새가 났다고 했다. 엄마는 그 냄새를 좋아했다. 엄마 몸에 송진 냄새며 풀 냄새를 묻혀 놓고 산으로 간 아빠는 그 냄새가 희미해질 즈음 돌아오곤 했다. 돌아온 아빠는 엄마의 젖무덤에 얼굴을 묻고 말했다. 커다란 나무가 쓰러지는 것을 보고 있으면 세상 전체가 쓰러지는 것 같아. 그래서 오래 할 일은 아닌 것 같아. 그렇게 말한 아빠는 엄마 몸속에 나무를 심듯 나를 심어놓고 간 뒤 죽어서 산을 내려왔다. 나는 아빠를 한 번도 본 적이 없지만 엄마가 부르는 노래를 듣고 있으면 아빠가 밟고 지나가는 수풀 소리며 톱밥 냄새가 나는 것 같기도 하다.

어느새 선생님은 우리나라 지도를 다 그리고 그 안에 산맥을 채워 넣고 있다. 마식령, 낭림, 마천령, 태백, 차령……. 산맥은 호랑이 몸속에 박힌 단단한 뼈처럼 보인다. 아이들은 이제 눈 따위는 잊어버리고 지도를 그리느라 정신이 없다. 나는 칠판에 그려진 지도를 한참 동안 바라본다. 벼락처럼 쓰러지는 나무에 아빠의 몸이 꺾인 산은 어디쯤일까. 눈 내리는 숲으로 들어가는 아빠의 뒷모습이 보이는 것 같기도 하다. 나는 공책에 지도 대신 그리지 못한 꽃을 마저 그리기 시작한다.

"선생님!"

내 짝꿍이 소리를 지른다. 지도에도 없는 산맥을 발견하기라도 한 듯한 목소리다. 선생님과 아이들의 눈이 일제히 내 짝꿍에게로 향한다.

"벌레예요. 선생님, 얘 머리에 벌레 있어요."

짝꿍은 손가락으로 나를 가리킨다. 내가 짝꿍의 이름을 알지 못하듯 짝꿍도 내 이름을 모른다. 잠깐 멈칫하던 선생님이 티슈 한 장을 뽑아 들고 내 쪽으로 다가온다. 머릿속이 아득해진다. 나는 꼼짝할 수가 없다. 선생님 손끝에서 흔들리는 티슈만 눈에 가득 들어온다.

"엄마가 많이 바쁘시니?"

화장지에 싼 이를 슬리퍼로 뭉개면서 선생님이 물으신다. 톡. 삼나무에 꺾인 아빠의 몸에서도 저런 소리가 났을까. 선생님은 내 목에 걸린 열쇠를 힐끗 쳐다보고는 뒤돌아선다. 이제 아이들은 내 작은 키 대신 머리에서 나온 이로만 나를 기억할 것이다. 투두둑, 공책에 그려진 꽃 위로 눈물이 떨어진다. 꽃잎이 진해진다.

눈은 여전히 내리고 있다. 다닥다닥 붙은 지붕 위에, 허물어진 담벼락에 그리고 골목길 여기저기 있는 개똥 위에도 내린다. 개똥을 보지 않고도 언덕길을 오를 수 있는 것이다. 하지만 나는 하나도 기쁘지 않다. 멀리 엄마와 나의 집이 보인다. 자꾸만 눈물이 나오려고 한다.

방문 앞에서 나는 습관처럼 숨을 죽이고 문에 귀를 댄다. 방 안에서는 아무 소리도 들리지 않는다. 오늘은 정말 할머니가 죽어 있을지도 모른다. 이 때문에 나빠진 기분이 조금 나아질 것 같다. 죽은 할머니가 다시 살아날까 봐 나는 가만가만 열쇠를 돌린다. 문틈 사이로 오줌 냄새며 아침에 차려놓고 간 반찬 냄새가 새어 나온다. 어쩌면 그 속에 할머니의 몸이 썩는 냄새가 섞여 있을지도 모른다. 나는 문을 열고도 나의 기대가 깨질까 봐 방 안을 보지 못한다. 고개를 숙인 채 문고리만 잡고 서 있다.

"문 닫아, 이년아. 바람 들어와."

할머니는 틀니에 들러붙은 껌을 떼느라 정신이 없다. 오른쪽 엄지발가락과 둘째 발가락 사이에 틀니를 끼고 성한 손 하나로 떼어낸다. 찬장에 숨겨 놓고 간 껌을 또 용케도 찾아냈다. 나는 어깨에 멘 가방을 내려놓을 생각도 하지 않고 할머니를 노려본다. 아침에 내가 빗겨 주고 간 머리는 다 헝클어져 있고, 비녀 대신 꽂혀 있던 플라스틱 젓가락은 방바닥에서 뒹굴고 있다. 할머니는 늘 도둑질을 했어도 늘 가난했다. 플라스틱 젓가락 때문에 잠깐, 할머니가 불쌍해지다가 헝클어진 머리카락을 보자 다시 미워진다. 엄마는 할머니의 머리카락을 자르고 싶어 했다. 이곳으로 이사를 와서도 엄마와 할머니는 몇 번인가 크게 싸웠는데 모두 할머니 머리 때문이었다. 혼자서 간수하지도 못할 머리는 길러서 뭐 해. 이제는 비녀 도둑질도 못할 텐데. 엄마가 악을 쓰듯 소리를 질러도 할머니는 막무가내였다. 차라리 내 모가지를 잘라라, 이 육시랄 년아.

껌을 떼는 사이사이에 할머니의 손은 머릿속이며 몸 여기저기를 긁어댄다. 내 몸도 여기저기 가려워지기 시작한다. 하지만 나는 꾹 참는다. 할머니와 똑같아지는 건 죽기보다 싫다. 할머니의 손이 틀니에 머무르는 동안 정수리 부근의 흰 머리카락 위로 까만 점 하나가 생겨난다. 그 점이 조금씩 움직인다. 순간 내 몸에 소름이 돋는다. 할머니의 더러운 피를 빨아먹고 통통해진 저 이는 밤이면 내 머릿속에 알을 슬 것이다. 엄마가 바쁘시니? 내 손에 잡힌 이처럼 새까만 선생님의 눈동자가 떠오른다. 나는 이를 방바닥에 놓고 손톱으로 꼭 누른다.

할머니가 오기 전에는 내 머리에 이 같은 건 없었다. 나는 으깨어진 이를 몇 번이고 짓이긴다.

밤이 되어도 눈은 좀처럼 그치지 않는다. 나는 엄마를 마중하기 위해 언덕 중간쯤에 서 있다. 아빠가 엄마에게로 왔던 그 밤에도 이런 눈이 내렸을까. 불빛이 번쩍이는 언덕 아래 동네는 흰 눈에 덮여서인지 조금은 순해 보인다. 언덕 아래쪽에서부터 노랫소리가 들려온다. 하얀 나비다. 나는 가풀막을 뛰어내려간다. 엄마는 눈길 위에서 자꾸만 미끄러지고 있다. 나는 엄마를 일으켜 세우고 엄마 옷에 묻은 눈을 털어낸다. 엄마 몸에서 숯불 냄새에 섞여 희미하게 송진이랑 톱밥 냄새가 나는 것 같기도 하다.

음 어디로 갈까요. 길 잃은 작은 새는. 음 어디로 갈까요. 임 찾는 작은 나비……. 할머니는 끙 소리를 내며 돌아누워 버린다. 집에 와서도 소주 한 병을 더 마신 엄마는 울다가 쓰러진다. 잠이 든 엄마는 꼭 빈 술병 같다. 나는 엄마의 올 풀린 스타킹을 벗기고 눈물에 얼룩진 싸구려 화장품을 지워낸다. 그리고 엄마 옆에 눕는다. 할머니의 머리 긁는 소리가 먼 곳, 수풀 위에 내리는 눈 소리처럼 들린다. 나는 잠이 든다. 밤새 누군가 창문을 두드리는 소리를 들은 것 같기도 하다.

가난했던 아빠와 엄마에게는 함께 찍은 사진이 한 장도 없다. 결혼식을 올리지 못해 결혼사진도 없다. 사진 비슷하게 남아 있는 거라곤 엄마의 머릿속을 찍은 **X-ray** 필름뿐이다. 나는 지금 그 필름을 보고 있다. 아빠가 나무를 자르고 받은 첫 월급으로 찍은 사진이다. 엄마를 난생 처음 병원이라는 곳에 데리고 간 사람은 아빠다. 의사는 엄마 머릿속의 검은 얼룩을 가리키며 낭미충의 흔적이라고 했다. 낭미충은 엄마의 머릿속을 석회처럼 굳어가게 만든다. 사진을 본 순간 엄마는 자신의 머릿속이 썩은 호두 속 같다는 생각이 들었다고 했다. 하지만 내겐 낭미충의 군락지가 검은 나비처럼 보인다. 한 번 날개를 펄럭일 때마다 엄마의 몸을 이상한 곳으로 데려가는 검은 나비. 나는 지금 삼 일째 학교에도 가지 않고 검은 나비만 보고 있다. 골목 한 귀퉁이에 숨어 있다가 나보다 늦게 출근하는 엄마가 언덕을 내려가면 나는 얼른 집으로 돌아와 문을 잠근다. 외할머니의 입은 사탕 몇 개로 충분히 막을 수 있다. 오늘도 내가 학교에 가지 않는 것을 숨겨 주기로 한 대신 나는 외할머니 손에 사탕을 쥐여준다. 인슐린 주사도 다른 날보다 조심스럽게 놓아준다. 외할머니와 나 사이에 비밀이 생겼다는 사실이 끔찍하게 싫지만 어쩔 수 없이 나와 외할머니는 공범이 되어버렸다.

  필름을 곁에 두고 나는 꽃을 그리기 시작한다. 엄마 머릿속에 든 나비보다 더 큰 꽃을 그리고 싶다. 하지만 머릿속을 긁느라 꽃송이는 더디게 완성된다. 할머니는 누워서 텔레비전을 보고 있다. 가요무대 재방송이다. 번쩍거리는 옷을 입은 여가수가 노래를 하고 있다.

"너그 년들은 좋겠다. 노래 부르고 돈 벌어먹고."

한쪽 손을 까닥거리며 장단을 맞추던 할머니가 말한다. 노랫소리 때문에 할머니와 나는 문밖의 발자국 소리를 듣지 못한다. 누군가가 세게 방문을 두드린다. 할머니의 비뚤어진 얼굴이 무섭게 지질린다.

엄마는 눈에 보이는 대로 물건을 던지기 시작한다. 버캐 낀 요강이 날아가고 치우지 못한 점심 밥상이 엎어진다. 할머니와 나는 방 한쪽에 오그려 붙어 떨고만 있다. X-ray 필름 위로 김치 국물이 튄다. 엄마는 왜 학교에 나가지 않았느냐고 악을 쓴다. 나는 이 때문이라고 울며 말한다. 선생님의 까만 눈동자까진 말하지 못한다.

"이?"

순간 엄마가 멈칫한다.

"니 머리에서 이가 나왔다고?"

나는 울음 끝에 걸린 사레 때문에 대답도 하지 못하고 고개만 끄덕인다.

"가위 가져와."

엄마의 목소리가 어두운 동굴에서 울려 나오는 소리처럼 낮게 깔린다. 엄마의 머릿속에 사는 나비가 펄럭일 징조다. 나비가 움직이기 전에 엄마는 소름이 돋도록 차고 낯선 사람이 된다.

"가위, 가위 가져와."

엄마가 울부짖는다. 이젠 어쩔 수 없다. 나비의 한쪽 날개가 움직이기 시작한다. 나는 부들부들 떨며 엄마의 손에 가위를 쥐여준다. 엄마에게 머리채를 잡힌 할머니는 머리를 세게 흔들며 버둥거린다. 가위는 할머니의 머리카락을 아무렇게나 잘라낸다. 뭉텅뭉텅 잘린 머리카락이 바닥으로 떨어진다. 엄마의 가위질이 점점 빨라지고 있다.

"이 쳐 죽일 년. 이 독사 같은 년."

할머니 입에서 새된 소리가 나온다. 엄마의 얼굴이 하얗게 질린다. 나비의 나머지 한쪽 날개도 펄럭이기 시작한 것이다. 물에 빠진 사람처럼 가위를 든 엄마의 손이 공중에서 허우적거린다. 가위가 엄마의 발등을 찍으며 떨어진다. 먼 곳에서 삼나무 쓰러지는 소리가 들려오는 것 같다. 엄마가 거품을 물며 쓰러진다. 경직된 엄마의 입은 녹슨 가위처럼 잘 벌려지지 않는다. 나는 간신히 벌린 엄마의 입에 수건을 밀어 넣는다. 엄마의 허옇게 뜬 눈 속으로 외할머니가 훔쳐온 핏물 밴 날고기가, 자꾸만 엄마를 밀어내던 흰 신작로가 스친다. 나는 무릎을 꿇고 내 뺨으로 엄마의 눈을 덮는다. 엄마는 지금 어둡고 긴 터널을 지나고 있는 중이다. 얼마만큼 건너왔을까. 삼나무숲에 내리는 어둠처럼 나비가 검은 날개를 접고 엄마의 머릿속에 내려앉는다. 엄마의 눈에서 뜨듯한 것이 새어 나온다. 터널을 빠져나온 엄마의 모습은 무척이나 피곤해 보인다.

밤이 온다. 머리카락이 잘린 할머니는 순한 아이 같다. 욕이라고는 한 번도 해보지 않은 얼굴을 한 채 엄마에게 머리를 맡기고 있다. 엄마는 할머니의 머리카락을 까맣게 염색해 나간다. 깨진 반찬 그릇이랑 요강 따위는 할머니의 아무렇게나 잘려진 머리카락과 함께 말끔히 치워졌다. 할머니는 김이 모락모락 나는 호빵과 딸기 웨하스 사이에서 잠깐 고민하다가 딸기 웨하스 하나를 먼저 집어 든다. 할머니가 딸기 웨하스를 깨물 때마다 할머니의 머리에서 염색약 냄새가 풍긴다. 까만 머리를 한 할머니가 조금은 낯설어 보인다.

전화벨이 울린다. 엄마가 일하는 식당에서 걸려온 전화다. 식당 주인은 엄마를 찾지만 나는 바꿔주지 않는다. 조금 있으면 식당은 바빠질 시간이다. 식당 주인 곁의 누군가가 전화기 너머에서 화난 목소리로 엄마를 욕한다. 나는 아무 말 없이 전화기를 내려놓는다. 이제 엄마는 다른 일을 찾아야 할 것이다.

염색을 마친 엄마는 나를 엄마의 무릎 위에 눕힌다. 엄마가 내 머릿속을 더듬기 시작한다. 사그락 사그락. 산을 넘는 아빠처럼 엄마의 손이 내 머리를 타고 넘는다. 내 머리에서 뽕잎을 갉아대는 누에 소리가 나고, 아빠가 밟고 지나가는 수풀 소리도 들린다. 톡. 톡. 이가 터진다. 나는 이제 꽃 그림을 그리지 않아도 될 것이다. 언제까지나 내 머리에서 이만 살아준다면, 그렇게만 된다면 엄마를 내 곁에 붙들어 둘 수 있을 것이다. 엄마는 내 머릿속을 더듬느라 검은 나비 따위는 까맣게 잊을 것이다.

이 한 마리가 바닥으로 떨어진다. 나는 얼른 엄마 몰래 그이를 감춘다. 그리고 내 머리 깊숙한 곳, 엄마의 손이 찾지 못할 깊고, 깊은 곳으로 밀어 넣는다. 알을 슬어라. 겨울이 되어도 죽지 않는 엄마의 하얀 나비처럼 영원히 죽지 않을 알을 슬어라.

먼 곳 삼나무숲을 지나 개똥 같은 골목에 다시 눈이 내린다.

벽

포스터에 인쇄된 비문의 탁본은 항공촬영한 도시의 형상을 띠고 있다. 간격을 맞춰 새긴 음각의 글씨는 구획정리가 잘된 도시의 집들이 되고, 글자 사이의 검은 선은 집들 사이로 난 반듯한 골목길이 된다. 중간 중간 글자가 파손되어 흰색으로 나타난 부분은 도시의 공터처럼 보인다. 한참 동안 탁본을 들여다보고 있으면 글자들 사이로 누군가 걸어오고, 자동차가 달리고, 축구공을 든 아이들이 공터로 몰려가고 있는 것 같다. 길의 어느 귀퉁이에서는 집 나온 개가 어슬렁거리기도 한다. 「잃어버린 땅, 고구려를 찾아서」라는 기획전시회가 열리고 있는 이 건물 곳곳에 포스터가 붙어 있다. 포스터에 찍힌 비문은 광개토대왕릉비 탁본 1, 2면이다.

나는 전시실 문에 붙어 있는 포스터를 들여다보다 건물 꼭

대기에 있는 옥외 휴게실로 향한다. 아직 아무도 출근하지 않았다. 한 학기 남은 대학원 수업을 미루고 이곳에서 아르바이트를 시작한 건 두 달 전부터다. 나를 포함한 아르바이트생 여섯이 검표, 가이드, 기획사 사무실에 둘씩 배치되어 있다. 홍보가 잘 안 된 탓인지 관람객은 많지 않다. 단체 관람만 아니면 별로 힘든 일은 없다. 전시실 안에는 여러 가지 유물과 벽화를 찍은 사진들, 고구려인의 생활사를 재현한 전시관이 있다. 장천 1호, 덕흥리, 안악 3호, 강서대묘는 전시실 한가운데에 자리 잡고 있다. 내가 맡은 일은 고구려 유물과 고분에 대해 설명해 주는 것이다.

휴게실 입구 자판기에서 뽑은 커피를 한 모금 마시며 난간으로 간다. 출근 전에 걸려온 누나의 전화 때문인가. 오늘따라 커피 맛이 쓰다. 7층 아래로 보이는 도시는 뿌연 안개 속에 가라앉아 있다. 안개에 갇힌 빌딩과 도로와 공원이 한 덩어리로 엉겨 있다. 도시는 이제 막 발굴되기 시작한 고대인의 유적지처럼 보인다. 커다란 핀셋으로 조심스레 안개 한 겹을 걷어내고 나면 오랫동안 묻혀 있던 도시가 모습을 드러낼 것 같다. 오른쪽으로 보이는 전철역 입구는 거대한 지하 고분으로 들어가는 문처럼 보인다.

전철역에서 조금 떨어진 이 건물의 입구에는 모조품이긴 하지만 커다란 비석이 하나 서 있다. 광개토대왕릉비다. 수천 톤의 시멘트를 쏟아 부어 만든 빌딩들 속에서 37톤의 그 장방형 비석은 잘못 굴러 들어온 돌덩이처럼 볼품없어 보인다. 나는 옆으로 몇 발짝 움직여 광개토대왕릉비의 정수리가 내려다보이는 지점에 가 선다. 비석의 크기가 제일 작아 보이는 지점이다. 빈 종이컵을 우그려뜨려 비석의 정수리를 겨냥한다. 오늘도 컵은 정수리를 맞추지 못하고 비석의 옆면 쪽으로 떨어지고 만다. 비신의 제3면, 광개토대왕의 무덤을 관리하는 묘지기 330호(戶)의 이름이 낱낱이 적혀 있는 면이다.

묘지기들이 다 모였다. 일을 시작하기 전 잠깐 갖는 아침 미팅 시간이다. 이곳에서 아르바이트를 하는 우리는 서로를 묘지기라 부른다. 하루 아홉 시간 동안 고분과 그 안에서 나온 부장품에 둘러싸여 있으니 틀린 말은 아니다. 꽃 같은 나이에 엿 같은 묘지기 신세라니. 검표를 맡고 있는 K는 툭하면 그렇게 내뱉었다. 따분해 미치겠다는 거였다. 사실 어두컴컴한 전시실 입구에 서서 어쩌다 들어오는 관람객의 입장권을 검사하는 일이 K에게는 어울리지 않는다. 그에게는 인라인 스케이트를 타고 다니며 놀이공원 안의 쓰레기통을 청소하거나, 경쾌한 음악에 몸을 흔들며 테이블로 음식을 나르는 일이 어울린다. 하지만 묘지석도 묵서명도 없는 무덤의 주인을 밝혀 내는 일만큼이나 일자리를 얻기 힘든 시절이다. 이 정도 보수의 아르바이트 자리는 흔치 않다.

오늘 회의 역시 특별한 건 없다. 처음 얼마 동안은 관람객 유치를 위해 여러 가지 기획안이 오가는 미팅 시간이었다. 실행되지는 않았지만 광개토대왕비 탁본을 뜨는 퍼포먼스를 해보자는 얘기가 거론된 적도 있다. 하지만 전시회가 막바지에 다다르면서 회의 시간은 그저 출근 상황을 확인하고 일정에 따른 몇 가지 보고와 당부하는 일로 채워진다. 오후 2시에 인근 남자 고등학교에서 오는 단체 관람은 내가 맡기로 한다. 이번 주는 계속 단체 관람이 잡혀 있어 나와 H, 둘 다 목 상태가 좋지 않다. 그래도 어쩔 수 없다.

전시회 초기에 관람객이 한꺼번에 몰렸던 날, 가이드가 모자라 어쩔 수 없이 K까지 동원된 적이 있다. 개관 전에 모든 아르바이트생이 전시회 고문 교수에게 교육을 받았고 몇 권의 고구려 관련 서적을 읽고 토론회도 가졌었다. 현장학습 숙제 때문에 찾아온 중학생들의 안내를 K에게 맡긴 것이 무리는 아니었다. 하지만 K의 설명은 아찔할 정도였다. 전시실의 모든 유물과 고분벽화 속의 인물들이 얘, 아니면 쟤로 통했다. 얘는 고구려 사람들의 시신에서 나오는 뼈를 모아두는 항아리, 쟤는 해 속에서 불을 먹으며 산다고 하는 삼족오, 잘 보세요. 다리가 셋이죠? 얘는 이 무덤의 주인으로 여겨지는 사람이고, 쟤는 이 사람 부인. 쟤는 수문장, 앤 고구려 초기의 철

불. 그 일이 있고 난 뒤로는 관람객이 한꺼번에 몰려와도 어떻게든 나와 H가 맡아서 한다.

유종의 미를 강조하는 팀장의 당부를 마지막으로 미팅 시간이 끝난다. 팀장이 전시실 열쇠를 들고 일어선다. 나는 팀장을 따라 일어선다. 전시실 문이 열리면 먼저 그 안의 유물과 무덤 속을 살피는 일이 내 일과의 시작이다. 나는 유물 전시관보다 무덤 속에서 오래 머무른다. 언제부턴가 무덤의 구조에 마음이 끌리기 시작했다.

팀장이 꽂은 열쇠가 돌아가고 문이 열린다. 전시실 안에 갇혀 있던 공기가 살짝 흔들린다. 순간, 나는 숨을 멈춘다. 전시실 안에 고여 있던 어둠 속에서 얼핏 아버지의 그림자를 본 것만 같다.

겁 많은 노인네. 어디로든 숨고 싶겠지. 이젠 누나가 일하는 병원으로 숨어들겠다는 건가.

아버지가 다시 각혈을 했고 오늘 오후로 진료 예약이 되어 있다고 전하는 누나에게 집도 함께 올까? 설마 집 뒤의 대밭까지 끌고 오시는 건 아니겠지? 했다. 언제부턴가 아버지의 집 뒤에 머물러 있던 대밭은 점점 영역을 넓혀 집 둘레를 친친 에워싸기 시작했다. 재위 기간 동안 자신의 무덤을 미리 만들어놓은 고대의 왕들처럼, 아버지도 자신의 무덤을 만든다면 무덤 벽에까지 시퍼런 대나무를 그려 넣을 것이다. 그리고 그

대밭 속에 폭 들어앉은 집 한 채를 그려 넣겠지. 아버지의 집을 둘러싼 대나무는 아버지의 집을 지키는 죽창인 셈이다.

스위치 안 올려? 팀장이 내 어깨를 툭 치며 말한다.

누나에게서 전화가 왔다고 K가 전해 준 건 강서대묘 앞에 다다랐을 때다. 급한 일이니 꼭 전화해 달래요. K가 귀에 대고 말했다. 내 휴대폰이 꺼져 있어 사무실로 전화가 온 모양이다. 아버지가 도착했다는 내용일 것이다. 용건을 마친 K는 내 귀에 한마디 더 밀어 넣는다. 형, 우리 오늘 커플링 맞추러 갈 거다. 흐흐흐, 부럽쥐이? 녀석이 내게 눈을 찡긋해 보이고 돌아간다. K와 H는 얼마 전 커플임을 선언했다. H를 감동시킬 오늘의 이벤트는 커플링인 모양이다. 녀석은 매일 H를 위한 이벤트를 마련하기 위해 골머리를 앓는 중이다.

강서대묘 안으로 들어선다. 백 명 남짓하던 학생들은 중간에 뿔뿔이 흩어지고 떨어져 나갔다. 죽음과는 거리가 먼 시퍼런 아이들이 천년도 넘은 저쪽의 철제 갑옷과 벽화와 무덤의 구조에 관심을 가질 이유가 없었다. 아이들은 끊임없이 떠들어대고 휴대폰을 눌러대고 만화책을 넘겼다. 살아남아 무덤 안까지 들어온 사람은 학생 둘과, 인솔 교사 한 사람, 나 그렇게 겨우 넷이다. 무덤 안은 넓고 서늘하다. 널방으로 들어간 교사의 입에서 탄성이 터져 나온다.

와, 말로만 들었지 이렇게 직접 보는 건 처음입니다.

관람객에게서 어느 정도 반응이 나오면 가이드는 힘이 솟게 마련이다. 두 아이도 고개를 끄덕이며 교사 양옆에 가 선다.

1906년 강서군수 일행이 발견한 이 무덤은 잘 다듬은 화강암 판석으로 축조되었습니다. 청룡, 백호, 주작, 현무를 주제로 한 사신도가 이 무덤의 가장 큰 특징인데요, 돌벽 위에 직접 벽화를 그렸기 때문에 보존 상태가 양호한 편입니다. 안료가 돌 입자 사이로 고스란히 스며들었기 때문이죠.

나는 교사와 학생 둘의 얼굴을 번갈아 보며 설명한다. 교사가 북쪽 벽으로 다가간다. 현무다. 학생 중 하나는 공책에 무언가를 쓰고 있다.

현무는 뱀과 거북이 어우러져 한 몸이 된 짐승입니다. 이들이 보여주는 자웅합체, 음양교합의 자세는 종교적으로 재생을 뜻하는데…….

무언가를 쓰던 학생이 인솔 교사의 눈을 피해 재빨리 내게 공책을 펼쳐 보인다. 빨리 끝내, 씹새야! 나와 눈이 마주친 녀석은 종이를 소리 나지 않게 찢어 구기더니 바지 주머니에 쑤셔 넣는다. 온몸에서 힘이 쭉 빠진다. 어느새 녀석은 교사 옆으로 가 아무렇지도 않은 얼굴로 설명을 받아 적고 있다.

단체 관람을 온 학생들이 모두 빠져나간 것을 확인한 뒤 나는 휴게실로 간다. 근무 교대 시간인지 누나는 한참 만에 전화를 받는다. 학생들은 광개토대왕릉비 앞에 모여 있다. 단체 사진을 찍는 중이다. 내게 공책을 펼쳐 보이던 녀석을 찾느라 누나의 말을 자주 놓친다. 교복 차림에 머리 모양까지 비슷한 무리 속에서 녀석을 찾을 수가 없다. 아버지 입원하셨어. 전화기 너머에서 누나가 말한다. 벽화 속의 누군가가 얘기하는 것처럼 누나의 목소리는 깊고 어둡게 가라앉아 있다. 사진 촬영을 마친 아이들이 전철역 쪽으로 몰려가고 있다. 왕의 주검을 지키기 위해 순장당하는 병졸 무리처럼 보인다. 병졸들은 별다른 저항 없이 투항하고 있다. 이번에는 꼭 다녀가라는 누나의 말끝에 물기가 묻어 있지만 나는 대답하지 않고 휴대폰을 닫는다. 지난번 아버지가 입원했을 때도 나는 찾아가지 않았다. 작년 가을, 어머니 기일에 아버지를 본 것이 마지막이다.

아버지에게는 이해 불가한 벽(癖)이 있다. 평생 빚을 안고 살아온 것과 끊임없이 집을 고치는 것. 빚은 아버지의 존재 증명 같은 것이다. 아버지는 고향에 많은 땅을 가지고 있고 서울에도 얼마간의 부동산이 있다. 내가 알기로는 누나한테서 건너간 돈만도 꽤 된다. 그런데도 여전히 빚을 지고 있다. 액수가 그리 큰 것 같지는 않다. 서너 달에 한 번씩 목을 타고 넘어오는 피 때문에 병원에 실려오는 걸 빼면 이자를 내기 위해 매달 말일마다 꼬박꼬박 은행에 들르는 것이 아버지의 유일한 외출이다. 이자를 내기 위해 일부러 빚을 남겨둔 것일지도 모른다는 생각까지 든다. 아버지의 마이너스 통장보다 더 이해 못할 일은 '집 고치기'다.

아버지는 지금까지 일곱 채의 집을 거쳐왔다. 고향의 첫 번째 집을 떠나온 뒤, 두 번째부터 집의 이동 동선은 우리 삼남매의 학적부 변동 상황과 궤를 같이했다. 집 근처에는 반드시 누나나 형, 아니면 내가 다니는 학교가 있었다. 네 번째 집까지는 그랬다.

네 번째 집은 마당 끝에 욕조만 한 연못이 있는 아담한 한옥이었다. 연못 속에 금붕어 몇 마리도 살았다. 골목을 빠져나와 제법 큰 다리 하나를 건너면 형이 다니는 학교가 있었다. 고등학교 2학년이 되면서 형의 잦은 가출이 이어졌다. 중학생이 된 나는 학교에서 돌아오면 어머니와 함께 형을 찾아 나서야 했다. 얘 닮은 애, 못 보셨어요? 여기 안 왔던가요? 나는 형과 많이 닮았다는 소리를 듣고 컸다. 형의 사진이 있는데도 어머니는 꼭 나를 데리고 학교 근처의 당구장이나 오락실 같은 데를 뒤지고 다녔다. 형을 찾지 못하고 돌아오는 저녁이면 허적허적 걷는 어머니를 따라 걷다, 그 항아리에 대해 불어버리고 싶었다.

항아리는 창고 제일 안쪽, 이런저런 잡동사니 더미 아래에 있었다. 형이 숨겨 둔 것이었다. 친구를 데리고 온 날이면 형

42

은 어김없이 식구들 몰래 창고에 들어갔다 나오곤 했다. 내가 엿보고 있다는 것을 형은 몰랐을 것이다. 창고 안에서 담배 연기 같은 것은 새어 나오지 않았다. 친구네 집에서 자고 들어오겠다는 형의 전화를 믿고 기다리다 삼 일째 되던 날, 아, 이런 것이 가출이구나 하고 뒤통수를 세게 얻어맞은 것처럼 어찔하던 날, 나는 식구들 몰래 창고로 들어갔다. 형에 대한 모든 비밀이 그 항아리 안에 담겨 있을 것 같았다. 형의 비밀을 내 눈으로 보고 나면 형의 편이 되어줄 수도 있을 것 같았다.

항아리는 잘 봉인되어 있었다. 뚜껑 아래에 다시 비닐을 덮어 고무줄로 단단하게 감아놓았다. 고무줄이 잘 풀리지 않아 이로 물어뜯었다. 기껏해야 술이나, 담배 아니면 발가벗은 여자들 사진 따위가 들어 있을 거라고 생각했다. 비닐을 걷어낸 나는 항아리처럼 입을 벌린 채 멍해져 버렸다. 시퍼렇게 빛을 내는 잎사귀들이 그 속에서 빳빳이 고개를 쳐들고 있었다. 당장이라도 그 잎사귀들이 뻗어 나와 나를 집어삼킬 것만 같았다. 나는 얼른 뚜껑을 덮고 미친 듯이 창고 안의 잡동사니를 끌어다가 그 위에 쌓아버렸다. 그 안의 것이 나오지 못하게, 뻗어 나와 형을 어디 먼 곳으로 데려가지 못하게. 형이 숨겨둔 건 대마였다.

형은 얼마 동안 자신의 항아리처럼 잘도 숨어 있다가 더벅머리와 긴 손톱을 한 채 붙잡혀 오곤 했다. 변두리 야간업소에서 나비넥타이를 맨 차림으로 잡혀 오기도 했고 서울로 가는 표를 쥐고 있다가 터미널에서 끌려온 적도 있다. 잡혀 온 형은 머리카락과 손톱을 순순히 아버지에게 맡겼다. 다른 방법이 없었다. 아버지는 힘이 셌다. 한 손으로 형의 어깨를 찍어 누른 채 아버지는 형의 머리를 밀었다. 바리캉이 지나갈 때마다 형의 흰 두피가 드러났다. 형은 울면서 간간이 소리 질렀다. 빨리 끝내 줘요오. 빨리 끝내 달라고요. 그러면서도 형은 문틈으로 엿보고 있던 나와 눈이 마주치면 씩 웃어 보이곤 했다. 머리카락이 잘린 형은 죽은 듯이 학교에 다녔다. 아버지는 어머니의 성화에 마당 끝 연못을 메웠다. 형의 가출이 그 연못 때문이라는 점괘 때문이었다. 연못을 없앴는데도 형은 다시 집을 나갔다. 항아리도 함께 사라졌다. 형의 마지막이자 영원한 가출이었다. 오토바이를 탄 채 형은 저수지 위로 날아버렸다. 우리는 다섯 번째 집으로 이사를 했다.

관람객이 뚝 끊겼다. K와 H는 이마를 맞대고 속닥거리고 있다. 전시회장 아르바이트의 경우 일을 재미있게 하는 방법은 전시물과 가까워지는 것밖에 없는 줄 알았다. 하지만 K와 H는 다른 방법도 있다는 걸 보여 주고 있다. 관람객이 없으면 둘은 비상구 계단이나 휴게실로 사라진다. 요즘 둘이 즐겨 찾는 곳은 고분이다. 손을 꼭 잡고 무덤으로 들어가는 둘의 모습을 보고 있으면 죽을 때까지 자신들의 사랑을 이어가겠다는 다짐처럼 여겨진다. 어쩌다 둘이 티격태격하고 난 후면, 녀석은 H의 흉을 본 끝에 꼭 한마디를 덧붙였다. 걘, 정말 자기가 전생에 왕후였던 것처럼 군다니까. 하지만 그 말을 하면서도 녀석은 그런 왕후와의 사랑이 좋아 죽겠다는 표정이었다.

누나는 조금 전에도 전화를 걸어왔다. 오늘만 벌써 네 번째다. 누나는 아버지의 동정을 시시콜콜 전했다. 주사기만 갖다 대면 혈관이 숨어버리는 것 있지. 아버진, 5층 간호사들 기피 1호 환자야. 할 수 없이 내가 했어. 세 번 만에 찾아냈어. 누나는 아버지 같은 환자도 드물다고 했다. 이젠 혈관까지도 숨을 델 찾나 보지? 내 비아냥거림에 누나는 아무 말 없이 전화를 끊었다.

오후 내내 할머니의 말이 귓가에서 맴돈다. 할머니는 지난밤의 무서운 꿈을 담아두지 못하는 아이처럼, 갓 태어난 새끼 주위에서 어슬렁거리며 엄호하는 어미 짐승처럼, 평생 아버지의 근처를 맴돌며 얘기했다. 아버지에게 그 말을 들려주기 위해 살고 있는 것처럼 보일 정도였다.

자네를 낳았을 때 뱃속이 훤히 들여다보였지. 이런 것이 사람 뱃속이구나 싶게 훤히. 무서웠어. 자네가 어떻게 될까 봐.

할머니는 게송을 외듯 그 말을 되풀이함으로써 아들의 운명에 똬리 틀고 있을지도 모를 나쁜 기운을 무화시키고 싶었을

것이다. 이런 것이 사람 뱃속이구나 싶게 훤히. 자네가 금방이
라도 어떻게 될까 봐……. 어머니는 때도 없이 집안 곳곳에서
발견되는 할머니의 흰 머리카락보다 그 말을 끔찍하게 싫어했
지만, 아버지는 그저 묵묵히 할머니의 말을 듣기만 했다. 하지
만 아버지는 할머니의 그 말로부터 멀리 달아나고 싶었을 것
이다. 달아나기 위해 아버지는 몸에 좋은 것이라면 뭐든지 먹
고 끊임없이 몸을 단련했다. 젊었을 적 결핵을 앓은 적이 있긴
했지만 감기처럼 떼어버렸다. 근육으로 다져진 아버지의 복부
어디에서도 위나 장이 들여다보이지 않았다. 아버지는 뭐든지
만들어낼 수 있는 넓적한 손과 쉬지 않고 일해도 부러지지 않
는 허리와 다리를 지녔다. 물려받은 운수업도 잘 해나갔다. 아
버지보다 덩치 큰 트럭 기사들이 아버지를 어려워하며 장부를
받아가곤 했다. 아버지와 아무리 멀리 떨어져 있어도 나는 늘
아버지의 목소리를 들을 수 있었다.

　형이 죽기 전까지는 그랬다. 형이 항아리에 숨겨 두었던 대
마 잎처럼 시퍼런 수초를 달고 물 위로 떠오른 순간, 당신 인
생에 주문처럼 걸려 있던 할머니의 말이 수면 위로 함께 떠올
랐을 것이다. 자기 앞으로 지나가는 죽음을 목격한 아버지는
변해 가기 시작했다.

　말수가 부쩍 줄어든 아버지는 집 고치는 일에 매달렸다. 담
장 위에 깨진 병조각을 심었다가 철조망으로 바꾸기도 하고

멀쩡한 문짝을 바꾸어 달기도 했다. 어느 해인가는 마당에 잔디를 깔았다가 다시 시멘트를 입히더니 그 이듬해 여름 땡볕 아래서 시멘트를 몽땅 걷어냈다. 아버지는 끝도 없이 일을 만들어냈다. 문지방을 골똘히 쳐다보다가 다음 날 문지방을 들어내기 시작했고 식사를 하다가 처마 끝 차양을 힐끗거리면 다음 날 어김없이 멀쩡한 차양이 뜯겨져 나갔다. 거실을 넓히기 위해 베란다를 높이고 마루를 깔았다가 다시 거두고 베란다와 거실 사이에 유리창을 달았다. 누나는 마루 널을 떼어낸 집에서 함을 받았고 형을 잃은 대신 병을 얻은 어머니는 여기저기 파헤쳐진 집처럼 황폐해져 갔다. 몇 년 동안 집이 아픈 건지 어머니가 아픈 건지 알 수 없었다. 식구 중 누군가가 이젠 제발 그만 하세요, 하고 화를 내면 얼마 동안은 잠잠했다. 하지만 얼마 지나지 않아 아버지는 다시 집 주위를 뱅뱅 돌며 흘깃거렸다. 태국이나 미얀마의 수중가옥에 살았다면 아버지는 물길까지도 바꾸려 들었을 것이다.

뷰박스에 걸린 아버지의 폐 사진은 군데군데 글자가 지워진 광개토대왕릉비의 탁본처럼 보인다. 마모된 비문처럼 쇄골 근처에서부터 늑골 위까지 흰 반점이 퍼져 있다. 결핵을 앓은 후유증이다. 사진은 드문드문 공터가 있는 사람의 마을처럼도 보인다. 수천 년이 흘렀어도 여전히 견고한 왕들의 무덤처럼 오랜 후에도 저 마을에 아버지의 집이 남아 있을까.

누나의 목소리가 자꾸 마음에 걸렸을 뿐이다. 병원에 도착하고서도 나는 로비에서 한참 서성거리다 누나를 불러냈다. 나를 보자마자 눈자위가 붉어진 누나는 다짜고짜 방사선실로 나를 끌고 왔다.

이것 때문이야. 쇄골 밑 반점을 짚으며 누나가 말한다. 무리하면 안 된다고 그렇게 말씀드렸는데도……. 누나는 잔뜩 기미가 오른 얼굴을 찡그리며 말한다. 나이 들어가면서 누나는 점점 더 어머니를 닮아간다. 기미를 잔뜩 단 서른넷의 어머니도 동갑내기 남편의 폐 사진 앞에서 저렇게 얼굴을 찡그렸을 것이다. 아버지는 서른넷에 큰아들과 결핵을 함께 얻었다. 나는 아무 말 없이 다시 사진을 들여다본다. 어머니가 말한 바람집이 저것인지도 모른다. 늬 아버지는 몸속 어디에 바람을 넣어둔 데가 있나 봐. 그냥 평생을 붕, 떠서 살아. 마당에 서서 용마루께를 뚫어지게 올려다보는 아버지를 보며 어머니는 그렇게 말한 적이 있다.

제 상처를 후벼 파고 있는 아이처럼, 집에 틀어박혀 이곳저곳을 후비고 걷어내고 잇대는 아버지를 이해하는 사람은 없었다. 아버지도 자신의 그 이상한 벽에 대해서 명쾌한 답을 가지고 있지 않았다. 누군가 물었다면 집의 옆구리가, 뒤통수가, 늑골이 결린다고 했을까? 그래서 자꾸만 손이 간다고. 아버지의 집 고치기 때문에 제일 고통을 받은 사람은 어머니였다. 어머니는 형이 죽은 뒤 제대로 된 집에서 살아본 적이 없었다. 어딘가가 늘 파헤쳐 있는 집은 신산스러웠다. 그런데도 어머니는 가족들 중 유일하게 아버지 편이었다. 그냥 둬라, 네 아버지 명줄이 그 덕분에 이어지나 보다. 집에 손을 안 대고 있으면 느이 아버지 몸에 병이 생기는걸. 집이 죽든지 네 아버지가 죽든지. 그러기 전에는 끝이 나지 않을 거다.

어머니 말대로 둘 중 하나가 죽어 사라지기 전에는 끝나지 않을 싸움이었다. 아버지도 무던히 참아보려고 애를 쓰는 것 같았지만 집에 손을 대지 않고 있을 때면 아버지는 꼭 앓아누웠다. 푹 들어간 눈자위와 헝클어진 머리를 한 채 아버지는 다시 곱자를 꺼내고 망치와 대패를 챙겨 들었다.

어머니가 아버지에 대한 관용을 버린 것은 임종을 앞두고였다. 징그런 인종. 평생 집이나 뜯어고치며 살지. 그런다고 어디, 그눔의 인생이 천년만년 안 죽고 사나 보자.

창문의 새시를 나무틀로 바꾸느라 아버지는 어머니의 임종을 보지 못했다. 아버지에게서 나는 페인트와 톱밥 냄새는 어머니의 영정 앞에서 타오르는 향내에 섞이지 못하고 겉돌았다.

여섯 번째 집에서 어머니마저 그림자를 거두고 사라져버리자 아버지는 누나와 나를 서울에 남겨 두고 혼자 고향으로 돌아갔다. 아버지의 첫 번째 집이자 일곱 번째 집으로. 헛간 아래쪽으로 축사가 있고 가지, 오이, 토마토를 심었던 텃밭, 텃밭을 지나 펌프가 놓인 샘이 있었고 거기서 흘러나온 물이 조그마한 웅덩이를 만들고 있던 집. 웅덩이 가장자리에서는 보라색 붓꽃이 피어났고 실지렁이를 찾아 웅덩이에 모여든 닭들이 종종 꽃자루를 분질러놓기도 했다.

뚝, 뚝 꺾어진 꽃대처럼 한쪽 서까래가 내려앉은 고향집은 폐옥 직전이었다. 폐옥 앞에 선 아버지의 얼굴에는 언뜻언뜻 희열 같은 것이 스쳤다. 그 집을 고치기 위해 먼 인생을 돌아온 사람처럼, 아버지는 자신의 지상 위의 마지막 거처가 될 그 집에만 매달렸다.

어떻게 해야 아버질 집이랑 떼어놓을 수 있지?

누나가 나를 올려다보며 묻는다. 대답을 기다리는 물음은 아니다. 아무도 아버지를 어쩌지 못한다는 것을 누나도 알고 있다. 피가 멎고 다시 기운을 차리면 아버지는 집으로 돌아갈 것이다. 돌아가, 몸에 있는 구멍이란 구멍으로 피를 모두 쏟을 때까지 또 집과 드잡이를 할 것이다.

귀향한 첫해에 아버지는 헛간과 축사를 밀고 붓꽃이 피어 있던 웅덩이를 메웠다. 상량식 날에는 일가친척과 동네 사람들을 모아 고사도 지냈다. 집을 짓는 동안 아버지한테서는 이상한 열기 같은 것이 뿜어져 나왔다. 스치기만 해도 화르르 불이 붙어버릴 것만 같았다. 집은 육 개월 만에 완성되었다. 하지만 그것이 시작이었다. 집을 다시 뜯고 고치기 위해 완성을 기다렸던 것처럼 아버지는 집 고치기에 들어갔다. 콩기름을 먹이고 그 위에 니스칠을 한 한지 장판의 색이 너무 붉은빛이 돈다며 장판을 걷어냈다. 장판을 바꾸고 나자 이번에는 거실 안쪽에 붙어 있는 다용도실이 마음에 걸렸다. 현관문을 열면 다용도실이 첫눈에 들어온다는 것이었다. 다용도실의 반투명 유리창에 얼비치는 잡동사니의 실루엣이 싫었던 것이다. 다용 도실이 사라지고 거실이 더 넓어졌다. 새로 낸 거실창이 다 되어갈 무렵, 아버지는 뒤란에 서서 오래도록 대밭을 바라보았다. 대밭의 풍경을 집 안으로 끌어들이기 위해 툇마루가 필요했다. 아버지는 빛깔이 곱고 단단한 가죽나무를 생각해 냈다. 가죽나무는 큰 나무가 흔치 않아 아버지는 먼 곳까지 걸어 돌아다니며 간신히 아홉 주를 장만했다. 열 번째 가죽나무의 주인이 팔지 않겠다고 고집만 부리지 않았다면 툇마루는 좀 더 길어졌을 것이다. 붉은빛이 도는 툇마루는 아름다웠다. 바람이 부는 날이면 마른 댓잎들이 송장메뚜기 떼처럼 날아와 마루를 덮었다. 언제부턴가 비가 들이친 툇마루는 큼큼한 냄새를 풍기면서 색이 변하기 시작했다. 마루가 썩는 것을 막기 위해 강화유리로 만든 돔을 처마에 잇대어 달았다. 이번에는 돔 끝에 달린 빗물받이 홈통이 문제였다. 댓잎이 쌓여 자주 막혔던 것이다. 비가 오는 날이면 아버지는 장대를 들고 뒤란으로

가 홈통을 쑤셔댔다. 얼마 지나지 않아 유리 돔은 댓잎과 새똥으로 뒤덮였다. 툇마루에 앉아도 대밭이 보이지 않았다. 부엌은 위치가 세 번 바뀌었고 스테인리스에서 나무 대문으로 바뀐 뒤 장마철이면 대문은 이가 맞지 않았다. 무슨 용도에선지 집의 좌우에도 유리 돔이 생겨났다.

집의 처음 모습이 어땠는지 나는 기억하지 못한다. 명절이나 어머니 기일에 내려가면 그때마다 집은 조금씩 달라져 있었다. 지난번과 느낌이 다르다는 것뿐 나중에는 어디가 어떻게 바뀌고 있는 건지 알 수 없었다. 대밭에서 내려다보면 집은 펼쳐지다 만 낙하산처럼 어설픈 모양새였다. 집은 늘 내부 수리 중이었다. 아버지의 고향집 고치기는 지금 십 년째 진행 중이다.

아버지는 링거 바늘을 팔뚝에 꽂은 채 구부정하게 누워 있다. 병실에 들어선 순간 나는 그대로 멈추어 선다. 희미한 보조등 하나가 빛을 내고 있는 병실은 전시실만큼 어둡다. 침침한 어둠 속에 노인 특유의 살내가 스며들어 있다. 2인실이지만 한쪽 침대는 비어 있다. 누나는 조금 전 돌아갔다. 다른 날과 달리 누나는 말이 많았다. 나는 아버지, 하고 부르지 않는다. 아버지는 누나 편에 내가 온 것을 알고 있을 것이다. 아버지도 내 이름을 부르지 않는다. 하나, 둘, 셋. 일정한 간격으로 링거액이 떨어지고 있다. 아버지의 집 처마가 만들어내던 낙수 같다. 비가 오는 날이면, 여자아이처럼 예쁜 손 때문에 가끔 놀림을 당한 형은 처마 아래 서서 손등으로 낙수를 맞았다. 아버지처럼 넓적하고 울퉁불퉁한 손을 갖고 싶다고 했다. 낙수를 맞으면 그 자리에 사마귀가 생긴다고 형은 믿었다.

밥은 먹었냐. 아버지가 돌아누우며 묻는다. 아버지는 깨어 있었다.

나는 대답하지 않는다. 사마귀에서 오토바이로 갈아탄 형은 끝내 아버지 같은 손을 갖지 못했다.

밥은 먹었냐, 이후 아버지는 아무 말이 없다.

병실 안의 침묵에 조금씩 신경이 쓰이기 시작한다. 나는 입 안에 고인 침을 소리 내지 않고 삼킨다. 어릴 적, 아버지 옆에 누워 있으면 아버지와 내가 세상의 한가운데에 있는 느낌이 들었다. 내게 아버지는 거인이었으니 아버지의 배꼽이 세계의 배꼽이었다. 하지만 언제부턴가 세상은 아버지 배꼽 근처에서 부터 부서져 나가기 시작했다.

얼마나 시간이 흘렀을까. 버거워진 공기를 견딜 수 없게 되었을 때 나는 입 안에 가득 고인 침을 삼키며 흘낏 아버지를 본다. 순간, 눈을 감고 있는 아버지가 거푸집처럼 보인다. 힘이 센, 고구려 무사 같던 아버지는 어딘가로 빠져나가고 침대 위에 누워 있는 것은 아버지가 아니라 빈 거푸집이었다. 눈이

빽빽해진다. 나는 서둘러 병실을 빠져나온다.

　평일인 데다 비까지 내려 관람객은 거의 없다. 조금 전 다녀
간 노인들이 오늘의 마지막 관람객일 것이다. 노인들은 관람
이 아니라 딴죽을 걸려고 찾아왔다. 낮술을 했는지 불콰한 낯
빛의 노인들은 북한 땅에서 온 유물이 서울 시내 한복판에 버
젓이 전시되고 있는 현실이 개탄스럽다고 했다. K와 내가 번
갈아 가며 경로우대증만 보여주면 무료입장이 된다고 했지만
통하지 않았다. 내가 무덤 속이나 보자고 여길 온 줄 알어? 한
노인이 경로우대증을 꺼내 흔들어 보이며 말했다. 둘러보면
무덤 천지인데 왜 하필 북한에서 가져온 무덤이냐고도 했다.
옆에 서 있던 노인이 옛날 같았으면 총살이야, 총살!이라는
말로 마무리를 지었다. 노인들은 비틀거리는 서로를 부축해
가며 돌아갔다. 그들을 태운 엘리베이터의 문이 닫히는 순간
K는 자기의 머리에 총을 겨누는 시늉을 했다. 전시실은 다시
조용해졌다.

　빗줄기는 끊어질 듯 계속 이어지고 있었다. 건물을 빠져나
간 노인들은 우산도 받지 않고 거리로 나섰다. 내리는 비에 그
들이 흔적도 없이 녹아 사라질 것만 같다. 젖은 도시 전체에서
아버지의 병실에서와 같은 냄새가 났다.

　K는 정말 머리에 총을 맞았는지 보이지 않는다. H도 마찬

가지다. 관람객이 없을 때도 각자 자기의 자리를 지키라는 팀장의 주문이 있었지만 폐관 시간이 가까워지면 잘 지켜지지 않는다. 나는 전시실 안으로 들어간다. 관람객이 더 오지는 않을 것 같다. 폐관 전에 전시실 안을 둘러보고 마지막 점검을 하는 일은 내 담당이다. 고분 안에 혹시 사람이 남아 있는지 전시물에 이상은 없는지 살펴야 한다. 지난번에는 전시 시간이 다 된 줄도 모르고 강서대묘 안 현무를 스케치하고 있던 학생을 발견하기도 했다.

나는 유리 전시관 안에 철제 비늘 갑옷을 입고 서 있는 무사를 지나쳐 통구 12호분 북분 널방 벽화를 찍은 사진 앞에 멈추어 선다. 갑옷과 투구로 무장한 무사들의 싸움이 끝나고 이제 막 적장을 참수하기 위해 승자가 칼을 높이 쳐들고 있는 장면이다. 돌벽 위에 백회를 바르고 그린 그림이다. 얼굴 부분의 백회가 떨어져 나가 무릎을 꿇고 앉아 있는 적장의 표정을 읽을 수가 없다. 아버지에게 머리를 맡기고 있던 형의 모습도 저랬다. 자꾸만 집 밖에서 뭐가 불러낸다고, 무릎을 꿇은 형은 울면서 말했다.

유물들을 눈으로 훑으며 더 안으로 들어간다. 안으로 들어갈수록 정말 무덤 속처럼 조용하다. 바닥에 깔린 카펫은 내 발소리까지 흡수해 버린다. 기분이 묘하다. 매일 하는 일이지만 지금 이 순간만큼은 내가 1500년 동안 봉인되어 있던 막을 뚫고 들어온 침입자처럼 느껴진다. 무덤 안에서 누군가 나를 엿보고 유리 전시관의 눈을 뜬 유물들이 내 모습을 좇는 것 같다. 뒤쪽에서 무사의 철제 비늘 갑옷이 쩔럭, 소리를 내며 움직이는 것도 같다. 걸음을 빨리한다. 먼저 장천 1호 고분으로 들어간다. 벽에 붙은 '사진 촬영 금지'라는 팻말이 떨어져 있는 것 말고 별다른 것은 없다. 팻말을 고정하고 나온다. 안악 3호분도 달라진 것은 없다. 강서대묘 쪽으로 향한다. 입구에서 보폭을 줄이고 안으로 들어가려다 나는 멈칫한다.

K와 H는 한 덩어리가 되어 널방 벽에 붙어 있었다. 둘의 몸에서 수천, 수만의 손과 다리가 뻗어 나와 서로를 얽고 있다. K의 뒷모습과 그의 어깨 너머로 보이는 H의 긴 머리칼은 격렬하고 고요하고 아름답다. 그들의 몸이 벽을 뚫고 들어가 벽화가 되어버릴 것만 같다. 나는 침도 삼키지 못한다. 그들과 나는 다른 세상에 속해 있어 둘은 문밖의 나를 눈치 채지 못한다.

서둘러 전시실을 빠져나와 조용히 문을 닫아준다. 이제 이곳은 오롯이 무덤들의 시간이 될 것이다. 벽에 갇혀 있던 것들이 모두 그림 속에서 걸어 나오는 시간. 달리는 말 위에서 시위를 당기고 있는 장수, 놀라 달아나는 사슴과 고라니, 하늘과 땅을 이어주는 커다란 나무. 그 나무 위에 천년도 넘게 앉아 있는 세 발 달린 까마귀, 그 나무 아래 천년도 넘게 잠이 든 곰. 씨름꾼의 허벅지를 흘깃거리며 시녀들은 물을 긷고, 말들이 사냥을 위해 콧김을 내뿜으며 마구간에서 나온다. 그리고 K와 H. 거북과 뱀이 어우러져 탄생한 현무처럼 둘은 지금, 또 다른 하나의 몸으로 환생하고 있을 것이다. 무덤 안에는 온통 살아 있는 것투성이다.

달리는 차 안에서의 침묵은 병실에서보다 견딜 만했다. 룸 미러로 흘낏 보면 아버지는 줄곧 눈을 감은 채였다. 어정쩡하 게 룸미러에서 눈이 마주치는 것보다는 훨씬 나았다. 아버지 는 오 일 만에 퇴원했다. 아버지가 막무가내로 우기고 한 퇴원 이었다. 무리하면 다시 출혈이 있을 거라고 의사는 경고했다. 아버지는 아무런 표정 없이 의사의 말을 듣고 물러나왔다. 아 버지는 혼자 가겠다고 했고 누나는 눈물을 그렁그렁 매단 채 안 된다고 맞섰다. 내키지 않았지만 어쩔 수 없이 내가 아버지 와 동행해야 했다.

아버지에게 처음 말을 건 때는 아버지의 집이 있는 읍내에 들어섰다는 이정표를 막 지나치고 나서였다. 아직도 할 일이 남은 거예요? 룸미러로 아버지의 얼굴을 보며 물었다. 묻고 나니 우스웠다. 아버지는 아무런 대답도 하지 않았다. 언제쯤 끝이 나느냐고요? 목소리를 높여 다시 물었지만 여전했다. 내 리 눈을 감고 있던 아버지는 마을 어귀에서야 눈을 떴다. 멀 리, 대숲 속에 움푹 엎어져 있는 아버지의 집이 보였다. 형의 대마처럼 시퍼런 대나무가 아버지의 집을 조금씩 삼키고 있었다. 아버지의 눈에 조금씩 생기가 돌기 시작했다. 폐옥 앞에 섰을 때의 눈빛도 그랬을 것이다. 할 수만 있다면 그대로 차를 돌려 버리고 싶었다.

바위를 마당 저쪽, 감나무 옆에만 가져다 놓으면…… 그러면 다 끝난다. 지금 자리는…… 그 바위가 있을 자리가 아니다.

아버지는 마당으로 들어서며 차 속에서의 내 물음에 그제야 대답했다. 툇마루에서 대밭으로 이어진, 고랑 왼편에 있는 바위를 옮기는 일만 남았다는 것이었다. 순간 그 커다란 돌덩이가 내 명치에 올려진 것만 같았다. 아버지의 집에 더 머무르고 싶지 않았다. 현관에서 신발을 신다가 안방에 들릴 정도로 나는 발을 굴렀다. 그 자리가 전에는 샘물이 있던 자리였다. 붓꽃 무더기가 피던 웅덩이가 현관 아래에 깔려 있는 셈이었다. 때가 되면 이 속에서도 보라색 꽃대가 올라올까. 아버지는 가족들만 괴롭힌 것이 아니었다.

나는 뒤도 돌아보지 않고 출발했다. 한참을 달리다 길가에 차를 세우고 의자 등받이에 기대며 눈을 감았다. 마음의 갈피를 잡을 수 없었다.

자네 뱃속이 환히 들여다보였지. 자네 뱃속이 훤히 들여다보였어.

얼마간의 빚과 아직 완성되지 않은 집은 이승에 아버지를 묶어두는 끈 같은 것이다. 빚을 다 갚기 전에는, 집을 다 짓기 전에는 아버지는 죽을 수 없다. 그러니 집이 완성될 것 같으면 아버지는 더럭 겁이 났을 것이다. 아버지의 집은 아버지의 무덤이었다. 아버지가 집을 괴롭힌 것이 아니라 아버지 스스로 집에 순장당한 것이다. 목이 터지게 소리를 질러가며 거인의 말로를 비웃어주고 싶기도 했고, 그 거인을 유배지에 남겨 두고 도망가는 쓸쓸한 기분이 들기도 했다. 돌아다보면, 하늘과 땅 사이에 작은 봉분 같은 아버지의 집, 그 집 한 채만 서 있었다.

K는 꽤 많은 술을 마시고 있다. 누구 말대로 이제 정말 묘지기 신세가 끝난 것이다. 전시 마지막 날인데도 관람객은 많지 않았다. 더군다나 여기저기서 꽃소식이 들려오는 계절의 주말에 일부러 무덤을 보겠다고 찾아오는 사람은 드물었다. 전시회가 끝나자마자 유리관 안의 유물은 안전한 곳으로 옮겨졌다. 광개토대왕릉비와 고분은 내일 철거 작업에 들어간다. 하루 종일 굳어 있던 소장의 얼굴도 몇 번의 건배를 거친 뒤 조금씩 풀린다.

팀장은 하루 종일 화가 나 있었다. 고분 안에서 발견된 낙서 때문이다. 오전에 방송국에서 촬영 나온 카메라 불빛에 낙서가 잡혔다. 팀장이 오늘 아침 회의 시간에도 강조했던 유종의 미는 결국 전시회 마지막 날 결정적으로 타격을 받고 말았다. 안악 3호분 회랑 벽에 미향, 기훈 다녀감, 널방 관대(棺臺)에 권상우 짱!이라는 낙서가 있었다. 고구려는 우리 꺼당! 중국은 물러가랑!은 강서대묘 백호 아래에 적혀 있었다. 지워보려고 했지만 잘 되지 않았다. 낙서는 고분 안에서 보존 상태가 제일 양호한 벽서가 되고 말았다. 하는 수 없이 카메라는 그곳만 살짝 피해 촬영을 마치고 돌아갔다. 도대체 어떤 족속들인지 궁금하다, 정말 궁금해. 이러니까 중국한테 밀리는 거야. 팀장은 오후 내내 우리들 중 누군가와 마주치면 그렇게 말했다. 오늘만큼은 K와 H도 자기 자리를 잘 지켰다. 이틀 전 아버지 때문에 결근한 나도 팀장의 눈치를 살필 수밖에 없었다.

H는 자꾸 자기 쪽으로 기대오는 K의 머리를 세우느라 바쁘다. 자꾸만 눈앞으로 아버지가 스친다. 아버지는 헉헉거리며 온몸으로 바위를 밀고 있다. 바위는 꿈쩍도 않는다. 2차까지 마치고 모두들 고기 냄새와 술 냄새를 풍기며 노래방으로 몰려간다. 나는 뒤따라 걷는 척하다 살짝 옆으로 빠진다.

자동차와 간판이 내쏘는 불빛 때문에 광개토대왕비는 낮보다 더 초라해 보인다. 바람 불고 눈 내리는 벌판에서 천년의 세월을 혼자 견디어낸 위풍은 느껴지지 않는다. 글자 사이사이에 배어 있을 법한 말갈기 소리도 들리지 않는다. 랴오둥 반도에서 블라디보스토크까지, 쑹화 강 유역에서 몽골 땅 앞까지 펼쳤던 거인의 꿈은 사라지고 없다. 천년도 넘게 이끼와 덩굴에 싸여 있던 비석을 발견한 건 중국의 나무꾼들이었다. 이제 대왕의 영토로 남아 있는 것은 비석이 땅에 드리운 그림자, 그만큼일 뿐이다.

술기운 때문인가. 한참 동안 비석을 올려다보고 있자 돌이 꿈틀, 하는 것처럼 보인다. 돌 안에 누군가 있다! 당장이라도 그 안에 갇힌 누군가가 돌을 찢고 걸어 나올 것만 같다. 제위 기간 동안 별궁을 짓듯 자신의 무덤을 준비했던 대왕은 정작 무덤이 아니라 이 돌덩이에 갇혀 있는지도 모른다. 아버지가 자신의 집에 갇히고 만 것처럼. 나는 도망치듯 걸음을 옮긴다. 한 번 더 전시실을 둘러보고 싶다.

부장품이며 유물이 빠져나간 전시실은 도굴당한 무덤 속처럼 황량하다. 나는 강서대묘와 장천리 고분을 지나쳐 전시실 안쪽으로 들어간다. 안악 3호분은 제일 안쪽에 자리 잡고 있다.

영혼들의 자유로운 왕래를 위해 일부러 내놓은 틈인가. 안악 3호분 입구를 막고 있는 두 개의 돌문은 아버지의 집 대문처럼 살짝 이가 어긋나 있다. 문을 열고 널길을 지나 안으로 들어선다. 별과 해와 달이 뜬 천정이 나타난다. 앞방이다. 앞방은 좌우에 조그만 곁방 하나씩을 달고 있다. 두 개의 돌기둥을 경계로 앞방 뒤쪽으로 대행렬도가 그려진 회랑이 있다. 동쪽 곁방 벽화에는 쇠꼬챙이에 커다란 고깃덩어리가 걸려 있는 부엌과 우물이 있다. 마구간과 수레를 넣어두는 차고도 보인다. 무덤의 주인이 머무르는 널방은 제일 깊숙한 곳에 자리 잡고 있다. 널방 앞에도 세 개의 돌기둥이 서 있다.

이상하게 마음이 편안해진다. 무덤 속이 아니라 누군가의 집에 들어와 있는 기분이다. 딱 마음에 들지는 않지만 그런대로 잘 빠진 구조다. 몇 군데만 손보면 될 것 같다. 회랑 앞의 돌기둥을 없애고 거실 벽을 터 밀어붙이면 훨씬 넓어 보일 것이다. 왼쪽 곁방도 지금 상태로는 어정쩡하다. 미닫이문을 달아 다용도실로 쓰는 편이 낫다. 부엌은 일자형이라 동선에 조금 문제가 있다. 'ㄱ' 자형으로 바꾸려면 공사가 커질 것이다.

멀리서 피리 소리가 들려온다. 회랑 쪽이다. 뿔나팔이 울고 북소리가 퍼져나간다. 선두에 선 기수의 깃발이 펄럭인다. 무덤 주인의 행차가 시작되었다. 주인은 소가 끄는 수레를 타고 있다. 수레를 따라 시녀들과 고취악대, 기마대가 움직인다. 무리 속에 손을 꼭 잡은 K와 H도 보인다. 활, 창, 칼을 든 병사들이 수레를 에워싸며 걷는다. 병사들이 움직일 때마다 비늘갑옷이 쩔럭거리며 아버지의 대밭에서 나던 소리를 낸다. 칼을 높이 쳐든 병사들 중 하나와 눈이 마주친다. 한참 서로 노려보다가 내 쪽에서 먼저 슬그머니 눈을 내린다. 무덤 주인의 행차에는 250여 명이 함께하고 있다. 내가 절대적으로 불리하다. 나는 얼른 앞방을 지나 무덤 주인의 관이 놓여 있던 널방으로 몸을 피한다. 널방 입구에 있는 기둥 뒤에 숨어 바깥 동정을 살핀다. 돌기둥이 쓸모없어 보였는데 이럴 땐 유용하다. 무사들은 널방 안까지 따라오지 못한다.

관이 놓여 있던 자리에 눕는다. 천청에 핀 연꽃이 곱다. 안방에 누운 아버지도 이런 기분이었을까.

관대 위에서 깜박 잠이 들었던 나를 깨운 것은 아버지의 목소리였다.

애야! 문 열어라! 애야, 애야! 문 열어라!

아버지는 사정없이 돌문을 두들겨대며 외쳤다. 머릿속이 지끈거린다. 아버지의 목소리가 귓가에 여전히 남아 있다. 주위를 둘러보지만 아무도 없다. 어디선가 희미하게 땅이 울리는 소리가 들려온다. 나는 무덤에서 뛰쳐나와 소리의 진원지를 찾아 두리번거린다. 전시실 안에서 나는 소리가 아니다. 간격을 두고 다시 땅이 울린다. 건물이 흔들리는 것 같다. 엘리베이터를 타려다가 휴게실 쪽으로 뛰어간다. 소리가 점점 더 커진다. 아래를 내려다보다 나는 눈을 부릅뜨며 난간 모서리를 움켜잡는다.

쿵, 쿵, 쿵. 안개 속에서, 광개토대왕릉비가 한 발짝씩 걸음을 떼고 있다. 거푸집 같은 그림자 하나가 비석의 그림자 사이로 언뜻 비치는 것도 같다. 그림자들을 뭉개며 자동차 한 대가 안개 속으로 사라지고 있다.

그녀의 나무 핑궈리*

핑궈리를 먹고 싶어. 그녀는 오늘 아침에도 제 앞에 쭈그리고 앉아 말했습니다. 그렇게 말한 그녀는 맨발에 슬리퍼를 신고 미싱을 타러 갔지요. 멍이 든 한쪽 눈을 채 감추지도 못하고요.

피아노 다리에 묶여 사는 개를 본 적이 있으세요? 집 앞 전봇대도 아니고, 마당 한쪽에 있는 대추나무 밑동에도 아니고, 알래스카산 목재 무늬가 은은한 갈색 피아노에 말이에요. 하기야 저도 피아노 다리에 묶여 살아보기는 처음이니까요. 쯔쯧, 제 신세도 그렇지만 피아노 신세도 원. 저 같은 개나 묶어

---

* 핑궈리──사과와 배를 접붙여서 만든 과일. 독특한 맛이 있으며 연변 지방에서 많이 난다고 함.

두자고 이역만리 얼음 바다를 건너 이곳까지 온 건 아닐 텐데……. 피아노나 저나 어쩌면 그리 닮았는지. 다리가 네 개인 것도 그렇지만 우리는 둘 다 전리품이거든요. 피아노는 먼젓번에 살던 사람이 밀린 월세 대신 잡힌 것이고, 저는 그 뒤를 이어 피아노 꼴이 되어버렸고. 세상 만물이 지어질 때 다 제 소임이 있듯이, 동배 씨 어머니가 악착같이 모은 돈으로 이 집터를 닦기 시작할 때 이미 요 아래 반지하 방은 제 소임이 정해졌는지도 몰라요. 월세 떼먹고 도망가는 놈이 남긴 물건 후려잡기.

사실 서울 변두리 반지하 셋방에 피아노가 어울리는 물건은 아니지요. 지상으로 올라온 피아노는 지금 동배 씨네 마루에서 요긴하게 쓰이고 있습니다. 피아노의 튼튼한 다리는 저를 묶어두는 데 쓰고 피아노 위는 이런저런 잡동사니들을 두는 선반으로 쓰고 있거든요. 눅눅해진 모기향, 유효기간이 훨씬 지난 동배 씨의 영양제, 올 봄, 동배 씨 어머니와 며칠 사이로 죽은 청거북이의 남은 먹이, 여러 장의 고지서들, 녹이 슨 가위 하나……. 피아노 얘기는 그만 하고 제 사연이나 들어보자고요? 잠깐, 잠깐만요. 저기, 동배 씨가 나오고 있거든요. 늘어지게 자다가 끼니때 되니까 이제 일어난 거예요. 점심때가 다 돼가거든요.

"어휴 저걸 그냥. 된장을 발라버리든지 해야지 원."

동배 씨가 말합니다. 저는 동배 씨를 보고 컹, 하고 한번 짖으려다가 고개를 돌리고 맙니다. 똥이 무서워서 피합니까? 동배 씨, 아니 씨 자 붙이기도 아깝네요. 이제부터는 동배라고 부르겠습니다. 아휴, 아랫도리가 불룩한 걸 보니 또 단란주점장 마담이랑 얼크러진 꿈을 꾼 게지요. 한 손은 골마리에 넣고 다른 손은 부스스한 머리를 쓸어 넘기며 동배가 제 쪽으로 다가옵니다. 그러더니 동배는 제 얼굴을 요리 쿡, 조리 쿡, 두어 번 찔러대면서 말합니다.

"못생겨도, 못생겨도 너처럼 생긴 개는 첨 봤다."

정말이지 듣기 좋은 꽃노래도 한두 번이면 싫어지는 법인데 이런 소리를 매번 들어야 하다니. 저는 그만 혀라도 칵 깨물고 자결하고 싶지만, 작년 여름에 뜨거운 튀김 닭을 입에 넣었다가 밑자리 빠진 소쿠리처럼 이가 송두리째 빠져버려 그것도 뜻대로 안 되고. 암만 생각해도 동배는 제가 넘어야 할 산입니다. 예수님이 사막에서 기도하실 때 예수님을 시험하려고 나타난 사탄이나, 부처님 생전에 나타난 마라처럼 동배도 저를 시험하려고 나타난 요귀일지도 모릅니다. 이 시련을 견디어내면 후생에 극락으로 가고 아니면 다시 축생으로 태어나는 거지요 뭐. 하기야 동배 같은 인간하고 살고 있는 이곳이 바로 축생 지옥일지도 모르고요. 이 지옥에서 살아남기 위해서는 눈을 꼭 감고 견디는 수밖에 없습니다. 속으로 수없이 나무아

미타불 아멘, 나무아미타불 아멘을 외우면서요. 제가 동배에게 받는 이까짓 설움일랑 만자 씨 설움에 비하면 아무것도 아니거든요.

만자 씨요? 예. 제 안주인이자 동배의 부인 되는 사람이죠. 피아노와 제가 전리품이라면 만자 씨는 수입품이에요. 동배가 몽달귀신 될까 봐 겁이 난 동배 어머니가 알음알음으로 연변에서 데려왔거든요. 오 년 전에요. 병든 친정아버지 치료비를 대려고 이곳까지 온 셈이죠.

나이 마흔에도 철이 안 든 동배는 첫날밤부터 툴툴거렸대요. 하고 많은 여자 중에 하필이면 저런 여자냐고요. 하지만 동배 어머니는 너무 좋아 벙그러진 입이 다물어지질 않았대요. 동배가 서너 번 데리고 왔던 밤 가시 같은 여자들보다 백배 천배 나았거든요. 시장에서 푸성귀 팔아 모은 돈 몇 년치가 만자 씨 밑으로 들어갔지만 하나도 아깝지 않았고요. 노랭이 소리 들어가며 모은 돈으로 집도 한 칸 장만했겠다, 착하고 실하게 생긴 며느리도 얻었겠다, 동배 어머니는 더 바랄 게 없었겠지요. 한데 동배 어머니 눈감는 날까지 아들 내외 걱정에 자글자글한 주름이 펴질 새가 없었잖아요. 오매불망 바라는 손자 소식 대신 며느리 얼굴에 푸른 멍이 가실 날이 없었으니까요. 지금도 한 달에 서너 번 꼴이 되는 동배의 주먹질은 늘 만자 씨의 얼굴에서 끝이 나요. 어떻게 말릴 수도 없어요. 전광

석화 같거든요, 이 부부의 싸움은. 제가 컹, 하고 한번 짖어볼 틈도 없다니까요.

어제저녁 일만 해도 그래요. 처음에는 싸움이 시작된 것도 몰랐습니다. 저녁 밥상 물릴 때까지만 하더라도 아무런 기미가 없었으니까요. 분명히 숭늉까지 잘 마시고 뉴스 끝에 나온 '내일의 날씨'를 보면서 동배가 무슨 놈의 비가 또 와. 올 가을 단풍은 다 틀렸네, 하자 곁에 있던 만자 씨 왈 연변에는 첫눈이 내렸을 텐데, 하는 것까지 봤는데, 제가 잠깐 하품 한 번 한 사이에 벌써 재떨이가 날아가고 있더라고요. 지난번에는 나란히 앉아 가요무대를 보면서 「눈물 젖은 두만강」을 같이 따라 부르더라고요. 그럴 거면 노래는 불러 뭐 하는지. 노래가 끝나기도 전에 만자 씨 왼쪽 광대뼈 근처가 벌겋게 부어오르고 있던데.

만자 씨는 동배의 샌드백이에요. 하지만 정말 이해할 수 없는 건 그렇게 맞고도 만자 씨는 꼭 동배 곁에 붙어서 잠을 잔다는 거예요. 아무리 제가 여우로 둔갑할 만큼 오래 살았다지만 그 속은 모르겠어요. 오죽했으면 동배 어머니 즉, 만자 씨 시어머니가 임종하면서도 하고많은 말 중에 그런 말을 남겼겠어요? 너그 내외 사는 속은 귀신도 모른다, 라고.

에구구. 저런 빌어먹을 인간. 쿡쿡 찔러대는 것도 물렸는지 동배가 짜구 난 제 배를 걷어차고 갑니다. 요즈음 부쩍 쭈그러진 양재기 차듯 저를 차는 횟수가 많아졌습니다. 만자 씨에게 해대는 주먹질도 마찬가지고요. 그게 다 주식 때문이지요. 어떻게 남의 속을 그리 잘 아느냐고요? 에이, 지금 제 나이가 몇 인데요. 옛날 같으면 여우로 둔갑하고도 남을 나인데. 나이가 이쯤 되니까 잘 삶아놓은 우무 속 들여다보는 것처럼 다른 사람들 살아온 내력이 훤히 보여요.

　동배는 만자 씨한테서 우려낸 돈에 제 어머니 조의금 남은 것을 보태서 주식에 투자했어요. 한 500만 원 남짓요. 장 마담 한테는 '0' 자 하나를 더 붙여서 말했지만. 한데 뉴욕의 쌍둥이 빌딩이 무너지고 난 뒤 주가가 말이 아니거든요. 동배에게 는 무너지는 빌딩보다 떨어지는 주가가 더 무섭게 보일 지경 이니까. 사실 뉴욕에서 쌍둥이 빌딩이 무너지든 세쌍둥이 빌딩이 세워지든 동배가 알 바 아니지요. 뉴욕이 미국 땅에 있다는 것도 이참에 알았으니까요. 장 마담이랑 약속해 놓은 날짜는 바투 다가오는데 컴퓨터를 켤 때마다 동배는 한입 가득 모래를 문 심정이라니까요. 그러고 보면 그 빌딩이 높긴 높은가봐요. 빌딩 그늘이 태평양 건너 서울 변두리에 있는 동배네 마루에까지 드리운 걸 보면. 거 왜 나비 효과라는 이론이 있잖아요. 베이징에서 나비가 펄럭이면 미국 어디에서 태풍이 인다나 어쩐다나 하는. 비슷한 것 같아요. 주가가 떨어지니 동배 심사가 괴롭고, 괴로우니 만자 씨 얼굴에 멍이 자주 들고, 멍이 자주 드니 제가 괴롭고. 괴로우니 동배에게 몇 번 으르렁거렸고, 으르렁거리니 동배 발길질에 제 옆구리가 아프고. 에구구. 베이징의 나비는 태풍이라도 불러온다지만 뉴욕의 쌍둥이 빌딩은 제 옆구리에서 무너지고 맙니다.

참, 그런데 무슨 얘기를 하다가 여기까지 왔더라? 맞아요. 제가 살아온 내력이나 듣자고 하셨죠? 말이 그렇지 똥개 인생에 내력이랄 게 뭐 있나요. 어느 촌가의 헛간에서 아비가 누구인지도 모른 채 3남2녀 중 2남으로 태어나 어찌어찌 여기까지 흘러왔네요. 일 년 전만 해도 요 아래 동배네 반지하 방에서 한 아가씨랑 살았어요. 그 아가씨가 야반도주만 하지 않았더라도 저는 지금쯤 아가씨의 하얀 발등을 핥으며 살고 있겠죠. 아가씨는 제게 이름도 지어주었어요. 해피, 아가씨의 성을 따서 오해피라고. 그 시절이 제 인생의 르네상스였죠. 그럼요. 예뻤죠. 꼭 도라지꽃 같았어요. 사랑? 사랑했냐고요? 에이 무슨. 날 버리고 가버린 사람, 이젠 다 잊었습니다.

가수 되는 게 꿈인 아가씨였어요. 이름은 오죽순. 나이는 스물둘. 글줄깨나 읽었다는 아가씨네 조부께서 지어준 이름이지요. 사군자를 본떠서 매순이, 란순이, 국순이, 죽순이라고 이름 붙여진 딸부잣집의 막내딸이었지요. 딸만 부자인 집요. 가수 되기 전에는 고향에 가지 않겠다고 벼르던 아가씨였는데. 오디션마다 떨어지는 건 이름 때문이라고 이름도 바꾸었어요.

혜리라고. 아가씨는 제 코에 자기 코를 부비면서 말하곤 했지요. 이제 난 혜리야, 오혜리.

아, 사랑하는 사람이 변해 가는 걸 지켜보는 것은 얼마나 괴로운 일인지요. 도라지꽃 같던 아가씨가 활짝 피어버린 글라디올러스처럼 변해 가데요. 남자를 데리고 오는 날도 많아졌고. 그런 날이면 아가씨는 저를 문밖에 내놓으며 말했어요. 오늘은 밖에서 좀 자줄래 해피? 물론 저는 해피하지 않았지요. 하지만 이젠 그런 그녀를 다 이해해요. 저에 대한 최소한의 예의였겠지요. 마스카라를 한 그녀의 속눈썹을 보았다면 누구라도 그녀를 미워할 수 없을 거예요. 저녁 무렵, 일하러 나갈 때마다 귓불이며 목덜미에 뿌리던 향수도 아직 제 코끝에 남아 있고요.

휴우우. 그만 할래요. 옛사랑을 이야기하다 보면 천지사방 비 내리는 들판에 혼자 누워 있는 것 같은 기분이 들어서요. 이젠 다 지나간 사랑인걸요. 혜리 씨 아니 죽순 씬 제 인생에 여우비처럼 지나간 사랑일 뿐이에요. 가끔, 끈끈이에 붙은 쥐만 아니었다면 우리 인생이 달라졌을까, 하고 생각을 할 때도 있긴 하지만.

쓰다 남은 생리대, 칠이 벗겨진 포마이카 밥상, 텅 빈 비키니 옷장, 라면 두 봉지. 그 사이에서 울고 있던 저를 발견한 건 만자 씨 부부였어요. 죽순 씨가 떠난 지 사흘째 되던 날이었지요. 그 방에서 돈이 될 만한 건 저밖에 없었어요. 남 말하기 좋아하는 사람들은 죽순 씨가 밀린 월세 때문에 밤도망을 했다고 하지만 아니에요. 다른 사람은 몰라도 제가 알고 하늘이 알고 동배 저 인간이 알아요.

비루먹은 강아지 보듯 저를 노려보던 동배는 당장 개장수를 부를 기세였어요. 하지만 만자 씨가 저를 가슴에 꼭 안은 채 내주지를 않았지요. 진물처럼 자꾸만 새어 나오는 제 눈물을 닦아주면서요. 그 순간 제 입에서 더 큰 울음이 터져 나왔어요. 사나이의 체면을 차릴 겨를도 없이요. 난생 처음 제 눈물을 닦아주는 여자를 만나는 순간이었으니까요. 만감이 교차하더라고요. 사랑을 잃은 지 사흘 만에 다시 사랑에 빠지려 하는 제 자신을 보면서 참을 수 없는 사랑의 가벼움에 부르르 몸을 떨기도 했어요. 하지만 이것이 저의 운명이라면 어쩌겠어요. 국화 한 송이 피워 보자고 봄부터 소쩍새도 그렇게 울어대는데 나도 만자 씨를 만나기 위해 여기까지 왔나 싶기도 하고. 살아왔던 날들이 파노라마처럼 스치더니 만자 씨를 처음 만나던 날이 우련히 떠오르데요. 저는 만자 씨의 앙가슴에 더 파고들면서 흐느꼈지요.

벼룩시장 광고란에서 보고 이 집을 찾아온 순간부터 아니, 만자 씨가 두만강을 건너올 때부터 제 운명은 그렇게 결정된 거지요. 반지하. 보증금 500에 월 10만 원. 전철역 도보 5분.

웬걸요. 전철역에서 마을버스 타고 20분 걸렸어요. 집주인, 그러니까 동배는 우리를 보더니 흔쾌히 계약하겠다고 하는데 만자 씨는 자꾸만 뭉그적거리더라고요. 처음에는 저 때문에 그런 줄 알았어요. 집주인들은 세입자가 강아지 키우는 것 별로 안 좋아하잖아요. 저는 제풀에 기가 죽어 꼬리 내리고 있었지요. 사실 만자 씨를 처음 본 순간부터 저는 기가 딱 질리는 판이었습니다. 그렇게 큰 여자는 처음 봤거든요. 을지문덕이라는 장수를 한 번도 본 적은 없지만 만약 을지문덕 장수가 환생한다면 꼭 만자 씨 같은 모습일 겁니다. 솥뚜껑만 한 손에 슬리퍼 밖으로 도도록이 솟아오른 발등, 활짝 핀 해바라기만 한 얼굴에 불불이 일어선 머리카락. 해바라기처럼 환한 얼굴이었냐고요? 에이, 어디요. 서리 맞아 시큼시큼해진 그런 해바라기요. 지나가던 길손마다 여문 씨를 하나둘 빼 먹고 가서 얼기설기 얽기까지 한. 입은 또 얼마나 큰지 만자 씨가 입을 벌릴 때마다 저는 깜짝깜짝 놀라곤 했어요. 만자 씨 턱 밑에 서 있는 동배의 머리가 그 입 속으로 들어갈 것만 같았거든요. 참 묘한 부부였어요. 동배는 키도 몸피도 정확히 만자 씨의 반이었어요. 마디 하나 불거지지 않고 길게 쭉 빠진 흰 손가락하며 잘 빗어 넘긴 머리카락. 동배는 만자 씨 옆에 붙은 쪽밤처럼 보였어요. 하지만 이상한 건 만자 씨가 그렇게 덩치가 큰데도 동배한테 꼼짝을 못하는 거예요.

안 돼요. 이 아가씨한테는 방 못 줘요. 만자 씨가 동배를 제대로 쳐다보지도 못하면서 한마디 하기는 했어요. 큰 눈, 소처럼 순하게 생긴 눈을 껌벅이면서요. 눈이 얼마나 큰지 한 번 꿈벅, 했다 뜨는 데 하루살이 반나절은 되겠더라고요. 그러자 동배가 눈을 한 번 흡뜨데요. 그 순간 모든 일이 정리됐지요 뭐.

알았어요. 그 대신 아가씨, 물세랑 전기세는 두 사람분으로 계산해서 받을 거예요. 이 개랑 같이 살 거면. 만자 씨가 한 방 날렸죠. 그러고 보면 동네 사람들이 말하는 것처럼 만자 씨가 그렇게 맹한 것만은 아닌가 봐요. 아무튼 그 순간 동배랑 제 주인 아가씨가 잠깐 비틀했죠. 하지만 제일 놀란 건 저였어요. 난생처음 사람대우를 받는 순간이었으니까요. 순간 해바라기만 한 만자 씨 얼굴이 채송화만 해 보였어요. 그게 인연의 시작이었죠. 계약서를 쓸 때 우리 아가씨의 매끈한 다리를 훑어 내리는 동배의 눈빛을 보자 조금 전 만자 씨가 방 못 줘, 한 까닭을 알 것도 같더라고요. 짧은 치마를 자꾸 끌어내리느라 우리 아가씨는 몇 번이나 목도장을 떨어뜨리곤 했으니까요.

만자 씨는 계단을 오르기 시작했어요. 계약서를 쓰고 있는 우리를 뒤로 하고요. 초원 위를 걸어가는 공룡처럼 느릿느릿, 아주 느리게요. 그런 그녀를 보고 있자니 시간이 한없이 느리게 흐르는 것 같았어요. 계단을 다 오른 그녀가 집 안으로 사라졌어요. 공룡이 거대한 양치식물의 잎사귀나 소철의 둥치 뒤로 사라져버린 것처럼요. 바로 그 순간이었을 거예요. 제 가슴에 서늘한 그늘이 지더니 공룡의 발바닥처럼 쩍쩍 갈라진 그녀의 발뒤꿈치가 자꾸만 아릿아릿한 건요.

부지런하기도 하지. 동배가 저렇게 양손을 재게 놀리는 시간은 엉덩이 긁으며 컴퓨터 켜는 시간뿐입니다. 에구구 그러다가 길고 고운 손가락 부러질라. 살살 해야지. 그러면 그렇지. 컴퓨터에는 금세 이런저런 여자들이 나앉았네요. 동배 컴퓨터 속은 꼭 여자목욕탕 같다니까요. 여자들은 한결같이 동배네 골목 들머리에 서 있는 가로등만 한 젖가슴을 가지고 있습니다. 저는 사우나실에 들어선 것처럼 숨이 콱 막힙니다. 흘끔흘끔 여자들의 젖가슴을 훔쳐보다가 저는 동배 뒤통수에 대고 감자를 먹입니다. 한쪽으로만 누워 잤는지 오른쪽 옆머리가 이른 봄 들판에 나는 봄동처럼 납작 눌린 뒤꼭지에다가요. 에이, 바람 똥.

올 초에 돌아가신 동배 어머니는 동배에게 늘 그랬지요. 이구름 먹고 바람 똥 쌀 놈아. 허우대는 멀쩡한데 도대체 일할 생각을 안 하니까요. 팔자는 타고났지요. 오죽했으면 동배 어머니가 당신 배 아파 난 자식, 동배 팔자를 부러워할 정도였으니까요. 아이고, 씨도둑질은 못해. 어찌믄 지 아부지를 그리

닮았는고. 평생을 냄편 뒤치다꺼리에 등골이 빠졌는디 인자 자석놈까지 저 모양이니. 아이고 씨도둑질 못헌 년이 팔자도 망 바랬드냐? 동배 어머니는 이가 다 빠진 합죽한 입으로 그렇게 말하곤 했지요. 환장할 일이지요. 하지만 진짜 환장할 일은 만자 씨가 자기 시어머니의 팔자를 그대로 물려받았다는 거예요. 시퍼레진 눈두덩을 해가지고 만자 씨는 오늘도 미싱을 타러 갔거든요.

철커덕, 철커덕. 오늘도 만자 씨의 미싱은 돌아가요. 비가 오고 눈이 오고 펑궈리 나무에 꽃이 피고 져도 만자 씨는 하루 종일 미싱을 타요. 고급 숙녀복을 만드는 공장이에요. 환풍기 두 대가 정신없이 돌아도 늘 메케한 냄새와 먼지가 가시지 않는 곳이지요. 지금까지 만자 씨 손을 거쳐 백화점으로 간 옷만 해도 수천 벌은 될 거예요. 한국에 나오자마자 봉제 일을 시작했으니까요. 하지만 그중에 만자 씨의 옷이 된 건 한 벌도 없어요. 그래도 만자 씨는 미싱 앞에만 앉으면 행복한가 봐요. 이곳 출신 미싱사보다 일은 더 해도 월급은 늘 적어요. 그래도 만자 씨는 행복한가 봐요. 노루발 밑에 옷감을 넣고 바늘이 내려오는 순간 만자 씨는 부어서 침침했던 눈앞이 환해지면서 잘 탄 가르마를 보듯이 바늘이 지나갈 자리가 훤히 보인대요. 미싱 발판에 발을 올려놓는 순간 꼭 자전거 위에 올라탄 것만 같고요.

고향에서는 늘 자전거를 탔었지요. 만자 씨는 페달을 밟아 댑니다. 바늘이 옷감 위로 길을 내며 달리기 시작합니다. 어깨가 이어지고, 소매가 붙습니다. 만자 씨는 쉬지 않고 달립니다. 저 멀리 눈에 익은 산들이 보이고 그 아래로 친정어머니의 젖무덤 같은 구릉들이 펼쳐집니다. 조금만, 조금만 더 달리면 마루에 앉아 해바라기하는 병든 친정아버지와 그 곁의 친정어머니를 볼 수 있겠지요. 초청장만 기다리고 있는 남동생도요. 바늘이 앞섶을 내달립니다. 이제 산정 모퉁이만 돌면 고향집이 나타나요. 언뜻 고향집 앞에 서 있는 핑궈리 나무를 본 것도 같습니다. 종은 항상 그때 울리지요.

출입문 위쪽에 달린 스피커에서 점심시간을 알리는 멜로디가 나옵니다. 다른 사람들은 공장에서 지정한 식당으로 몰려가지만 만자 씨는 집으로 와요. 두 정거장을 걸어와 만자 씨는 동배에게 점심상을 봐주고 가지요. 동배가 연변에 보내주기로 약속한 초청장 얘기를 꺼내 볼까 망설이면서 동배 곁에 앉아 밥도 몇 술 뜨고. 조금 있으면 만자 씨가 올 시간이에요.

쉬이잇. 만자 씨 발소리가 들리는 것 같아요. 맞아요. 그녀예요. 그녀의 보라색 고무 슬리퍼가 냄새 나는 골목을 돌아 막 대문에 들어서고 있네요. 저는 얼른 몸을 일으켜 피아노에 제 몸을 비추어봅니다. 그리 오래지 않은 옛날, 하늘과 바람과 별을 사랑했던 아름다운 시인이 우물에 자신의 모습을 비추어보

앉던 것처럼 말입니다. 그러고는 시인이 그랬던 것처럼 저도 제 모습이 부끄러워 눈을 감아버립니다. 피아노 속에는 머리와 목과 몸통이 구분되지 않는 개 한 마리가 들어앉아 있습니다. 아, 제 몸 어디에서도 저의 먼 조상이었던 야생 이리나, 늑대의 피는 찾아볼 수 없습니다. 살이 찐 제 몸은 꼭 물개 같습니다. 물개. 휴우우.

개 풀 뜯어 먹는 소리 하고 있네. 동배가 마지막으로 남긴 말입니다. 이틀 전에요. 붓기도 덜 빠진 만자 씨의 눈두덩에 주먹을 날리면서 한 말이죠. 예. 집을 나간 지 이틀째거든요, 동배가. 살다 보면 왜 그럴 때가 있잖아요. 어떤 일이 벌어지고 난 다음에야 아하 일이 그렇게 되려고 그랬었구나, 하는 때 말이에요. 말하자면 어떤 일에든 조짐이 있다는 얘기지요. 누구든 안 하던 짓을 하면 일단 의심하고 봐야 하는 건데……. 물론 동배가 집을 나간 것이 처음 일은 아니에요. 일 년에 대여섯 번 있는 일이죠. 한데 그날은 좀 달랐어요. 웬일인지 그날따라 동배는 아침에 일어나더니 부산을 떨어대더라고요. 머리를 감고, 면도를 하고. 동배가 아침에 일어나는 일은 지구의 공전주기랑 맞먹거든요.

"야, 돈 좀 줘."

아침을 먹어본 적이 없어 아침밥은 어떻게 먹어야 하는지 헛갈린 동배가 밥상머리에서 말했어요. 만자 씨가 콩나물국에만 밥을 막 한입 뜨려던 순간이었습니다. 만자 씨는 아무 말 없이 마저 밥을 먹었지요.

"야, 내 말이 말 같지 않냐? 이게 남편을 뭘로 보고."

동배가 드라마에서 표절한 대사를 외치면서 밥상을 내리쳤습니다. 상 위에 있던 국그릇이 떨어지면서 데구르르 굴렀어요. 만자 씨는 마룻바닥에 흩어진 밥풀이며 콩나물 가닥을 주섬주섬 상 위로 주워 올렸지요.

"없어요."

그 큰 눈에 금세 눈물이 들어찬 만자 씨가 말했어요.

"개 풀 뜯어 먹는 소리 하고 있네. 야, 박만자한테 돈이 없다면 지나가던 개도 웃는다야."

동배가 만자 씨의 눈에 주먹을 날리면서 말했어요. 물론 저는 웃지 않았어요. 거기까지였어요. 제가 본 건. 흥분한 제가 동배를 향해 으르렁거렸거든요. 이가 없다는 사실도 깜박 잊고 말이지요. 순간 동배가 제 옆구리께를 세게 걷어찼어요. 저는 깜박 정신을 놓았지요.

휴우우. 이 꼴 저 꼴 안 보려면 그때 세상을 떴어야 했는데. 죽더라도 만자 씨 얼굴을 딱 한 번만 더 보고 죽자는 생각에 떨어지지 않는 눈꺼풀을 간신히 밀어 올렸습니다. 역시 이번 싸움에서도 전광석화, 속전속결, 만자참패라는 원칙은 깨지지 않았더라고요. 쪽밤 같은 동배는 휘파람을 불며 머리를 매만지고 있데요. 저는 두리번거리면서 만자 씨를 찾았습니다. 그때 무엇인가가 막 현관문을 빠져나가고 있는 게 보였어요. 만자 씨의 뒤꿈치였지요. 양말도 신지 않은 채 보라색 슬리퍼를 신고 만자 씨는 미싱을 타러 가고 있었어요.

만자 씨는 지금 이틀째 동배의 컴퓨터 옆에서 꼼짝도 않고 있어요. 어제 점심때 동배 밥을 챙겨주러 왔다가 그길로 컴퓨터 옆에 주저앉아 버렸어요. 동배가 없어졌으니까요. 만자 씨는 귀한 물건을 잃어버리기라도 한 것처럼 정신없이 집 안의 이곳저곳을 뒤지기 시작했어요. 장롱 속, 화장실 선반 위, 세탁기 속, 하다못해 냉장고 안까지 뒤지더라고요. 동배가 아무리 쪽밤 같기로서니 설마 그 안에 숨었을라고요. 만자 씨는 이미 제정신이 아니었어요. 일 년에 대여섯 번은 당하는 일이지만 만자 씨는 꼭 처음 당하는 일처럼 허둥대요. 사람이 바뀌었다 뿐이지 동배는 이번에도 만자 씨에게 우려낸 돈으로 한 이틀 눈먼 여자 옆에 끼고 바람 똥 싸다 들어올 거예요. 돈 버는 일을 호랑이한테 물려 가는 것보다 더 무서워하는 인간이니 제가 돈 벌어 딴 살림 차릴 위인도 아니고. 돈 떨어지면 들어오게 되어 있어요, 동배는. 어떻게 그리 잘 아느냐고요? 에이 제가 말했었잖아요, 나이가 이쯤 되고 보니 세상만사가 잘 삶아놓은 우무 속 같다고.

지금쯤 만자 씨가 친정아버지 약값으로 보내려고 동배 몰래 모아두었던 돈은 초장을 살짝 묻힌 생선회가 되어 장 마담 목구멍으로 꿀깍 넘어가고 있을 겁니다. 그 앞에서 적당히 술이 오른 동배는 올근볼근 회를 씹는 장 마담이 예뻐서 어쩔 줄 몰라 하고요. 뻘 속으로 나왔다 들어갔다 하는 갯것들처럼 맞은편에 앉은 장 마담의 치마 속으로 간간이 동배의 손이 들락날락하겠지요.

고백하자면 어제 동배가 일찍 일어났을 때부터 저는 눈치채고 있었습니다. 아, 드디어 동배가 장 마담이랑 회 뜨러 가는 날이구나, 하고요. 만자 씨가 일하러 간 사이에 간간이 찾아오던 장 마담이 며칠 전부터 아예 쥐 풀 방구리 드나들 듯했거든요.

아휴, 장사도 안 되는데 어디 바닷가에 가서 회나 실컷 먹고 왔으면 좋겠다아. 단풍도 곱다는데…….

장 마담은 코맹맹이 소리로 말하곤 했지요. 만자 씨에게 미안해서 꾹 참으려고 했지만 그 코맹맹이 소리를 듣고 있으면 제 아랫도리 쪽으로 찌르르한 기운이 퍼졌어요. 그건 동배도 마찬가지였나 봐요. 장 마담 말이 끝나기도 전에 장 마담을 바닥에 눕혔으니까요. 아무튼 단풍 든 사하촌에서든 철 지난 바닷가에서든 지금 동배와 장 마담은 회를 먹고 있을 거예요. 그런 줄도 모르고 만자 씨는 이틀 동안 물 한 모금 마시지 않고 저렇게 동배 컴퓨터 옆에만 앉아 있어요. 동배에게 두들겨 맞고도 꼭 그 곁에 붙어서 잘 때처럼요. 바짝 마른 만자 씨의 입술에는 거스러미가 일었고 그 큰 눈이 더 움푹 패였어요. 그런 만자 씨를 보고 있자니 제 갈비뼈와 갈비뼈 사이로 회오리바람이 지나가는 것만 같아요. 이럴 줄 알았으면 휘파람 불며 나가던 동배를 물고 늘어질 것을. 이가 없으니 잇몸으로라도요.

저녁 무렵 여자 둘이 만자 씨를 찾아왔어요. 만자 씨랑 같은 공장에 다니는 사람들이에요. 만자 씨가 어제 점심때부터 공장에 나오질 않자 사람들은 대번에 알았을 거예요. 그 인간 또 집 나갔구먼. 작업반장은 발을 동동 굴렀을 거고. 납품할 물량은 많은데 일급 미싱사 만자 씨가 이틀째 나오질 않으니 보통 일이 아니거든요. 만자 씨 미싱이 돌아가질 않으니 납품 날짜를 못 맞추고, 못 맞추니 백화점에 옷이 걸리질 못하고, 걸리지 못하니 돈 많은 숙녀분들 애가 타고. 겨울은 곧 닥칠 텐데 결국 동배는 공공의 적이 되고 맙니다. 우라질 놈. 하필이면 꼭 이럴 때 나갈 게 뭐야. 작업반장은 동배에게 몇 마디 욕하는 걸로 단념할 테고요. 방법이 없거든요. 만자 씨는 동배가 돌아오기 전에는 절대로 미싱을 타지 않을 테니까요.

작년에도 하필이면 눈코 뜰 새 없이 바쁠 때 동배가 집을 나간 적이 있었어요. 당연히 만자 씨 미싱이 멈추어 섰죠. 애가

탄 작업반장이 만자 씨를 보쌈하다시피 해서 미싱 앞에 앉혔지요. 만자 씨는 한참 동안 멍하니 앉아 있더니 페달을 밟아대기 시작했고요. 이젠 됐다, 생각한 작업반장은 뒤쪽 라인 미싱에 이상이 생겨 자리를 떴지요. 마침 만자 씨 시다도 화장실에 갔고요. 잠시 후 만자 씨 쪽으로 온 작업반장은 기함을 하고 말았대요. 노루발 밑에 만자 씨 손가락이 들어가 있었으니까요. 만자 씨는 자기 손가락이 낀 줄도 모르고 미싱 페달을 밟아대고 최고급 원단에는 여기저기에 피가 튀었고요. 그때 생각이 나서 작업반장은 만자 씨가 결근을 하면 일단 청심환부터 먹고 봐요. 작업반장이 한 번도 보지 못한 동배에게 바라는 것이 있다면 공장 일이 바쁠 때는 가급적 가출을 삼가달라는 것, 그리고 재미 봤으면 얼른 집으로 돌아오라는 것, 이렇게 딱 두 가지예요.

"이번에 들어오면 잘라버려."

만자 씨를 위로하러 온 여자 중 나이 많은 쪽이 이렇게 말했어요. 만자 씨 옆에서 시다 일을 하는 여자지요. 툭 튀어나온 광대뼈 때문에 사나워 보이지만 만자 씨한테는 큰언니 같은 사람이에요. 이 여자가 만자 씨랑 짝이 된 뒤로 만자 씨의 느린 걸음걸이나, 큰 덩치를 보면서 쑥덕거리던 사람들이 잠잠해졌어요. 만자 씨를 이름 대신 야, 박둘치, 하고 부르는 축들도 없어졌고요.

앞으로 한 번만 더 만자한테 둘치라고 부르는 사람 있으면 주둥이를 박아버릴 거야. 미싱이 이기나 너희 주둥이가 이기나 두고 보자고.

만자 씨의 사나운 시다가 그렇게 말했죠. 둘치가 무슨 뜻인지도 모르는 만자 씨는 그 옆에서 미싱 페달만 밟아댔고요.

"자르긴 뭘 잘라?"

두 여자 중 좀 젊어 뵈는 쪽이 물었어요.

"아니 몰라서 물어? 낮일을 안 하면 밤일도 못하게 만들어버려야지."

"에구 이 언니 좀 봐. 그러다가 참말로 만자가 그리하면 어쩔라고? 어째 이번에는 지난번하고는 영 눈빛이 다르구먼."

순간 멍하니 앉아 있던 만자 씨의 눈빛이 잠깐 흔들렸던 것도 같아요.

우리는 지금 바람 부는 거리에 있어요. 만자 씨랑 저랑요. 여자들이 가고 난 다음에 만자 씨는 피아노에 묶인 저를 풀어주었어요. 그러더니 저를 가슴에 안고 이렇게 밖으로 나왔어요. 우리가 지금 어디로 가고 있는 거냐고 저는 묻지 않았지요. 순례가 시작되었다는 것을 알고 있으니까요. 동배가 집을 나가면 만자 씨는 저를 안고 밤새도록 동배를 찾아 헤매곤 했지요.

우리는 말없이 한참을 걸었어요. 만자 씨가 일하는 봉제 공장도 지나고 불 꺼진 장 마담의 단란주점 앞도 지나쳤지요. 피아노 아래에만 있어서 몰랐는데 집 밖에는 제법 가을이 깊었더라고요. 가로수 아래에 낙엽이 쌓이고 바람 속에서 마른풀 냄새가 났어요. 날아가는 기러기라도 있나 해서 저는 하늘을 올려다봤죠. 웬걸요. 번쩍거리는 간판 불빛만 눈에 들어왔어요. 거리에는 불빛들이 흘러넘쳤어요. 문득 그 불빛 뒤 어디에선가 혜리 씨 아니 죽순 씨가 노래를 하고 있을지도 모른다는 생각이 들었어요. 거리에서 죽순 씨가 귓불에 뿌리던 향수 냄새가 나는 것 같기도 했고요. 사랑하는 사람의 품속에서 옛사랑을 떠올리는 일은 얼마나 쓸쓸한 일인지요.

자동차 몇 대가 끼익, 소리를 내며 우리 앞에서 멈춰 섰어요. 나를 안은 만자 씨가 차들이 달리고 있는 4차선 도로를 그냥 가로질렀거든요. 운전자 몇이 차 유리창을 내리고 우리에게 욕을 해댔지요. 하지만 만자 씨에겐 아무 소리도 들리지 않는 것 같았어요. 덤불을 헤쳐 나가는 것처럼 만자 씨는 차 사이로 허적허적 걸어 나와 불빛의 거리로 들어섰어요. 불빛을 찾아든 부나방 떼처럼 거리에는 사람들이 많더라고요. 만자 씨는 눈에 띄는 대로 아무 가게에나 들어갔어요.

첫 번째 집은 감자탕 집이었어요. 손님 중에 쪽밤 같은 사내가 한 사람 있기는 했지만 동배는 아니었어요. 두 번째 집은 노래방. 주인이 말릴 틈도 없이 만자 씨는 방문을 하나하나 열어젖히기 시작했어요. 방문이 열릴 때마다 탬버린과 노랫소리가 쏟아져 나왔지요. 그곳에도 동배는 없었어요. 우리는 다시 거리로 나왔어요. 만자 씨의 눈빛이 번들거렸어요. 저는 점점 불안해지기 시작했어요. 바람 끝이 선득해선지 부르르 몇 번 몸을 떨기도 했고요. 만자 씨가 저를 더 꼬옥 안았지요. 숨이 막혔지만 그래도 제 볼에 만자 씨의 젖가슴이 와 닿는 게 좋았어요. 불안한 마음도 좀 누그러졌고요. 한데 자꾸 슬퍼지는 거예요. 웃고 있어도 눈물이 난다. 그대 나의 사랑아. 술 취한 남자 하나가 길옆 전봇대를 부여잡고 울부짖고 있었어요. 하마터면 저도 따라 부를 뻔했어요. 제 마음이 꼭 그랬으니까요.

왠지 그곳에는 들어가기가 싫었어요. 여관요. 거기서도 주인이 손쓸 틈이 없었지요. 만자 씨 눈은 아무것도 보고 있지 않았으니까요. 만자 씨는 방문 손잡이를 이리저리 우악스럽게 돌려 댔죠. 하지만 방문은 모두 안으로 잠겨 있었어요. 복도 끝에서 무섭게 생긴 종업원이 우리 쪽으로 뛰어오고 있었어요. 만자 씨 걸음이 점점 빨라졌지요. 맨발바닥에 땀이 나는지 만자 씨의 보라색 슬리퍼가 복도에 깔린 붉은 카펫 위에서 자꾸만 벗겨졌어요. 종업원이 만자 씨의 목덜미를 움켜잡았지요. 만자 씨 옷이 뜯어지고 목덜미며 얼굴에 상처가 생겨났어요. 저는 복도 바닥으로 떨어졌고요. 그래도 만자 씨는 방문

손잡이를 놓지 않았어요.

칠칠치 못한 인간. 뭐가 그리 급했는지 동배와 장 마담은 문도 잠그지 않고 얼크러져 있더라고요. 두들겨 맞고도 꼭 동배 곁에 붙어서 자는 만자 씨나, 멀리 가지도 않고 집 근처 여관에서 재미 보는 동배나. 동배 어머니 유언대로 그 속은 정말 귀신도 모를 일이지요.

어머머, 당신들 뭐야? 장 마담은 비명을 지를 때도 코맹맹이 소리를 하데요. 어느새 대충 옷을 챙겨 입은 동배가 만자 씨 얼굴 위로 주먹을 날렸고요. 그럼요. 제 옆구리에도 동배의 발이 다녀갔지요. 고맙더라고요. 만자 씨 혼자 맞았다면 제 마음이 더 아팠을 테니까요.

쫓겨난 우리는 여관 입구 계단에 쭈그리고 앉았어요. 그날 밤처럼요. 맞아요. 그날도 이랬어요. 동배가 죽순 씨 방으로 들어왔던 날, 지금처럼 만자 씨와 저는 나란히 쭈그리고 앉아 방 앞에서 밤을 샜지요. 그게 다 끈끈이에 붙은 쥐 때문이었어요. 죽순 씨 부엌에 살던 쥐가 죽순 씨가 펼쳐놓은 끈끈이에 들러붙었고 그걸 몇 번인가 동배가 치워주었거든요. 끈끈이 핑계를 대고 동배는 죽순 씨 부엌에 들락날락거렸지요. 그러더니 어느 날 쥐처럼 문지방을 넘어 죽순 씨 이불 속으로 들어왔고요. 저는 동배에게 쫓겨나 죽순 씨 방문 앞에서 망연히 앉아 있었지요. 어떻게 알았는지 만자 씨도 제 옆에 와서 쭈그리고 앉더라고요. 무르팍에 얼굴을 묻고요. 우리는 서로 아무 말도 나누지 않았어요. 슬픔이 슬픔에게 무슨 말을 할 수 있겠어요. 한데 얼마나 시간이 흘렀을까. 괜시리 눈자위가 뜨거워지더니 가슴이 먹먹해지더라고요. 물에 빠진 것처럼 점점 숨이 차오르면서요. 만자 씨의 슬픔이 제게로 흘러오고 있는 거였지요. 순간 그녀에게 입을 맞추고 싶다는 생각이 들었어요. 연인들의 혀가 서로를 쓰다듬고 위무하는 것처럼 제 혀가 닳을 때까지 그녀를 핥아주고 싶었지요. 그때부터였던 것 같아요. 제가 만자 씨를 사랑하게 된 게. 누구든 무르팍에 얼굴을 묻은 여자와 밤을 새고 나면 사랑할 수밖에 없을 거예요.

아니요. 아직 한 번도 그녀에게 입맞춤을 해보지는 못했어요. 험상궂게 생긴 종업원만 아니었다면 여관 입구 계단에서 그녀에게 입을 맞출 수 있었는데.

"좋은 말로 할 때 꺼져."

여관 종업원이 이 사이로 침을 갈기면서 말했어요.

만자 씨는 저를 안고 다시 걷기 시작했지요. 맨발인 채로요. 예. 그 여관 복도 어디엔가 있겠지요. 슬리퍼를 찾아 신을 새도 없이 우리는 쫓겨났으니까요. 혹시 서울 변두리에 있는 여관에 들렀다가 보라색 슬리퍼를 보거든 만자 씨가 다녀간 곳이구나 하고 생각하세요. 고향 떠나올 때 강가에 피어 있던 달개비꽃처럼 푸른 멍 자국을 늘 얼굴에 달고 다니는 여자, 뱃속에 들어선 아이마다 오뉴월 비에 풋감 떨어지듯 해 둘치라고 불리는 여자, 만자 씨가 울다 간 자리라고요.

어디서 이상한 소리가 난다고요? 저 소리 말이지요? 마른 풀이 바람에 서걱대는 것 같은 저 소리요. 예에, 만자 씨가 가위를 갈고 있거든요. 그러실 거예요. 저도 처음엔 많이 놀랐으니까요. 만자 씨가 피아노 위에서 녹이 슨 가위를 집어 든 순간 늙은 시다의 말이 떠올랐거든요. 제 아랫도리가 오그라드는 것만 같았어요. 가위가 할 수 있는 일이 뻔하잖아요. 저는 동배를 깨우려고 했어요. 오늘 아침에 들어온 동배는 지금 안방에서 정신없이 자고 있어요. 하지만 그렇게 할 수 없었어요. 저 얼굴, 가위를 갈고 있는 만자 씨의 저 얼굴 때문에. 저렇게 평화로운 얼굴을 본 적이 있으세요? 고향 강가에서 빨래를 할 때 저런 얼굴이었을까? 어쩌면 핑궈리 꽃그늘 아래에서도 저런 표정이었겠지요. 그래요. 슬픔이, 아주 지독한 슬픔이 순간적으로 그런 평화로움을 만들어내는 걸 거예요. 지금 이 순간 내 사랑 만자 씨의 평화를 깨뜨리고 싶지 않아요. 초청장을 기다리는 동생도 그리운 친정어머니도 만자 씨의 평화를 깨뜨릴 수는 없을 거예요. 단물 그득한 핑궈리도요.

방금 안방으로 들어간, 그녀의 쩍쩍 갈라진 발뒤꿈치에 오래오래 입맞춤을 해주었으면. 휴우우. 전 이제 피아노 아래로

가 좀 쉬어야겠어요.

　내년 봄, 두만강 너머 그녀의 핑궈리 나무에 속절없이 또 꽃
은 피겠지요.

구리 연

나는 연이다. 구리선으로 만든 가오리연이다. 넓은 지느러미로 물을 밀어내며 긴 꼬리로 방향을 잡아 나아가는 가오리. 가창오리나 청둥오리처럼, 나는 하늘을 헤엄치는 가오리다. 남자는 심해 속의 가오리를 하늘에 풀어놓으려 했다.

남자와 나는 지금 맨홀 속에 있다. 직사각형 모양의 작은 통신용 맨홀이다. 맨홀의 대부분은 복잡하게 얽힌 통신용 케이블이 차지하고 있다. 케이블 중 하나는 방수피복이 벗겨져 있다. 바닥으로부터 30센티미터 정도의 높이에는 물때 자국이 선명하게 나 있다. 물에 잠겼던 흔적이다. 근처 하수도나 수도관에서 새어 나온 물이 맨홀로 스며들었을 것이다.

리시버를 귀에 꽂은 남자는 동그랗게 몸을 말고 맨홀 구석에 박혀 있다. 바닥에는 빈 소주병 두 개와 끌칼 그리고 색색의 구리선 다발이 놓여 있다. 통신용 케이블로 쓰는 구리선이다. 색색의 구리선 다발 옆에 등황색 구리선 뭉치도 있다. 남자는 무언가를 꼭 쥐고 있다. 바로 나다. 나를 꼭 쥔 채 잠이 든 남자의 얼굴은 평화로워 보인다.

조금 전까지 남자는 구리선을 수직과 수평으로 교직해 가며 내 몸을 만들었다. 나를 만들어가는 중간 중간에 남자는 가볍게 몸을 떨기도 했다. 몸을 뒤치며 하늘 높이 날아오르는 내 모습이 떠올랐기 때문이다. 내 몸에 닿아 비늘처럼 부서지는 햇빛 때문에 남자는 잠시 눈을 감기도 했다. 마름모의 이분의 일 지점까지 구리선은 촘촘히 교차했다. 그 지점을 지나면서 남자는 졸기 시작했다. 선의 간격이 성글어졌다. 바람은 그 성글어진 틈으로 불어 갈 것이다.

남자는 나를 다 완성하지 못했다. 지금껏 남자가 시작해서 끝을 보지 못한 작품은 없었다. 남자의 손가락이 구리선 두 개를 얽는 순간 이미 완성된 것이나 다름없었다. 하지만 이번에는 달랐다. 내 몸을 이루는 마름모의 아랫부분이 다 채워지지 않았다. 구리선이 몇 차례 더 수직과 수평을 이루며 지나간다면 내 몸은 완성될 것이다. 몸체가 완성되지 못했으니 당연히 세 개의 꼬리도 달지 못했다. 남자는 졸음을 견딜 수 없었다. 잠들면 안 돼, 하는 남자의 생각까지 잠의 검은 자락에 덮이고 말았다.

남자가 잠든 순간 무엇인가가 조금씩 남자의 몸을 빠져나와 내 몸으로 흘러 들어왔다. 조금은 따뜻하고 아릿하고 가벼운 어떤 것이었다. 나는 우리 둘이 서로 통하게 되었다는 것을 느꼈다. 내 몸이 통신용 구리선으로 만들어져서 가능한 일이었다. 남자와 관계되는 일이라면 나는 뭐든지 알 수 있게 되었다. 내 몸을 이루는 구리선이 땅속 깊은 곳의 암석 속에서 다른 여러 가지 것들과 섞인 채 볼품이라고는 전혀 없는 구리 파편으로 뒹굴던 시절까지도 나는 기억할 수 있다. 아래서부터 네 번째 가로줄을 이루는 구리선은 섭씨 천 도가 넘는 용광로에서 부글거리며 끓어오를 때의 뜨거움을 잘 기억하고 있다. 그런 기억들은 때때로 나를 피곤하게 만들기도 한다.

세로로 늘어진 구리선을 또 다른 선으로 가로지르다 남자는 이제 막, 잠이 들었다. 남자는 나를 꼭 쥔 채 얼어갈 것이다.

2월의 저녁 6시. 하늘에서부터 시작된 어둠이 거리에 내려앉고 있었다. 빛으로부터 어두움을 향해 가는 시간의 걸음걸이를 또렷하게 가늠할 수 있었다. 농밀하게 밀려드는 어둠에 땅 위의 것들은 제 윤곽을 조금씩 허물어뜨리기 시작했다. 그러다 어느 순간, 어둠이 완전히 내려앉기 직전 모든 것들의 윤곽이 뚜렷해졌다. 너무 짧은 순간이어서 알아챌 수 없을 정도였다. 그 시간대의 세상 모든 것들은 제각기 다른 중량의 침묵에 침윤되어 있어 사물들은 어둠이 아니라 거대한 침묵 속으로 빠져드는 것처럼 보였다. 그 순간이 지나면 사물들의 윤곽은 참수당한 것처럼 어둠 쪽으로 뚝 떨어지고 말았다.

남자는 골목 입구에 서 있었다. 4차선을 사이에 두고 건너편 꽃가게가 마주 보이는 곳이었다. 남자는 붙박인 듯이 서서 가게를 바라보았다. 가게 앞 한편에 빈 화분이 쌓여 있었다. 봉오리 두서너 개를 달고 있는 양란 화분 몇 개와 꽤 큰 관상수 몇 개가 전부였다. 장미도, 안개꽃도, 터키 도라지도 보이지 않았다. 실내가 침침해서인지 멀리서도 나무들은 부실해 보였다. 입구 쪽에 앉아 있는 중년의 여자는 전화 통화 중이었다.

남자의 몇 발짝 앞에 맨홀이 있었다. 여전히 전화기를 붙들고 있는 그 여자가 예전의 주인 여자인지 아닌지 남자는 알 수 없었다. 남자는 꽃집 간판을 바라보았다. 간판의 한쪽 끝이 거무스름하게 타 들어가 있었다. 그 부분을 밝혀야 할 형광등 하나가 불규칙하게 점멸했다. 간판에 적힌 전화번호는 오 년 전 그대로였다.

갑자기 밀어닥친 추위로 다행히 거리에는 인적이 없었다. 남자는 맨홀로 다가갔다. 맨홀 뚜껑 손잡이는 녹슬어 있었다. 남자는 배낭에서 끌칼을 꺼내 들었다. 케이블의 고무피복을 벗길 때나 구리선 뭉치를 자를 때 쓰는 연장이었다. 남자는 끌

칼로 맨홀 양쪽의 손잡이를 들어 올린 다음 자신의 몸이 들어
갈 수 있을 만큼만 뚜껑을 열고 맨홀 안을 들여다보았다. 팔뚝
굵기만 한 케이블 가닥이 얼기설기 얽힌 채 어둠 속으로 뻗어
들어가 있는 것이 보였다. 오랫동안 열리지 않았던 모양인지
아래로부터 매캐한 냄새가 올라왔다. 숨을 쉬지 못할 정도는
아니었다. 바닥에 물은 고여 있지 않았다.

　남자는 배낭을 벗어놓고 구멍 속으로 다리를 밀어 넣었다.
발바닥으로 케이블을 더듬더듬 밟고 내려선 다음 남자는 배낭
을 끌어내려 발치께에 놓았다. 배낭 속 소주병이 바닥에 닿으
며 맑은 소리를 냈다. 맨홀 바닥에 내려선 남자는 구석구석을
살펴보았다. 남자는 어느 봄날 이 맨홀에서 며칠 동안 일한 적
이 있었다. 전화회선을 연결하고 연결된 회선들을 방수피복으
로 싸는 작업이었다. 벽에 생긴 물띠만 빼면 맨홀 안은 오 년
전 그대로였다.

　남자는 꿈쩍도 않고 서서 열린 맨홀 뚜껑 사이로 하늘을 올
려다보았다. 하늘에는 2월 초저녁의 잔광이 아직 남아 있었
다. 보랏빛이었다. 그 보랏빛 한 귀퉁이가 조금씩 짙어져 갔
다. 남자의 얼굴에 잔광이 묻어났다. 얼굴 아랫부분이 맨홀 속
어둠에 잠겼다. 남자는 더 어두워지기 전에 맨홀 뚜껑을 닫아
야 한다고 생각했다. 완전히 어두워진 하늘을 눈에 담아두고
싶지는 않았다. 남자는 발밑에 놓인 배낭을 밟고 올라섰다. 배

낭 속의 소주병이 한쪽으로 미끄러졌다. 남자는 팔을 뻗어 맨홀 뚜껑의 끝을 잡고 끌어당기기 시작했다. 뚜껑은 여간해서 움직이지 않았다. 남자는 이를 악물고 다시 끌어당겼다. 뚜껑은 조금씩 끌리면서 여자가 내던 숨소리를 냈다. 뚜껑이 움직인 거리에 비해 그것이 내는 마찰음은 길고 질겼다. 남자의 얼굴이 일그러졌다. 뚜껑을 당기는 남자의 팔목 힘줄이 툭툭 불거졌다. 뚜껑이 끌려와 덜컹, 홈에 들어맞았다. 하늘이 완전히 사라졌다. 일시에 진공상태에 빠져든 것처럼 남자에게 귀울음이 찾아왔다. 거기에 질기고 긴 여자의 숨소리가 끼어들었다. 귀울음과 여자의 숨소리가 맹렬하게 이어졌다. 남자는 두 손으로 귀를 누르며 무릎을 꿇었다.

맨홀 안의 어둠은 실오라기만 한 틈도 보여주지 않는다. 깜깜하다. 바닥에 꿇어앉은 남자도 케이블도 맨홀 벽의 물띠도 보이지 않는다. 남자의 숨소리도 들리지 않는다. 모든 것이 사라진 자리에 터질 듯 부풀어 오른 어둠이 자리 잡는다. 어둠의 질감과 양감이 생생하게 느껴진다. 완벽한 어두움은 분명 육체를 가지고 있다. 내 몸이 녹아 어둠 속으로 스며들어 버릴 것 같다. 어두움은 시간까지 빨아들여 버려 시간이 얼마나 흘렀는지 알 수 없다. 어둠 속에서 몇만 년의 시간이 녹아 끓고 있는 것 같기도 하고 단 일 초도 흐르지 않은 것도 같다. 부스럭거리는 소리가 들리더니 손전등이 켜진다. 맨홀 벽에 둥그런 빛의 테두리가 그려지고 어두움이 맨홀 구석으로 빠르게 몰려간다. 맨홀 안이 둥그렇게 보인다. 케이블만 아니라면 맨홀 속이 아니라 커다란 항아리 속 같기도 하다.

손전등을 손에 든 채 남자는 여전히 무릎을 꿇고 있다. 남자 옆에는 낡은 배낭이 놓여 있다. 배낭 속에는 남자가 일할 때 쓰는 몇 가지 연장과 소주 두 병 그리고 색색의 구리선이 가득 들어 있다. 배낭의 주둥이로 구리선 몇 가닥이 흘러나와 있다. 남자의 눈꺼풀에 미세한 경련이 인다. 남자는 손전등을 내려놓고 배낭 속 구리선 다발을 끄집어내기 시작한다. 남자의 머릿속에 내가 떠오른 것이다. 남자는 어린 시절 이후 연을 만들어본 적이 없다. 연을 만드는 방법도 잊었다. 왜 갑자기 내가 생각난 것인지 남자는 알 수 없다. 맨홀 벽을 멍하니 바라보는 남자의 눈앞으로 하늘 높이 날아오르는 내 모습이 자꾸만 아른거린다. 나는 쥐불 타오르는 벌판을 넘어 얼어붙은 산맥 위로 날아오르고 있다. 등황색의 내 몸이 창공에서 수천, 수만 빛깔로 빛을 낸다.

남자 앞에는 색색의 구리선이 쌓여 있다. 불빛이 어두워 구리선은 제 색을 잃었지만 여전히 화려하다. 백, 적, 흑, 황, 자, 청, 등, 녹, 갈, 회. 직경 0.5밀리미터의 통신용 구리선은 각각 열 가지 색 비닐로 피복되어 있다. 남자는 손톱으로 비닐

피복을 훑어 내린다. 색색의 비닐을 벗겨내고 온전한 구리선만으로 나를 만들고 싶은 것이다. 피복을 벗기는 일은 쉽지 않다. 남자의 엄지와 검지 손톱 끝이 짓뭉개진다. 그 손톱 밑으로 색색의 비닐 입자가 끼어든다. 피복이 벗겨진 구리선이 등황색의 광택을 내며 빛을 낸다. 그런 빛깔을 처음 보는 사람처럼 남자는 한참 동안 구리선을 본다. 바닥과 벽에서 빠져나온 냉기가 남자의 몸속으로 파고든다.

　카지노 안은 온통 원색투성이였다. 빨강, 하양, 노랑, 초록, 분홍, 자주색이 뒤섞여 소용돌이치며 맴돌았다. 게임장 안을 떠도는 온갖 루머처럼 사람들은 출렁이는 색깔과 숫자 속에서 해파리처럼 부유하고 있었다. 이곳에서는 갖가지 색깔과 아라비아 숫자만으로 모든 것이 통했다. 사람들은 돈이 아니라 온갖 숫자와 색깔의 아귀에서 풀려나지 못하고 있었다. 카지노 입구에 들어선 남자는 순간적으로 귀를 막았다. 카지노 안은 거대한 잠수함의 기관실 같았다. 온갖 기계 소리가 윙윙대었다. 남자는 멀미가 나는 것 같아 입술을 깨물었다. 원색에 피폭된 것처럼 움직이고 있는 사람들 속에서 여자를 찾기란 쉽지 않았다. 남자는 선뜻 안으로 들어서지 못하고 입구에서 두리번거렸다.
　여자는 룰렛 게임판 근처에 있었다. 테이블 가운데에서 수레바퀴 모양의 회전판이 돌고 있었다. 회전판은 서른여덟 개의 작은 칸으로 나뉘어 있었고 각각의 칸은 검정과 빨강으로 칠해졌다. 칸에는 1에서 36까지의 숫자가 적혀 있었다. 0과 00은 녹색 칸에 있었다. 수레바퀴처럼 쉬지 않고 돌아가는 회전판을 보며 사람들은 돈을 걸었다. 자기가 찍은 숫자를 배팅판에서 찾아 그 위에 칩을 올려놓으면 되었다. 배팅판 위가 금세 색색의 칩으로 덮였다.

여자의 머리칼은 엉겨 붙었고 옷은 형편없이 구겨져 있었다. 여자가 이곳에 온 지 일주일이 넘었다. 하지만 여자는 자신이 이곳에 온 지 얼마나 되었는지 알지 못했다. 지금이 여름인지 겨울인지, 낮인지 밤인지도 알지 못했다. 이 안에서는 오직 숫자와 색깔만을 기억하면 되었다. 며칠 사이에 여자의 돈은 모두 회전판 속 어딘가로 흘러 들어가 버렸다. 객장 앞 로비에 포진해 있는 카드 할인업자들에게 카드를 넘긴 지도 며칠 되었다. 담보로 잡힐 수 있는 것은 모두 잡혔다. 그래도 잭 팟이든 빙고든 하나만 터져주면 다시 다 찾을 수 있다고, 그때까지 버티면 된다고 여자는 생각했다. 여자는 게임판 주위를 어슬렁거리며 돈을 얻어냈다. 처음에는 입이 떨어지지 않았지만 이제 이력이 붙었다. 게임판 옆에서 지켜보고 있다가 배팅에 성공한 사람에게 접근했다. 집에 갈 차비가 떨어졌다고 하면 기분에 취해 만 원짜리나 오천 원짜리를 집어주었다. 카지노 생리에 어두운 초짜들에게는 대부분 통했다. 그렇게 얻은 돈을 동전으로 바꿔 슬롯머신에 밀어 넣었다. 여자는 슬롯머신을 보험쯤으로 생각했다. 며칠 전, 잭폿이 거의 터지지 않는 '마녀'라는 별명이 붙은 슬롯머신에서 여자는 잭폿을 터뜨렸다. 만 원을 털어 넣고 일어서려는데 쇠구슬이 쉬지 않고 쏟아졌다. 여자는 자신의 온몸 구석구석에서 발포정이 터지는 것처럼 소리를 질렀다. 백만 원이 넘는 돈을 땄다. 그 돈을 모두 룰렛판에 흘려 넣었다. 여자는 '마녀'의 핸들을 잡아당길 때 저릿하게 팔을 타고 번져 오르던 손맛을 잊지 못했다.

여자는 룰렛판 하나를 찍었다. 사내 혼자 앉아 있는 곳이었다. 그 앞에 쌓여 있는 칩이 어림잡아 백 개가 넘어 보였다. 모두 만 원권 칩이었다. 여자는 사내 옆에 가 앉았다. 회전판이 돌아가고 있었다. 회전판 속으로 뛰어들기라도 할 것처럼 여자는 뚫어지게 바라보았다. 여자의 눈동자 속에서 알록달록한 회전판이 돌아갔다. 사내가 신중한 손동작으로 배팅판의 숫자 23 위에 열 개의 칩을 올려놓았다. 딜러가 굴린 볼이 회전판의 23에 들어가면 사내는 서른다섯 배에 해당하는 금액을 받게 될 것이었다. 시계 반대 방향으로 돌아가고 있는 회전판에 딜러가 흰색 구슬을 굴려 넣었다. 딜러의 손을 떠난 구슬이 회전판과 반대 방향으로 돌기 시작했다. 여자의 눈이 구슬을 좇았다.

남자는 입구 쪽부터 훑으며 안쪽으로 들어오고 있었다. 여자를 찾고 있었지만 막상 여자의 얼굴이 떠오르지 않았다. 사람들이 원색에 피폭된 것처럼 이런저런 색깔로만 보였다. 남자와 여자는 50미터 남짓 떨어져 있었다. 게임 테이블 몇 개만 건너오면 만나게 되었다. 잭폿이 나왔는지 중간쯤에 위치한 슬롯머신 앞에서 환호성이 터졌다. 카지노 안의 모든 시선이 일제히 그쪽으로 쏠렸다. 기계 한 대가 번쩍거리고 있었다. 기계를 치장한 온갖 색깔들이 한꺼번에 터져 나오는 것 같았다. 배팅 중이던 사내도 몸을 틀어 그쪽을 바라보았다. 사내 앞의 칩은 반절이 넘게 줄어 있었다. 순간, 여자가 칩 두 개를 슬쩍 집어갔다. 여자와 눈이 마주친 딜러가 눈을 내리깔았다.

이미 자제력을 잃은 사내는 남은 칩을 모두 짝수에 걸었다. 사내의 배팅을 확인한 딜러의 눈이 재빨리 회전판 위의 숫자를 훑었다. 사내의 배팅이 성공할 확률은 이분의 일이었다. 딜러가 성냥을 긋듯 구슬을 회전판에 그으며 밀어 넣었다. 사내의 눈 속에서 화악, 불꽃이 일었다. 그 옆에서 주먹을 꼭 쥔 여자는 중얼대고 있었다. 빨리, 더 빨리. 구슬은 숫자 17이 적힌 홈으로 들어갔다. 룰렛 회전판처럼 카지노 전체가 빙글빙글 도는 것 같아 여자는 눈을 감았다 떴다. 딜러 앞에는 어느새 다른 사람들이 앉아 있었다. 발이 부어 구두 뒤축을 꺾어 신고 여자는 환전창구 쪽으로 걸어갔다. 여자의 다리가 휘청거렸다.

카지노 안을 돌던 남자의 눈이 슬롯머신 앞의 한 여자에게가 멈추었다. 눈에 익은 뒷모습이었다. 여자는 슬롯머신의 핸들을 잡아당기고 있었다. 룰렛판에서 훔친 칩을 동전으로 바꾸어 잭폿을 노리는 중이었다. 릴이 회전할 때마다 여자의 얼굴이 환해지다가 어두워졌다. 여자의 좁은 어깨가 기계 속으로 빨려 들어갈 것만 같았다. 눈에 익은 그 어깨가 그 순간 남자에게 몹시 낯설어졌다. 남자는 여자의 이름을 부를 수 없었다. 여기서 그만 돌아가도 좋겠다는 생각이 들었다. 하지만 남자의 손은 어느새 여자의 어깨를 움켜잡고 있었다. 여자의 눈동자가 남자를 올려다보았다. 아무것도 담겨 있지 않은 그 눈이 남자의 얼굴 위에 잠깐 머물렀다. 그저 그뿐, 여자의 눈은 남자의 등 뒤 어딘가에서 풀어졌다.

가자, 남자가 말했다. 여자는 대답하지 않았다. 가자고. 여자의 윗옷을 움켜잡은 남자가 여자를 잡아끌었다. 여자는 슬롯머신의 핸들을 꼭 잡고 떨어지지 않으려고 했다. 잭폿이 터졌을 때처럼 카지노 안의 시선들이 두 사람에게 쏠렸다. 여자의 옷 솔기가 뜯어져 나갔다. 여자에게서 바닥으로 동전들이 떨어져 굴렀다. 그 속에 훔친 칩도 끼어 있었다. 하나는 남겨두었던 것이다. 여자의 눈이 그 칩에 가 박혔다. 여자가 남자의 팔목을 깨물었다. 남자가 여자를 놓친 사이에 여자는 바닥의 칩을 움켜쥐었다. 남자가 다시 여자의 팔목을 잡아챘다. 여자는 뒤로 버팅기면서 끌려왔다. 여자의 구두 한 짝이 벗겨져 나갔다. 카지노 안에서 종종 벌어지는 일이라 쏠린 눈들은 이내 제자리로 돌아갔다. 남자에게 끌려 출구를 빠져나오기 직전 여자는 질끈 눈을 감았다. 카지노에서 흘러나온 불빛이 여자의 얼굴 위로 어지럽게 번졌다. 감은 눈 속에서 색깔과 숫자들이 뭉개지며 녹아내렸다. 여자는 피가 나도록 입술을 물었다. 시계 반대 방향으로 돌아가는 룰렛판처럼 모든 것을 거꾸로 돌리고 싶었다. 온몸에 숭숭 구멍이 뚫려 그리로 모든 색깔들이 빠져나가는 느낌에 여자는 부르르 떨었다.

가자, 가자. 중얼거리는 남자의 등 뒤로 진눈깨비가 날리고 있었다. 여자는 더 이상 버팅기지 않았다. 어디로 가야 하는지 남자는 알 수 없었다. 여자의 팔목을 잡아끈 채 무작정 걸을 뿐이었다. 여자는 자꾸 뒤를 돌아다보았다. 카지노가 조금씩 뒤로 물러나고 있었다. 한바탕 꿈을 꾸고 있는 것 같았다. 석탄처럼 까만 빈집들이 드문드문 이어지다 사라졌다. 구두 한 짝이 벗겨진 줄도 모르는 여자의 맨발이 날카로운 돌에 찢겼다. 발바닥에서부터 날카로운 통증이 타고 올라왔다. 진눈깨비가 얼굴을 때리며 뒤로 물러났다. 여자는 남자의 손을 뿌리치고 길옆 어둠 속으로 뛰기 시작했다. 그때까지도 꼭 쥐고 있던 칩이 손금을 파고들도록 여자는 주먹을 쥐었다. 여자가 달려가는 방향에는 더 깊은 어두움이 진을 치고 있었다. 여자는 그 어둠에 홀린 듯 달려 들어갔다. 나머지 한 짝의 구두마저 벗겨져 나갔다.

아무것도 보이지 않았다. 여자의 맨발만 어둠 속에서 희끗거렸다. 석탄 가루처럼 검은 진눈깨비가 날리고 있었다.

남자의 손끝에서 구리선이 수직과 수평을 이루며 얽히고 있다. 내 몸이 만들어지기 시작한 것이다. 옹이가 박힌 남자의 손가락이 빠르게 움직인다.

나는 남자를 올려다본다. 비죽비죽 자란 턱수염이 보이고 거스러미가 인 입술이 보인다. 좀 더 자세히 들여다보면 말라붙은 눈물 자국도 보일 것이다. 남자의 눈 속은 고요하다. 어젯밤, 남자의 눈 속으로 지나가던 진눈깨비 같은 것은 사라지고 없다. 일에 몰두해 있을 때 남자는 저런 눈빛을 한다.

남자의 손에서 여자의 체취가 느껴진다. 그 밤, 사방의 어둠이 너무 짙어 아무것도 보이지 않았다. 어둠 속에서, 여자의 맨발을 따라간 남자의 흐느끼는 소리만 들려왔다. 어둠처럼 남자의 울음은 시작도 끝도 없이 이어졌다. 진눈깨비가 그쪽으로 몰려갔다.

남자는 쉬지 않고 내 몸을 만들어나간다. 지금 구리선은 뾰족하게 빛나는 내 정수리 부분을 지나고 있다.

서울을 출발한 기차는 세 시간째 달리고 있었다. 기차 안은 한산했다. 출발한 지 얼마 지나지 않아 승객들 대부분은 잠들 었다. 홍익회 밀차도 두어 번 지나간 뒤로 오지 않았다. 굴곡 이 많은 지형이라 기차는 자주 덜컹거렸다. 그때마다 승객 중 누군가가 깨어났다가 곧 잠이 들었다. 마을의 불빛은 보이지 않았다. 기차는 협곡을 통과하는 중이었다. 검정색 천을 가르 듯 가차는 협곡에 괸 어둠을 가르며 달렸다. 협곡을 지나면 터 널이 이어졌다. 어둠이 차창에 악착같이 따라붙었다. 남자는 중간쯤에 앉아 있었다.

남자는 차창 밖을 보고 있었다. 여전히 창밖은 깜깜했다. 어 쩌다가 어둠 속에서 불빛이 보이면 남자는 그 불빛이 보이지 않을 때까지 바라보곤 했다. 불빛이 끊어진 지 한참 되었다. 침목처럼 검은 어둠만 펼쳐지고 있었다. 기차가 이 어둠 속을 백 년도 넘게 달려온 것 같았다. 백 년을 더 달려도 어둠은 끝 이 나지 않을 것 같았다.

차창에 남자의 얼굴이 비쳤다. 남자는 어둠 속에 부표처럼 떠 있는 자신의 얼굴을 들여다보았다. 눈자위가 움푹 팬 낯선 사내가 거기에 있었다. 사내의 광대뼈는 끝도 없이 이어지는 어둠과 포개져 경계를 찾을 수 없었다. 기차는 점점 더 깊은 갱도 속으로 들어가고 있는 것 같았다. 남자는 차창에 흩어진 얼굴을 쓸어내렸다.

정차역 도착 예정 시각을 알리는 안내 방송이 흘렀다. 한 시간 후면 목적지에 닿을 것이었다. 그곳이 갱도의 끝일 것이라고 남자는 생각했다. 바람 없는 날에도 공기 중에 탄진이 떠도는 곳, 아침에 갱도 속으로 들어간 사내들이 저녁 무렵 석탄처럼 까매져서 살아오거나 아니면 거기에 묻혀 석탄이 되는 곳. 높아진 고도 때문인지 귓속이 조여지는 느낌이 들었다. 남자는 마른침을 삼켰다.

깊숙이 들어온 갱도의 끝, 소읍은 어둠에 잠겨 있었다. 소읍 전체가 깊은 갱도 속에 들어앉은 것 같았다. 목탄으로 칠해 놓은 것처럼 주변의 모든 것이 검었다. 별도 검은지 별 하나 보이지 않았다. 올 때마다 이곳의 어둠에 남자는 당황했다. 남자는 역 귀퉁이에 산처럼 쌓인 검은 덩어리를 일별했다. 석탄이었다. 소읍을 채운 어둠이 거기에서 흘러나오고 있었다. 플랫폼을 빠져나온 남자는 어깨에 멘 배낭끈을 다잡았다. 카지노는 어디 박혀 있는지 불빛도 보이지 않았다. 진눈깨비라도 내릴 것 같았다.

나를 만들어가는 중간 중간에 남자는 가볍게 몸을 떤다. 몸을 뒤치며 하늘 높이 날아오르는 내 모습이 떠올랐기 때문이다. 내 몸에 와 비늘처럼 부서지는 햇빛을 떠올리는 것만으로도 남자는 눈이 부시다. 너무 눈이 부셔 남자는 잠시 눈을 감기도 한다. 눈을 감고도 남자의 손은 쉬지 않고 움직인다.

남자의 손은 무엇이든지 만들어낼 줄 안다. 빨강과 초록의 구리선으로 장미를 만들기도 했고 검정과 회색의 구리선을 모아 매미도 만들었다. 점심 식사 후 잠깐 쉬는 시간에, 동료들이 화투패를 돌리는 밤에도 남자는 끊임없이 무언가를 만들었다. 구리선을 쥔 남자의 손가락은 가는 구리선만큼이나 섬세하게 움직인다. 연필꽂이, 냄비 받침, 복조리, 메모지 꽂이, 비둘기, 돛단배……. 연필꽂이든 비둘기든 돛단배든 처음부터 작정하고 만드는 것은 아니다. 손이 제 나름대로 움직여 물건을 만들어낸다. 물건의 형상이 반쯤 드러났을 때에야 자신의 손이 만들고 있는 것이 무엇인지 알게 될 때도 있다. 동료들의 집에는 남자가 만든 물건이 한두 개씩은 있다. 그놈의 케이블 지겹지도 않아? 동료들은 끊임없이 손을 놀리는 남자에게 한마디씩 한다. 그러면서도 작업하고 남은 구리선을 모아 남자에게 가져다준다. 동료들은 구리선 자투리가 남자의 손끝에서 가지각색의 물건으로 새로 태어나는 것을 신기해한다. 재게 움직이는 남자의 손을 보다가 색색의 구리선이 남자의 손가락 끝에서 생명을 가진 무엇처럼 자라 나오는 착각에 빠져들기도 한다. 누군가 숨을 불어넣어 준다면 남자가 만든 비둘기가 날아오르고 바람이 불어준다면 돛단배가 두둥실 떠나갈 것 같았다. 손이 무언가를 만들고 있는 동안만큼은 귀울음도 잠잠해졌다.

맨홀 안의 온도는 점점 더 내려가고 있다. 남자의 발가락 끝 감각이 무뎌지고 있다. 그래도 남자의 손은 멈추지 않는다. 정수리부터 타고 내려온 구리선은 지금 내 콧등 부분을 지나고 있다. 잠시 후면 내 얼굴이 완성될 것이다.

집은 비어 있었다. 십오 일 만에 돌아온 집이었다. 한잔 걸치고 가자는 동료들을 뒤로 하고 남자는 곧장 집으로 왔다. 어쩌면 그사이에 여자가 돌아와 있을지도 모른다는 생각을 했다. 그렇기만 하다면 며칠간의 부재에 대해 아무것도 묻지 않겠다고 스스로에게 다짐했다.

방 안 전체에 엷은 먼지가 깔려 있었다. 서랍장 위의 전화기에도 마찬가지였다. 방은 맨홀 속처럼 어둑했다. 여자는 없었다. 남자는 자신의 몸 안에서 케이블 하나가 툭 끊어져 나가는 느낌을 받았다. 남자의 귀에서 버저가 울리기 시작했다.

남자가 하는 일은 전화회선을 새로 가설하고 증설하는 일이었다. 맨홀 속, 아니면 전신주 위가 남자의 일터였다. 겨울이 시작되면서 서울에서는 일찌감치 일감이 끊겼다. 날이 풀릴 때까지 몇 달을 공치는 수밖에 없었다. 다행히 수완 좋은 팀장이 보름치 일을 따냈다. 지방이지만 상관없었다. 일을 할 수만 있으면 되었다. 꽤 큰 아파트 단지가 들어서는 공사 현장이었다. 관할 전화국과 새로 형성되는 아파트 단지 사이에는 무수히 많은 맨홀이 있었다. 맨홀은 지하에 묻힌 케이블 가닥들이 몰려들었다 몰려나가는 중간 기착지였다. 그 안에 통신 교착점이 있었다. 남자와 그 동료들의 임무는 전화국과 가입자 사이의 신호 전달이 제대로 되게 하는 것이었다. 작업은 아침 7시부터 시작되었다. 아침마다 몇 가지 장비를 챙겨 맨홀 속으로 내려가 남자가 제일 먼저 하는 일은 끌칼로 케이블의 두꺼운 고무피복을 벗겨내는 것이다. 고무를 벗기고 나면 그 안에서 구리선 묶음이 나타났다. 남자는 색색의 깨끗한 구리선이 드러나는 그 순간을 좋아했다. 백, 적, 흑, 황, 자, 청, 등, 녹, 갈, 회. 다채로운 색의 다발은 빛의 다발로도 보였다. 어둡고 냄새 나는 맨홀 속으로 그렇게 환한 색의 광맥이 흐르고 있다는 사실을 아는 사람은 별로 없을 것이다.

접속 기계 옆에 쭈그리고 앉아 회선을 찾고 연결해 나가다 보면 하루가 갔다. 하루에 한 사람당 2400회선을 연결하는 것은 기본이었다. 기술이 좋으면 3600회선까지도 연결할 수 있었다. 새로운 회선들이 제대로 연결되었는지 확인하는 일이 작업의 마무리였다. 각각의 회선마다 버저를 갖다 대며 확인해야 한다. 3600번의 버저가 제대로 울리면 3600개, 새로운 말의 길이 열리는 것이다. 뚜우우……. 마지막 버저가 울리면 온몸에서 힘이 빠졌다. 하루 열 시간 남짓 머물던 맨홀에서 지상으로 귀환하는 순간은 해저로부터의 부상만큼이나 아찔했다. 머리를 내민 순간 잔뜩 팽창되어 있던 공간이 일시에 내리찍는 것 같았다. 남자와 그의 동료들은 대부분 귀울음을 달고 산다.

냉장고는 텅 비어 있었다. 냉장고의 빈 속을 보자 잊고 있던 허기가 몰려들었다. 보온 밥솥에 누렇게 말라붙은 밥에 물을 부었다. 남자는 밥솥째 그러안고 먹기 시작했다. 자꾸 목이 메었다. 어차피 삶은 맨홀 속 아니면 전신주 위에서 끝장나게 되어 있었다. 남자는 딱딱하게 굳은 밥알을 하나도 남기지 않고 다 먹었다. 바닥에 남은 물까지 깨끗이 비웠다. 물을 다 마시고도 남자는 밥솥을 내려놓지 않았다. 한참 동안 그 속에 얼굴을 묻고 있었다.

잠을 청해 보았지만 남자는 깊이 잠들지 못했다. 잠은 남자를 시커먼 갱도의 입구에 데려다 놓곤 했다. 갱도 안으로부터 어둠이 먹물처럼 풀려 나오고 있었다. 남자는 알 수 없는 힘에 끌려 한 발짝씩 안으로 들어갔다. 천장에서 떨어지는 물방울 소리가 갱도 안의 어두움을 흔들었다. 자신의 발소리에 놀라 남자는 자주 뒤돌아보았다. 너무 깊이 들어와 입구가 보이지 않았다. 갱도 끝에 구근처럼 동그랗게 몸을 말고 있는 사람이 보였다. 여자였다. 어느 꿈에서는 자신이 몸을 말고 있기도 했다. 갱도 천정에서 떨어진 물이 등을 타고 흐르는 느낌에 남자는 눈을 떴다. 선득했다.

갱도의 입구에서 서성이다 남자는 전화벨 소리를 들었다. 김의 전화였다. 전화기에 질주하는 차 소리가 잡혔다. 식기 부딪치는 소리도 들렸다. 남자의 물음에 김은 고속도로 휴게실이라고 대답했다. 엿 됐습다. 한나절 만에 친구놈 두 장 반, 나 두어 장 아주 쪽 빨렸어요. 카드 긁은 거 막으려면 이거, 젠장……. 김은 말하는 중간 중간에 이를 쑤셨다. 쑤셔놓은 잇새를 혀로 훑는 소리가 의자 끄는 소리와 함께 들려왔다. 구리선은 어떻게 그런 것까지 잡아낼 수 있어요? 여자라면 그렇게 물었을 것이다. 근데 형……. 김의 목소리 끝이 슬쩍 가라앉았다. 이거 함부로 주둥아리 놀릴 일이 아닌데……. 나 거기서 형수랑 비슷한 여잘 봤어요. 뭐, 확실한 건 아니고……. 이쑤시개 부러지는 소리가 전화선을 타고 넘어왔다.

맨홀 뚜껑이 덜컹거린다. 자동차 바퀴가 맨홀 뚜껑을 누르고 멈춘 모양이다. 손전등 불빛이 잠깐, 흔들린다. 머리 위가 무거워지는 느낌이다. 남자도 나처럼 느꼈는지 위를 쳐다본다. 추위에 언 남자의 얼굴이 파리하다. 차에서 내린 사람이 차 문을 잠그고 골목 안으로 사라진다. 맨홀 안 공기가 갑자기 줄어드는 것 같다.

남자는 배낭을 뒤져 소주병을 꺼낸다. 폭주족 무리가 지나가는지 오토바이가 내는 굉음이 한참 동안 이어진다. 그 진동음으로 맨홀 속이 울린다. 맨홀이 통째로 굴러가는 것 같다. 굉음이 멀어지자 맨홀 안은 다시 고요해진다. 남자는 끌칼로 뚜껑을 따 소주를 한 모금 마신다. 얼어가고 있는 남자의 발가락이 풀릴지도 모른다.

남자는 다시 소주 한 모금을 마신다. 취기가 빨리 돈다. 소주가 뇌주름 속으로 흘러 들어오는 것 같다고 남자는 생각한다. 남자가 자신의 무릎 위에 있는 나를 내려다본다. 맨홀로 내려선 순간 왜 내가 떠올랐는지 남자는 아직도 알 수 없다. 날아가기에는 내 몸이 너무 무겁다는 사실은 남자도 잘 알고 있다.

맨홀 안 공기가 점점 희박해지고 있다. 오래된 시멘트 냄새와 물때에서 나는 곰팡내까지 더해 조금씩 숨 쉬기가 곤란해진다.

남자는 화투판에서 조금 떨어져 구석진 자리에 앉아 있었다. 남자의 동료들은 컨테이너 한가운데 둘러앉아 고스톱을 치고 있었다. 그들이 피워 대는 담배 연기로 컨테이너 안이 자욱했다. 술 한잔씩 걸치며 치는 화투는 유일한 오락이었다. 술이 들어가야 조금씩 사람들의 말문이 열렸다. 화투라도 쳐야 눈앞에서 어룽대는 구리선을 지울 수 있었다. 하루 종일 꽃 볼

일이 어딨어? 화투짝이라도 만져야 꽃을 보지. 누군가 목단 패를 던지며 말했다.

화투판에 끼어 있던 김이 남자 쪽을 힐끗거렸다. 오후 작업 도중 남자는 몇 번이나 접속 불량을 냈다. 남자와 한 팀인 김이 의아해했다. 이런 적이 없었다. 집중이 되지 않아 남자는 작업하다 자주 쉬었다. 남자의 뒤쪽 맨홀에 들어가 있던 김이 몇 번이나 남자에게 달려왔다. 틈만 나면 전화선 가지고 장난치는 김이 그렇게 달려온 걸 보면 걱정이 된 모양이었다. 김은 케이블 중 하나를 골라잡아 전화 내용을 엿듣고는 했다. 몇 건만 따고 들어가서 들으면 그날 뉴스를 다 알 수 있다니깐요. 사회, 정치, 경제, 문화, 스포츠. 종류별로 골고루 다 들어 있어요. 아줌마들 전화통에 불이 났다 하면 백화점 세일 기간이 시작된 거고 스포츠 신문 톱기사에 나온 연예인은 그날 하루 전화통 속에서 수십 번 죽어나는 거죠. 김은 변심한 여자 친구의 전화를 미리 엿듣지 못한 것을 안타까워했다. 그랬다면 갑자기 뒤통수 맞는 일은 없었을 것이라고 했다.

남자는 몇 번 망설이다 다시 휴대폰을 집어 들었다. 신호음이 울리는 동안 남자는 바짝 마른 입술을 핥으며 눈을 감았다. 눈만 감으면 이 집 저 집으로 흘러 들어가는 케이블 가닥이 보였다. 일 년의 대부분을 맨홀 속에서 보내는 남자에게는 지상의 길보다 지하로 연결되는 길의 가닥이 더 환했다.

02-456-74**. 자신이 누른 숫자가 전기 신호로 바뀌어 케이블을 타고 달린다. 신호는 눈 깜짝할 사이에 수많은 맨홀 속의 케이블을 거쳐 집 앞 전신주 단자함에 도달한다. 그것은 조금도 멈칫거리지 않고 여러 가지 선이 복잡하게 얽혀 있는 다세대주택 반지하의 어느 방을 찾아간다. 전화기는 맨 아래 칸 손잡이가 떨어져 나간 서랍장 위에 놓여 있다. 아무도 전화를 받지 않는다. 벨 소리에 서랍장 위의 엷은 먼지가 가볍게 날린다.

자신의 빈집에서 울리는 벨 소리가 수백 킬로미터 떨어진 이곳까지 들리는 것 같았다. 여자는 며칠째 전화를 받지 않았다. 핸드폰도 꺼져 있었다. 무리를 하면 집에 다녀올 수 있겠지만 남자는 그렇게 하지 않았다. 여자의 병이 또 도졌다는 것은 분명해 보였다. 분명한 사실을 굳이 올라가 확인할 필요까지는 없었다. 남자는 케이블 속으로 직접 달려갔다 돌아오기라도 한 것처럼 피곤해 보였다.

화투판은 계속 돌고 있었다. 흐미, 예쁜 것. 사쿠라처럼 한 번 펴봤으면 좋겠다. 3자 홍단 패를 집어가며 누군가 말했다. 화투판 옆에서 술을 홀짝이던 김이 끼어들었다. 에이, 꽃은 무슨? 사쿠라는 꽃도 아니죠. 진짜 꽃이 뭔 줄 아세요들? 김은 잠시 뜸을 들였다. 잭팟이에요, 잭팟. 그거 한 번만 터지면 꽃이 아니라 아주 꽃밭이라니까요. 이번 일이 끝나면 정선으로 원정을 떠날 계획이라고 김이 말했다. 지금까지 거기 들이부은 돈에 이자까지 쳐서 찾아오려구요.

남자는 구리선 다발을 가져왔다. 무엇이든 만들어야 했다. 하지만 무얼 만들어야 할지, 구리선을 어떻게 엮어나가고 어디서 매듭을 지으며 돌려 나가야 하는지 생각나지 않았다. 문득 연필꽂이와 냄비 받침과 비둘기와 돛단배가 지겨워졌다. 새로운 것을 만들고 싶었다. 아무 생각도 할 수 없을 만큼 자신을 지치게 하고 싶었다. 남자는 구리선 한 가닥씩을 양손에 든 채로 멍하니 있었다. 광을 팔고 물러난 김이 술을 따라 남자에게 다가왔다. 에이, 형, 무슨 일인데 그래요? 술잔을 건네며 김이 작은 소리로 물었다. 남자는 술잔을 단숨에 비웠다. 김이 남자의 얼굴을 빤히 쳐다보았다. 어이, 뭘 만들어볼까? 꽃밭 하나 만들어줘? 남자가 희미하게 웃으며 덧붙였다. 궁금하겠지만 니 특기로도 알 도리가 없는 일이다.

색색의 구리선이 한 덩어리로 엉겨 붙는 것 같았다. 귀울음은 여전했다.

나는 연이다. 구리선으로 만든 가오리연이다. 나는 아직 다 완성되지 않았다. 그래도 나는 가오리연이다. 내 몸은 잘 닦아 놓은 동경(銅鏡)처럼 빛이 날 것이다. 나는 가만히 눈을 감고 하늘을 나는 내 모습을 그려본다.

허공의 바람이 내 몸을 경계로 나누어진다. 내 등 위로 차고 빠른 바람이 불어가고 배 아래로는 좀 수굿해진 바람이 흘러간다. 그 미세한 바람결의 속도 차이로 등황빛을 띤 나는 떠오를 수 있을 것이다. 지느러미로 물을 밀어내듯 나는 내 몸 전체로 바람을 밀어내며 날아오른다. 흰 종이를 구겨놓은 것 같은 눈 덮인 산맥의 주름들이 아래로 보인다. 산이 낮아지는 곳에 몇몇 집들이 어린 시절 남자의 머리에 나던 부스럼 딱지처럼 붙어 있다. 먼 곳에 눈이 내리는지 산맥과 들판의 경계가 흐릿하다. 얼레에 감긴 실이 빠른 속도로 풀려 나온다. 내가 날아오르는 것이 아니라 얼레를 쥔, 어린 시절의 남자가 날아오르는 것 같다. 슬그머니 얼레로부터 빠져나온 나는 더, 좀 더 위로 날아오른다. 나를 향해 뻗은 남자의 손이 수초처럼 흔들린다. 남자는 점점 작아지다가 가뭇없이 사라지고 만다.

손전등이 만들어내는 동그란 불빛이 점점 약해져 간다. 푸른 하늘과 흰 구름 대신 남자의 이마와 헝클어진 머리칼이 내게 들어와 비친다. 머리칼 너머로 자욱이 진눈깨비가 날려 이마의 배경이 어둡다. 밤이 깊어갈수록 맨홀 안 온도는 더 내려간다. 손가락이 곱아 남자의 손놀림이 더뎌진다.

여자는 남자가 맨홀 속에서 하는 일을 잘 이해하지 못했다. 남자가 몇 번이나 설명해 주었지만 어떻게 그 가는 구리선이 사람들의 목소리를 먼 곳까지 전달하는지 알 수 없어 했다. 소리가 어떻게 전기신호로 바뀌는 것인지, 수신자의 전화기에서 그 전기신호는 또 어떻게 다시 목소리로 환원되는지 알 수 없다고 했다. 그러니까, 내 목소리가 어떻게 멀리 있는 당신한테가 닿게 되는 거죠?

여자에게는 남자가 만든 연필꽂이와 냄비 받침을 이해하는 것이 훨씬 쉬웠다. 여자는 남자가 만든 비둘기와 돛단배와 꽃병을 사랑했다. 그러니까 이게 그 구리선이라는 거죠? 어떻게 이 속으로 목소리가 왔다 갔다 하지? 구리 꽃병을 돌려가며 여자는 물었다. 구리선처럼 등황색의 배냇머리를 한 아이가 태어났다. 남자는 모빌을 만들었다. 색색의 구리선 끝에 꽃과 나비와 잠자리가 달린 모빌이었다. 아이의 작고 통통한 손이 제 머리 위에서 움직이는 꽃을 잡으려고 옴지락거렸다. 남자는 아이가 더 자라면 작은 그네도 만들겠다고 말했다. 색색의 구리선으로 만들어진 그네는 세상에 하나뿐일 거라며 여자는 좋아했다. 맨홀 안에서는 종종 사고가 일어났다. 맨홀 가스에 누군가 질식하기도 했고 누군가는 맨홀에 갇히기도 했다.

남자의 맨홀은 엉뚱한 곳에서 무너졌다. 국도 위였다. 여자와 아이를 태운 남자의 트럭이 빗길에 미끄러졌다. 브레이크를 밟았지만 이미 가드레일을 타 넘은 트럭은 비탈로 미끄러져 내리고 있었다. 비에 젖은 풀밭이 솟아올라 트럭 유리창으로 돌진해 왔다. 비탈에 선 나무에 트럭은 옆으로 뒤집어진 채 걸렸다. 그물처럼 조각난 앞 유리로 조각난 하늘과 튕겨 나간 여자와 아이가 보였다. 이제 막 걷기 시작한 아이의 검은 머리칼이 비에 젖고 있었다.

몇 년이 지났지만 여자는 그 비탈 근처를 빠져나오지 못했다. 밥을 먹다가, 잠을 자다가, 머리를 감다가도 트럭은 무시로 굴러 내렸고 아이의 머리칼이 젖고 있었다. 옹알이를 하고 배밀이를 하고 막 걷던 아이가 어디로 사라져버린 것인지 알 수 없었다. 아이가 죽을 수도 있는지, 그렇게 작은 몸에 어떻게 죽음이 덮칠 수 있는지 이해할 수 없었다. 자신들의 삶으로 떨어진 운석이 파놓은 구덩이가 너무 깊어 남자는 올라설 엄두가 나지 않았다. 여자는 하루 종일 잠만 잤다.

자주 이사를 해야 했다. 여자는 죽은 아이와 같은 또래 아이만 보면 무조건 집으로 데려왔다. 엄마 품에 안겨 있는 아이를 낚아챈 적도 있었다. 경찰서에서 걸려온 전화를 받고 남자가 가보면 여자는 대기실 구석에 멍하니 앉아 있었다. 아이를 기르는 이웃들은 여자를 무서워했다. 한곳에서 오래 살 수 없었다. 아이의 물건을 모두 버렸지만 어쩌다 남아 있던 물건들이 이삿짐을 쌀 때마다 한 가지씩 나왔다. 젖내 나는 턱받이 수건과 삭아버린 노리개 젖꼭지, 아이의 겨드랑이와 엉덩이에 바르던 땀띠분. 잘 싸서 넣어둔 모빌이 옷장 구석에서 나왔을 때

118

여자는 모빌로 자신의 목을 졸랐다. 목에 생긴 반흔이 오래갔다. 반흔이 사라질 즈음 여자는 더 이상 으르렁거리지 않았다.

여자는 룰렛이나, 블랙 잭, 슬롯머신 앞에 있으면 아무런 생각이 들지 않는다고 했다. 손에 들고 있는 칩들이 자신을 아주 다른 세상으로 데려다 준다고 말했다. 젖은 국도가 없는 곳, 비탈이 없는 곳으로 갈 수 있는 방법은 그것밖에 없다고 했다. 수레바퀴처럼 돌아가는 룰렛판 앞에서 술에 취한 여자는 딜러에게 외쳤다. 빨리, 더 빨리 돌려.

돈이 떨어지면 테이블 사이를 퀭한 눈으로 돌아다니다 여자는 누군가의 제보로 몇 번이나 남자에게 붙잡혀 왔다. 제발, 제발 부탁이야. 더 이상은 안 돼. 다시 또 이런 일이 생긴다면 그땐 함께 죽는 거야. 남자는 여자에게 사정하고 뺨을 때리고 면도칼로 자신의 팔목을 그어 들이밀었다.

손전등 빛이 더 약해진다. 맨홀 안이 점점 좁아진다. 밖에서 들려오던 차 소리도 완전히 끊겼다. 내 몸에 맨홀 안 풍경이 희미하게 비친다. 남자 앞에는 아직도 구리선 다발이 많이 놓여 있다. 남자는 발가락 끝을 잔뜩 오므려본다. 아무런 감각이 없다. 가로선을 타고 넘던 구리선이 멈추어 선다. 남자의 손이 곱아 펴지지 않는다. 남자는 소주병을 당겨와 밑바닥에 남아 있던 것을 마신다. 남자의 눈앞으로 자꾸만 여자의 맨발이 스친다.

남자는 배낭 속에서 이어폰 모양의 리시버를 꺼내고 바닥에
있던 끌칼을 쥔다. 끌칼로 벽에 붙은 케이블의 방수피복을 찍
는다. 손이 곱아 말을 듣지 않는다. 몇 차례 어긋난 끌칼이 남
자의 왼손에 상처를 낸다. 상처가 깊지 않은지 피는 곧 멈춘
다. 피복 속에서 촘촘히 연결된 구리 회선이 드러난다. 남자는
그중 하나에 리시버를 갖다 댄다. 아무 소리도 들리지 않는다.
죽은 선이었다. 옆의 선으로 넘어간다. 여자 둘이 통화 중이
다. 한 여자는 비스킷을 먹고 있는지 말끝에 바삭거리는 소리
가 묻어 있다. 문득, 전화선 너머의 그 따뜻한 곳으로 가고 싶
어진다. 남자는 여자들의 대화 속으로 들어간다. 아내의 맨발
이 자꾸 눈앞에 떠오른다고, 탄진처럼 진눈깨비가 날리고 있
었다고. 여자들은 혼선이라며 서둘러 전화를 끊는다. 남자는
통화가 끝난 전화선에 대고 한참 동안 중얼거린다. 자신의 손
이 여자의 목을 누르고 있었다고, 어둠 속에서 크게 벌어진 여
자의 눈이 처음 만나던 날처럼 순했다고, 여자의 끊어진 숨보
다 맨발이 이렇게 마음 아프게 한다고, 탄진처럼 자꾸만, 자꾸
만 진눈깨비가 날렸다고.

색색의 꽃들이 봄볕을 쬐고 있었다. 꽃가게에서 내놓은 화
분들은 가게 앞 인도를 반이나 넘게 차지하고 있었다. 물뿌리

개를 든 여자가 안에서 나왔다. 공사 첫날, 남자는 근처 식당에서 점심을 먹고 오다 여자를 보았다. 남자가 뒤에 서 있는 줄도 모르고 여자는 꽃 이름을 하나하나 부르며 물을 뿌렸다. 떨어지는 물방울에 햇빛이 닿아 눈이 부셨다. 여자는 어느새 안으로 들어가고 없었다. 남자는 허리를 구부려 꽃들을 보았다. 팬지, 데이지, 로즈메리, 아기별꽃, 라벤더, 프리뮬러……. 화분 한쪽에 작은 이름표가 붙어 있었다. 남자는 여자가 그랬던 것처럼 그 이름들을 작게 불러보았다. 여자는 꽃가게 점원이었다.

꽃가게는 남자가 일하는 맨홀에서 정면으로 보이는 곳에 있었다. 그날 점심 이후 남자는 맨홀 바깥으로 자주 고개를 내밀었다. 그러다가 여자가 맨홀 쪽을 바라보면 남자는 얼른 밑으로 가라앉았다. 여자는 주인이 자리를 비우면 가끔 친구에게 전화를 걸어 수다를 떨었다. 꽃가게 간판에 적혀 있는 전화번호로 가게 전화선을 찾아내는 것은 식은 죽 먹기였다. 남자는 느긋하게 리시버를 찾아 꽂고 벽에 기대어 앉았다. 봄날이었다. 맨홀 위로 보이는 하늘은 옥빛이었다. 그늘이 져 올려다보면 맨홀 위로 흰 구름이 건너가고 있었다. 구름이 지나가고 나면 다시 맨홀 속이 환해졌다.

꽃가게 주인이 화장품 가게에 자주 가는 이유는 새로운 샘플을 얻기 위해서였다. 지난주에는 저 위쪽에 있는 초등학교

환경미화 작업으로 철쭉이랑 군자란 화분이 많이 나갔다. 가게 앞에 내놓은 파리지옥이나 끈끈이주걱 같은 식충식물은 아이들에게 인기가 많았다. 아이들은 제 엄마를 졸라 어떻게든 그것들을 손에 넣었다. 요즈음이 졸업식 시즌보다 매상이 더 좋다. 여자는 장미를 섞지 않고 안개꽃만 한 아름 받아보았으면 좋겠다. 안개꽃을 보면 자꾸 웃음이 터져. 누군가 내 겨드랑이에 간지럼을 태우는 것 같아. 여자는 터키 도라지꽃 같은 치마를 입어보고 싶었다. 무릎까지 오는 걸로. 치마 끝이 꼭 그 꽃만큼만 하늘거렸으면 좋겠어.

여자의 전화를 엿듣고 있으면 여자와 오래전부터 알고 지낸 사이처럼 느껴졌다. 맨홀 작업을 철수하던 날 남자는 꽃가게로 찾아갔다. 조금 유치한 방법이기는 했지만 남자는 안개꽃 한 다발을 사 여자에게 안겼다. 얼굴이 붉어진 여자가 간지러운지 안개꽃처럼 잘게 웃었다. 꽃 피는 봄날이었다.

세로로 늘어진 구리선을 또 다른 선으로 가로지르려다 남자는 잠이 든다. 내 몸은 결국 완성되지 못했다. 사람들은 이런 내가 누구인지 알지 못할 것이다. 만들다 만 냄비 받침이나 네모난 꽃병의 아랫부분쯤으로 보일 것이나. 아직도 구리선은 충분하다. 목이 말라. 잠들기 전 남자가 중얼거렸다. 남자의 잠은 조금씩 깊어져 간다. 영하의 날씨가 며칠째 계속되고 있다. 남자의 피돌기는 점점 느려지고 있다. 나를 쥔 손아귀의 힘이 조금씩 약해져 간다.

남자의 잠 속에서 눈이 내리기 시작한다. 목화송이만 한 눈들이 치어 떼처럼 어딘가로 몰려가고 있다. 잠 속에서 남자는 여러 겹의 껍질을 가진 구근이 되었다가 색색의 구리선으로 만든 돛단배가 되었다가 모빌 끝에 달려 있던 잠자리가 되기도 한다. 남자의 잠이 깊어진다. 여자의 맨발이 보인다. 남자의 굽어버린 발가락이 움찔하다 만다. 목화송이만 한 눈이 여자의 발을 덮는다. 내 몸에서 지느러미가 생겨나고 꼬리가 자라 나온다. 나는 눈에 덮인 여자의 맨발 위로 날아오른다. 얼어붙은 벌판을 넘어 강을 넘어 날아오른다. 여자는 물뿌리개를 들고 서 있다. 물뿌리개에서 뿌려지는 물방울이 햇빛에 반짝인다. 여자의 맨발에 햇빛이 부서진다. 잠 속에서도 눈이 부신지 남자의 입가에 미소가 물린다.

손전등이 꺼진다. 아무것도 보이지 않는다. 그래도 나는 연이다. 어둠 속에서도 등황의 빛을 뿜으며 하늘의 물을 밀고 나가는, 나는 가오리연이다.

피뢰침

　남자의 위장에는 두 개의 클립, 눈썹 손질용 가위 하나, 실 핀 두 개, 동전 넷, 그리고 캔 맥주 꼭지 두 개가 들어 있다. 캔 맥주 꼭지는 반지처럼 보이기도 한다. 쇠붙이를 담고 있느라 남자의 위는 왼쪽으로 축 처져 있다. 그래서인지 몸 전체가 왼쪽으로 살짝 기운 듯도 하다.

　이틀 전, 남자는 눈썹 손질용 가위 하나를 삼켰다. 날 끝이 살짝 휜 금색 가위였다. 가위는 직원 휴게실 사물함에 있던 것이었다. 얼마 전, 남자는 여자가 그 가위로 손톱의 거스러미를 다듬는 것을 보았다. 점심시간이 끝나갈 무렵이었다. 남자는 무엇인가를 찾으러 2층에 있는 직원 휴게실에 갔다가 문 앞에 멈추어 섰다. 안으로 한 발짝도 들여놓을 수가 없었다. 창문으로 들어오는 오후의 햇빛이 휴게실 안에 가득했다. 주황과 투명한 노란빛으로 채워진 휴게실은 커다란 알 속 같았다. 여자는 알 속 창가에 까만 배아처럼 붙어 앉아 있었다. 그 풍경이 너무나 고요해 창문이 아득해 보였다. 알의 한 축이 무한히 확장하면서 여자가 지평선에 걸쳐 앉아 있는 것처럼도 보였다. 남자는 여자의 손에 들린 것이 무엇인지 알 수 없었다. 바닥에 찍힌 그림자를 보고서야 그것이 가위라는 것을 알았다. 실경보다 그림자가 더 뚜렷하고 가까웠다. 그림자 속 여자의 손가락은 비현실적일 만큼 길쭉했다. 그 손가락으로는 도저히 지폐를 세고 고지서를 정리하고 컴퓨터 자판을 두드릴 수 없어 보였다. 그림자는 아주 조금씩 움직였다. 한 손톱에서 다음으로 넘어가기까지가 한세상을 건너가는 만큼이나 되었다. 아래층에서 누군가가 여자를 부르지 않았다면 여자는 언제까지고 그 알 속에 머물러 있었을지도 모른다. 그림자가 천천히 일어서고 여자가 따라 일어섰다. 그날 남자는 직원 휴게실 사물함에서 가위를 꺼내와 자신의 서랍에 넣어두었다. 며칠이 지나도록 아무도 가위가 없어졌다는 사실을 알아채지 못했다. 여자도 마찬가지였다. 이틀 전, 남자는 다른 가위로 소맷부리에서 풀려 나온 실밥을 잘라내고 있는 여자를 보았다.

남자는 숨겨 둔 가위를 꺼내 화장실로 갔다. 가위에 묻어 있던 여자의 체취가 점점 희미해지고 있었다. 남자는 문을 걸어

잠근 다음 입을 벌릴 수 있는 만큼 크게 벌렸다. 그리고 목젖 근처까지 가위의 손잡이 부분을 들이밀었다. 울컥, 헛구역질이 나왔다. 가위를 받아들이지 않겠다는 몸의 신호였다. 혀에 이물질이 닿는 순간 몸은 그것을 받아들일 것인지 거부할 것인지를 즉각적으로 판단한다. 그것이 쇠붙이일 때 몸의 거부 반응은 당연히 격렬해진다.

남자는 눈을 감고 가위를 조심스럽게 밀어 넣기 시작했다. 헛구역질과 함께 남자는 한참 동안 가위를 밀고 당기기를 계속했다. 가위의 손잡이가 목젖을 통과했다. 목젖을 넘어간 이상 몸은 가위를 받아들일 수밖에 없다. 식도의 연동 운동에 따라 가위가 아래로 내려가는 것이 느껴지는 동시에 비릿한 냄새가 훅 끼쳐 올라왔다. 가위 끝이 식도에 상처를 냈을 것이다. 뒤이어 여러 가지 감정이 뒤섞여 한꺼번에 밀려왔다. 통증에는 아릿한 슬픔과 희열 같은 것이 섞여 있었다. 하지만 남자가 질끈 눈을 감자 모든 것이 사라져버렸다. 남은 것은 오직 식도와 그 어두운 통로를 타고 내려가는 가위뿐이었다.

남자는 탈의실에서 정복으로 갈아입고 나와 매장 안을 둘러본다. 특별히 눈에 띄는 것은 없다. 대기석 줄 간격도 적당하고 잡지꽂이의 잡지도 가지런히 정리되어 있다. 입구 왼편에 서 있는 파키라 나무에 새순이 돋고 있다. 남자는 한참 동안 그것을 들여다보다 나무에 물을 주고 의자 틈새에 떨어져 있던 금융 상품 안내 책자를 주워 정리한다. 직원들은 아침 회의 중이다. 아무도 입 밖에 내지 않지만 직원들은 요즘 들어 상당한 스트레스에 시달리고 있다. 직원 각자에게 할당된 예금과 보험 액수가 만만치 않다고 들었다. 이즈음 들어 은행의 주력 업무는 보험 쪽이다. 보험회사인지 은행인지 혼란스러울 정도다. 더군다나 다른 은행과의 합병설까지 나돌아 직원들은 잔뜩 예민해진 상태다.

창문 쪽으로 걸어간 남자가 줄을 잡아당기자 버티컬이 한쪽 구석으로 몰려간다. 갈색 톤이 감도는 유리창 너머의 거리 풍경은 채도가 한 단계 낮아 보인다. 금방이라도 비가 쏟아질 것 같다. 지금, 치맛자락을 말아 올리듯 태풍이 반도 아래쪽부터 훑어 올라오고 있는 중이다. 서서히 북동쪽으로 진행하다 동해 먼 바다로 빠져나갈 것 같던 태풍이 갑자기 북서 방향으로 진로를 틀었다. 제주도와 남해 동부 전 해상에 태풍주의보가 내려졌다. 남해와 동해 남부 먼 바다에는 3에서 6미터의 높은 파도가 일렁이고 있다. 태풍의 중심 기압은 최고 910헥토파스칼, 중심 부근의 풍속은 초속 57미터. 이 정도 바람이면 철탑이 휘어질 정도라고 오늘 아침 뉴스의 말미에 나온 기상 캐스터는 말했다.

다른 날보다 회의가 길어진다. 일부러 의식하지 않으려 해도 회의 시간이면 남자는 자신이 파견직 직원이라는 사실을 실감하곤 한다. 회식 자리에 끼어 앉을 수는 있지만 직원회의에는 남자의 자리가 없다. 차장의 데스크 뒤편에 걸린 전자시계를 본다. 개장 15분 전이다. 남자는 금고 옆 보관함으로 걸어간다. 어느 정도 익숙해지기는 했지만 금고에 드나들 때마다 CCTV에 신경이 쓰이는 것은 어쩔 수가 없다. 렌즈가 자신의 모습을 연속 동작으로 잡아내고 있다고 생각하면 그리 유쾌하지는 않다. 남자는 시건장치를 풀고 가스총 세 개를 꺼내온다. 하나는 남자의 몫이고 나머지 둘은 차장과 김 대리에게 각각 건네질 것이다.

TV 수상기는 여자의 자리 오른편 위쪽에 걸려 있다. TV를 설치한 후 대기시간 때문에 불평을 터뜨리는 고객이 눈에 띄게 줄었다. 채널은 경제 위성방송으로 고정되어 있다. TV를 켠 순간부터 끌 때까지 화면 아래쪽에는 주가지수가 쉬지 않고 흐른다.

방송국 로고가 찍힌 노란 비옷을 입은 기자는 바닷가에 서 있다. 기자의 등 뒤에서 바다가 무섭게 일렁인다. 바다를 바라보는 기자의 표정이 석군의 동징을 보고하는 척후병처럼 과장되어 있다. 동전 세는 기계 돌아가는 소리, 전화벨 소리, 고객의 핸드폰 소리. 매장 안 소음 때문에 기자의 목소리가 잘 들리지 않는다. 출납부 안쪽의 지폐 세는 기계는 작동할 때마다 커터기 돌아가는 소리를 낸다. 남자는 한동안 대기 순서를 알리는 땡동, 하는 벨 소리와 지폐 세는 기계 소리의 환청에 시달린 적이 있다. 잠을 자다가, TV를 보다가, 걷다가도 그런 소리를 들었다.

중요한 멘트는 화면 아래에 자막으로 흐른다. '올 들어 열일곱 번째 태풍'. 동전 세는 기계를 작동하다 남자는 자막을 읽는다. 그동안 그렇게 많은 태풍이 지나갔나? 지나간 태풍에 대해 떠올려보지만 특별히 기억나는 것이 없다. 제대로 된 번개가 없었기 때문이다. 지구상에는 매초 평균 100차례의 번개가 다녀간다. 하지만 제대로 된 번개 한번 내리꽂지 못하고 태풍은 물러가 버렸다. 동전들이 떨어지면서 깡통 두드리는 소리를 내기 시작한다. '사리가 시작되는 기간과 겹쳐 해안 지방에 해일 피해 우려'. 항구로 피신해 있는 선단 위로 또 자막이 뜬다. 자막 아래로 주가지수는 계속 흐르고 있다.

남자는 여자를 슬쩍 바라본다. 고개를 조금 아래로 숙이고 있는 여자는 일에 열중해 있다. 거기 앉아서 창구 너머를 바라보면 어떤 기분일까. 창구 바깥, '안내'라고 적힌 표지판이 놓여 있는 남자의 책상은 은행 출입문 바로 옆에 있다. 여자와의 거리는 고작 3미터. 하지만 남자에게 그 거리는 인도 기러기가 날아가야 하는 3000킬로미터보다 더 멀게 느껴진다. 중앙

아시아에 머무르던 인도 기러기는 4월이 오면 히말라야 빙원 너머에 있는 호수를 찾아간다. 판공쵸. 산맥 너머에 오랫동안 감춰져 있던 신비한 호수의 이름이다. 여자는 남자에게 판공쵸다.

마지막 동전이 떨어지면서 요란한 쇳소리를 낸다. 순간, 남자의 몸속에서도 둔중한 소리가 울린다. 자신의 몸속 어딘가에서 쇠붙이들이 자라고 있는 것만 같다. 여자가 가볍게 내는 한숨 소리, 머리카락을 쓸어 올릴 때마다 살짝 풍기는 샴푸 냄새, 자판을 두들기는 손가락, 버릇처럼 창밖 너머를 바라보는 여자의 눈빛, 그 모든 것이 쇠붙이들을 흔들어놓고 간다. 몸을 할퀴어대던 쇠붙이들이 한쪽으로 쏠리며 늑골 근처를 훑어 내린다. 몸속의 늪지에 커다란 억새밭 하나가 자리 잡고 있는 것 같다. 어쩌면 그동안 삼킨 쇠붙이들이 정말 억센 풀로 자라나고 있는지도 모른다. 풀들이 서로 부딪치며 서걱거린다. 풀은 흔들리며 몸속에 풀의 무늬를 새겨 넣는다. 그 무늬마다에서 핏물이 배어 나온다. 잘 벼린 쇠에서 나는 비릿한 냄새가 속에서 올라온다. 남자는 살짝 미간을 모은다. 여자의 책상 위에 있는 클립 뭉치가 눈에 들어온다. 그중 하나를 꺼내고 싶지만 간신히 참는다.

비대한 몸집의 남자 고객이 나가자 그의 등에 가려져 있던 여자의 모습이 나타난다. 컴퓨터 모니터와 고객을 번갈아 쳐다보며 여자는 연신 눈을 깜박거리고 있다. 10, 15, 20, 27, 30, 31일. 다른 날보다 업무량이 배로 늘어나는 날이면 여자의 인공 누액 사용 횟수도 배로 늘어난다. 올봄, 대학을 막 졸업한 여자는 자신이 지금까지 치른 모든 시험의 경쟁률을 합한 것보다 높은 경쟁률을 뚫고 입사했다. 75 대 1의 경쟁률을 뚫고 들어온 여자는 창구 안쪽에 앉아 지폐를 세고 통장 정리를 하고 잔돈을 바꿔준다. 감색 유니폼이 여자의 흰 피부에 잘 어울린다. 그녀는 가르마까지도 하얗다. 남자는 여자를 처음 보던 날을 떠올린다.

그녀의 입사를 축하하는 회식 자리에서 남자는 여자의 맞은편에 앉아 있었다. 누군가 여자의 이름을 불렀고 여자가 그쪽을 쳐다보느라 고개를 돌렸다. 그때 남자의 눈에 여자의 아래턱에서 귓불로 이어지는 부분이 정면으로 들어왔다. 투명한 살갗에 푸르스름한 정맥이 비쳤다. 언뜻, 그 실핏줄이 여자의 살 틈에 미세한 균열을 만들며 반짝 빛을 내는 번개의 무늬처럼 보였다. 남자는 그 번개에 자신의 몸 어딘가를 관통당한 것처럼 아찔해졌다. 그 짧은 순간, 어쩌자고 번쩍하는 빛에 사람과 사람 사이의 어쩔 수 없는 거리, 그 아득하고도 분명한 거리를 보게 되었을까. 거짓말처럼 모든 것이 단숨에 드러나고 있었다. 남자는 바로 앞에 여자가 앉아 있었지만 도저히 그녀에게 가 닿을 수 없으리라는 것을 깨달았다. 그것은 남자 자신이나 맞은편에 앉아 있는 여자의 의지와는 무관한 것이었다. 사람의 힘으로는 도저히 어쩔 수 없는, 몸을 지니고 태어난 것들의 숙명적인 거리가 몸들 사이에 있었다. 그 몸들은 각자의 궤도를 벗어나지 못하는 소행성처럼 뚝뚝 떨어져 누군가의 부름에 고개를 돌리고, 술을 마시고, 안주를 씹고 있었다. 남자는 소주 두 잔을 연거푸 마셨다. 차라리 푸른 정맥을 본 순간 망막이 타버렸다면. 술을 마실수록 모든 것이 점점 더 분명해졌다. 너무 분명해서 남자는 아랫입술을 피가 나도록 깨물었다. 그날 밤, 남자는 동네 골목 어귀의 전봇대 밑에 쭈그리고 앉아 자신의 그림자 위에 토했다. 두려움 때문인지 속이 허해서인지 아래턱이 덜덜 떨렸다. 기다란 장대를 높이 들고 빈 들에 혼자 서 있는 것 같았다.

어린 시절, 남자는 대부분의 시간을 혼자 보냈다. 끝도 없이 이어지는 누런 볏논에 남자는 장대를 높이 치켜든 채 깜부기처럼 서 있었다. 새를 쫓기 위해서였다. 주위를 둘러보면 아무도 보이지 않았다. 들판에는 장대와 자신뿐이었다. 장대 끝에 고추잠자리가 붙었다 날아가기도 하고 새가 앉았다 날아가기도 했다. 바람이 불어오면 들판의 한쪽에서부터 벼들은 서로의 몸을 비벼대며 소리를 내기 시작했다. 바람이 벼들을 타고 넘어 지평선 쪽으로 불어가면 들판 전체가 바람의 뒤를 따라 쓰러졌다 일어서면서 쇳소리를 냈다. 바람이 불어간 지평선 너머에서 번쩍하며 마른번개가 치기도 했다. 그럴 때면 남자는 들고 있던 장대를 정신없이 휘둘러댔다. 휘이, 휘이. 논에 내려앉으려던 새들도, 번개도 멀리 날아가 버렸다. 남자는 빈 들에 다시 장대를 높이 세우고 섰다. 막막했다. 들이 너무 넓어 막막했고 높이 서 있는 장대는 더 막막했다. 휘이, 휘이. 남자는 새도, 번개도 지평선 바깥으로 날아가고 없는 빈 들판에 대고 소리를 질렀다. 그래도 외로움이 가시지 않아 남자는 자기 몸을 가지고 노는 방법을 찾아냈다. 첫 표적이 된 것은 배꼽이었다. 등을 동그랗게 말고 배꼽 안쪽에 코스모스 씨앗처럼 박힌 까만 때를 뾰족한 나뭇가지로 빼내는 일이었다. 자꾸 그 자리를 헤집다 보면 배 속이 보일 것만 같았다. 배꼽은 사람의 몸 한가운데에 난 최초의 흉터일 뿐이고 사람마다 모두 그 흉터 하나씩을 가지고 있다는 사실에서 작으나마 위안을 얻을 수 있었다. 거기까지였다. 배꼽을 가지고 노는 일은 금세 시시해져 버렸다. 그 다음은 콧구멍에 구슬을 넣는 일에 열중했다. 네 개까지 넣을 수 있었다. 아이였던 남자는 좀 더 대범해졌다. 콧구멍에 했던 일을 고추에 응용하는 일은 어렵지 않았다. 면도칼로 고추의 표피를 살짝 긋고 비비탄을 재빨리 밀어 넣으면 되었다. 남자의 울퉁불퉁한 고추 앞에서 아이들은 열광했다. 남자는 들판에 더 이상 혼자 있지 않아도 되었다. 하지만 이상하게 혼자일 때보다 더 외로워졌다.

더 외로워졌다. 남자는 자신의 몸 안에 아무도 모르는, 자신만의 무늬를 새기고 싶었다. 마오리족이나 줄루족이 몸에 새기는 문양 말고, 용이나 호랑이를 새긴 문신도 말고, 피어싱도 말고, 고로쇠나무처럼 즙을 얻기 위해 수피에 내는 상처도 말고 몸의 표면이 아니라 내 몸속 깊은 곳에 나만 알 수 있는 무늬. 아이들이 비비탄에 열중하는 사이 남자는 당의정을 삼키듯 청개구리나 배추벌레를 삼켰다. 지평선이 번개를 삼켜버리듯 눈을 감고 입을 크게 벌려 그냥, 꿀꺽 삼키면 되었다. 남자는 식도를 타고 넘어간 그것들이 자신의 몸 안에 특별한 문양을 만들어줄 것이라고 믿었다. 그러고 나면 거짓말처럼 외로움이 조금 가셨다.

바람이 점점 더 거세지고 있다. 유리창 밖 가로수들이 심하게 흔들린다. 이번 태풍은 옆구리에 아주 커다란 번개들을 여럿 달고 오는 중인지도 모른다.

통장 정리기 앞에 세 사람이 서 있다. 공과금 수납기와 CD기는 별 문제 없이 돌아간다. 번호 대기표도 이상 없이 잘 돌아가고 있다. 오늘은 다섯 대의 기계 모두 느낌이 좋다. 어제는 카드 결제일이 겹치면서 오후 3시경 갑자기 이용자가 늘어나는 바람에 CD기가 무더기로 죽어버렸다. 한 대뿐인 공과금 수납기까지 말썽을 부렸다. 공과금 수납기를 더 설치하라는 고객들의 불만이 많지만 기계 가격이 엄청나 꿈도 꿀 수 없는 일이다. 수납기는 남자의 일 년 몸값의 몇 배나 된다.

기계가 장애를 일으키면 고객들의 불평에 진땀이 나지만 그렇다고 꼭 나쁘지만은 않다. 남자는 기계의 내부를 들여다보는 일을 좋아한다. 기계의 뒷면을 뜯고 보면 기계는 숨김없이 장애의 원인을 보여준다. 기계의 그 단순함을 닮고 싶어진다. 장애의 대부분의 원인은 지폐를 셀 때 나는 돈 먼지 때문이다. 먼지가 기계의 예민한 센서에 장애를 가져오는 것이다. 기계든 사람이든 먼지처럼 보이지 않는 것들이 문제다.

남자는 카운터 코너에 앉아 있는 김 대리를 바라본다. 모니터를 들여다보며 전화를 받고 있다. 조금씩 빠지기 시작한 그의 가운데 머리 부분 숱이 요즘 부쩍 더 줄어든 것 같다. 어쩌다 CCTV 필름을 보게 되면 김 대리의 정수리에 난 머리카락이 아주 성글어 보인다. 그는 '토스주의자' 다. 그의 좌우명은 공이 나한테 넘어오면 무조건 받아넘겨라, 이다. 난 스파이크는 모르고 토스만 알아. 나한테 공이 넘어오면 적당히 다른 사람한테 넘기기만 하면 돼. 머리 좋은 놈이 받으면 어떡하든 받아넘길 테고 아니면 지가 당하는 거지, 뭐.

토스주의자치고 김 대리의 센서는 순진한 데가 있다. 남자가 여자의 목에 있는 번개를 보던 날, 김 대리는 여자의 눈을 보았다. 김 대리의 표현에 의하면 여자의 눈은 새로 나온 500원짜리 동전처럼 반짝거렸다. 다른 직원들은 아직 눈치 채지 못했지만 남자는 김 대리가 여자에게 호감을 가지고 있는 것을 알고 있다. 창구 안에 있는 직원들끼리는 보이지 않지만 창구 밖에서 보면 보인다. 얼마 전, 김 대리의 좌우명대로 그에게 올 뻔한 진급 기회가 다른 데로 넘어가 버렸다. 진급시험에 실패한 후 김 대리는 휴일이면 빠지지 않고 서바이벌 게임장을 찾는다. 월요일이면 김 대리는 어떻게 살아 돌아왔는지를 남자에게 말해 주곤 한다. 남자는 부비트랩을 설치하고 완전무장한 채 덤불을 헤치며 빠져나가거나 엄호 사격을 받으며 달려가는 김 대리의 모습을 상상해 보려 했지만 그림이 잘 떠오르지 않았다. 얘기 도중에 종종 흥분한 김 대리는 어이없는 실수를 하기도 한다. 김 대리의 입에서 오발탄처럼 여자의 이름이 튀어나올 때가 있다. 김 대리는 참호나 나무 뒤에 숨어 여자를 생각하다 적의 기습을 받기도 하고 적의 기지에 자기 편의 깃발을 꽂는 순간 여자의 이름을 외치기도 한다.

노인이 문을 밀고 들어온다. 한 달에 두어 번 들를 때마다 남자에게 대필을 부탁하는 노인이다. 남자는 번호표를 뽑고 용지를 챙겨 든다. 숨이 가쁜지 노인은 남자에게 통장을 건네 주고 대기석에 앉는다. 노인이 찾는 돈은 늘 10만 원을 넘지 않는다. 현금 카드를 만들면 편하다고 몇 번 말했지만 기계는 믿을 수 없다고 했다. 어쩌면 도장 때문인지도 모른다. 노인은 꽤 근사해 보이는 도장을 가지고 있다. 벼락에 맞은 대추나무로 만든 도장이라고 했다. 대필을 마친 남자가 용지를 내밀자 노인은 남자가 가리키는 곳에 도장을 꾹 누른다. 그럴 때 노인의 표정은 너무 진지해 무슨 의식을 치르고 있는 것처럼 보인다. 노인의 벌어진 입속으로 불에 탄 대추나무처럼 검붉은 혀가 보인다. 남자는 고개를 돌린다.

은행 입구의 계단을 내려가는 노인을 부축하다 남자는 하늘을 올려다본다. 시커먼 하늘이 맞은편 건물 꼭대기에 서 있는 피뢰침에 닿을락말락 하게 내려앉아 있다. 피뢰침이 하늘의 어느 한 부분을 찌르면 금방이라도 물줄기를 쏟아낼 것만 같다. 남자는 알 수 없는 긴장감에 마른 침을 삼킨다. 낮 어둠이 짙게 내려앉고 있다. 무언가가 오긴 오는 모양이다.

피뢰침이 처음 남자에게로 걸어 들어온 것은 그즈음이다. 여자의 아래턱에 비친 푸른 실핏줄이 남자의 가슴에 마른번개처럼 다녀간 그즈음. 남자는 일이 끝나 여자를 볼 수 없게 되면, 그 시간들을 견디기 위해 끝도 없이 걸었다. 창구 너머 여자가 눈앞에 있으면, 그 시간은 또 그 시간대로 견딜 수 없었다. 지독한 외로움과 지독한 그리움이 천둥과 번개처럼 짝을 이뤄 찾아왔다. 무엇이든 할 수 있을 것 같은 날들과, 아무것도 하지 못할 것 같은 날들이 이어졌다. 몸은 사람과 사람 사이의 거리를 뛰어넘지 못하는데 마음은 그런 몸을 뛰어넘어 여자에게로 향했다. 견딜 수 없으면 남자는 하던 일을 중단하고 화장실로 뛰어갔다. 직원들은 남자의 장이 자주 탈을 낸다고 입을 모았다. 남자는 변기 위에 몸을 둥글게 말고 앉아 협심증 환자처럼 가슴을 움켜쥐었다. 이러지 말자고, 제발 이러지 말자고. 남자는 자신에게 사정하고 어르고 협박도 해보았다. 심장 근처인가, 아니면 뇌수 속 어디인가. 마음이, 마음이라는 것이 몸의 어디에 자리 잡고 있는지 알 수만 있다면 그것을 찾아내 숟가락으로 푸딩을 똑 떠내듯 그렇게 적출하고 싶었다. 몸과 몸 사이의 어찌할 수 없는 간극을 보아버린 자신의 두 눈을 찌르고도 싶었다. 한참 실랑이를 벌이다 마음이 조금 가라앉으면 남자는 정말 장기 하나를 적출한 환자처럼 조심스럽게 창구로 돌아왔다.

하지만 그녀를 보는 순간 간신히 불러온 남자의 평화는 번번이 깨지고 말았다. 창구로 돌아오면 그녀는 정말 히말라야 산맥 너머에 앉아 있었다. 남자는 이 고통을 끝내게만 해준다면 오래 굶주린 수리나 독수리에게라도 자신의 몸을 넘겨주겠다고 중얼거렸다. 평화로워질 수만 있다면 천장(天葬)을 치르듯 새의 부리에 심장이나 뇌수 근처를 기꺼이 내주고 싶었다.

피뢰침은 은행 건너편에 있는 빌딩의 꼭대기에 서 있었다. 그날도 만신창이가 된 남자는 잠깐 은행 밖으로 나와 담배를 피워 물었다. 담배 연기를 깊이 빨아들이면 조금 몽롱해지면서 날이 선 감정이 둔해지고는 했다. 남자는 담배 연기를 뱉으며 무심히 건너편을 바라보았다. 다른 날과 달라진 것이 없는 풍경이었다. 은행 앞 6차선 도로에는 차들이 달리고 있었고 그 너머에 구름 한 점 없는 하늘을 배경으로 19층짜리 고층 빌딩이 서 있었다. 전면이 유리로 되어 있는 빌딩은 햇빛을 받아 번쩍이고 있었다. 빌딩 1층에 있는 커피 전문점 테라스에는 커피를 홀짝이는 여자들이 있었다. 수영 가방 하나씩을 껴안고 앉아 있던 여자들의 머리칼은 젖어 있었을 것이다. 그 건물 지하에는 수영장이 있고 4층에는 여자가 가끔 가는 안과가 있다.

남자는 흩어지는 담배 연기를 좇아 천천히 시선을 위쪽으로 옮겼다. 그러다 머금은 담배 연기를 내뱉을 생각도 하지 못한 채 한곳을 바라보았다. 그 빌딩의 엘리베이터 탑 꼭대기에 기다란 쇠막대가 하나 꽂혀 있었다. 그전에는 그냥 무심히 보아 넘겼던 쇠 구조물일 뿐이었다. 몇 초가 흐른 후에야 남자는 그것이 피뢰침이라는 사실을 깨달았다. 남자는 숨을 쉴 수가 없었다. 그 쇠막대가 휘어졌거나 둥근 모양이었다면 덜했을까. 공중에 홀로 서서 언제 올지 모르는 번개를 기다리고 있는 피뢰침의 숙명이 남자의 가슴을 쳤다. 언젠가는 불새보다 빠른 번개가 내려와 피뢰침을 데리고 가리라. 여자의 정맥을 처음

보았을 때처럼 눈물이 나오려고 했다. 피뢰침은 천장의 마지막 과정을 거치고 있는 마른 뼈다귀처럼 보였다. 피뢰침이 찌르고 있는 것은 하늘이 아니라 절대 고독을 숙명으로 안고 가야 하는 피뢰침 자신의 발부리였다. 인광처럼 빛나는 푸릇한 빛이 남자의 가슴 깊은 곳에서 파닥거리기 시작했다. 문득, 주변의 모든 건물이 일시에 쓰러지고 차들과 사람들이, 창구 너머의 여자마저 어딘가로 사라지고 오직 피뢰침과 자신만이 빈 들판에 서 있는 것 같았다. 남자는 담배를 비벼 끈 뒤 피뢰침처럼 허리를 곧추세웠다. 의연하게, 그래 의연하게. 홀로 서서 번개를 기다리는 저 피뢰침처럼 의연하게.

그날, 남자는 머리핀 하나를 삼켰다. 여자의 의자 근처에서 주운 핀이었다. 쇳내가 올라왔지만 참을 만했다.

남자가 삼킨 쇠붙이는 여러 종류다. 모양이나 크기가 모두 다르지만 그것들 사이에는 한 가지 공통점이 있다. 한 번 이상 여자의 손길이 닿았던 물건이라는 사실이다. 눈에 보이지 않지만 물건마다 모두 여자의 지문이 묻어 있다. 남자가 삼키고 싶었던 것은 쇠붙이가 아니라 여자의 지문이었는지도 모른다.

쇠붙이를 삼키고 난 다음 날이면 남자는 어김없이 방사선과를 찾는다. 지문까지 확인할 수는 없지만, 어둠을 찢고 아주 짧은 순간 세상의 모습을 보여주는 번개처럼, X선이 복부를 훑고 지나갈 때 남자는 짜릿하다. 몇 달 전, 캔 맥주 꼭지 두 개를 연달아 삼키고 난 후 병원에 갔을 때 의사는 조심스럽게 정신과 치료를 권유했다. 100원짜리 동전 세 개, 클립 하나, 회식이 끝나고 2차로 간 노래방에서 여자가 딴 캔 맥주 꼭지 두 개. 남자의 복부 사진을 들여다보던 의사는 치료를 받겠다는 각서를 써야 사진을 내주겠다는 자세였다. 이식증이라는 질병입니다. 의사는 '질병'에 힘주어 말했다.

이식증. 이것저것 가리지 않고 아무거나 집어삼키는 병. 남자는 어디선가 그 병명을 들어본 적이 있다. 인터넷 엽기 사이트 아니면 믿거나 말거나 식의 내용을 방영하는 TV 프로였던 것도 같다.

프랑스 출신 로티토라는 남자는 쇠를 삼키는 사나이로 불린다. 그는 수백 개의 면도날, 접시, 동전, 유리잔, 유리병, 맥주 깡통, 탄환, 뜨개질 바늘을 삼켰다. 기다란 쇠사슬 같은 것부터 손수레, TV, 알루미늄 스키도 먹어치웠다. 그가 보인 묘기 중의 묘기는 세스나 150 경비행기를 해치운 것이다. 1978년 베네수엘라의 카라카스에서 세스나 기를 먹기 시작해 먹다 남은 조각을 가지고 다니며 1980년 비행기 한 대를 모두 먹어치웠다. 그의 배 속은 만물상인 셈이다. 그 이듬해 그는 칼에 찔려 중상을 입었지만 건강을 회복한 후 로봇 한 대를 먹어치움으로써 건재함을 과시했다. 믿거나, 말거나.

이식증이 병이라면 그녀를 바라볼 때마다 느끼는 고통은 그 야말로 불치병일 겁니다, 라고 의사에게 말할 필요는 없었다. 그녀를 바라보며 느끼는 외로움을 이길 수만 있다면 경비행기 가 아니라 우주선이라도 삼킬 수 있다는 말도.

우주선이라도 삼킬 수 있는 사람의 몸. 카리브 해의 어느 섬 으로 여행을 다녀온 뒤 이마에 커다란 혹이 생긴 사람을 본 적 이 있다. 콩알만 하던 혹이 점점 커져 밤톨만 해지더니 어느 날부터 혹 안에서 무언가 꿈틀거리기 시작했다. 거울을 보다 혹을 가리고 있던 앞머리가 들썩이는 걸 발견한 그 사람은 기 절할 뻔했다고 했다. 혹 제거 수술을 받은 뒤, 자신의 혹 속에 서 나온 걸 보고 정말 기절해 버렸다. 놀랍게도 잘린 혹 속에 서 파리 유충이 나왔다. 그 사람은 휴양지에서 모기에 물린 적 이 있었다. 모기는 그의 피를 빨기 직전 알을 밴 파리의 피를 빨았다. 양이 덜 찬 모기는 파리 알이 묻은 침을 그의 이마에 꽂았다.

사람의 몸은 그런 것이다. 배 속에 로봇이나 우주선 한 채를 집어넣을 수도 있고 수많은 기생충과 유충과 박테리아의 집결 지가 되기도 한다. 누군가에게 집이 되고 우주가 될 수 있는 사람의 몸. 남자는 언젠가는 자신의 몸에서 동충하초처럼 수 천, 수만 가닥의 실 같은 버섯이 자라 오를 수도 있고, 몸속의 늪지에서 자라나고 있는 쇠붙이들이 입을, 눈을, 귀를 뚫고 나올 수도 있을 것이라고 생각했다. 그때 내가 수천, 수만의 버섯 가닥으로 피어오르고 나면, 그때는 누군가의 행성으로 건너갈 수 있을까? 눈알은 독수리가 파먹고 뇌수는 수리가 가져가고……. 희게 말라버린 뼛조각마저 모래바람에 날려 사라지고 나면 그때, 내 마음과 몸이 서로에게서 풀려날까? 몸을 잃었으니 그때서야 진정으로 그녀에게 동승할 수 있게 될까? 남자는 마음이 아니라, 마음에서 멀리 달아나지 못하는 몸이 쓸쓸해져 또 무언가를 삼켜야 했다.

은행 2층에 있는 식당으로 차장과 김 대리가 식사를 하러 올라간다. 여자도 있다. 조금 전 김 대리가 창구 안에 서서 손가락으로 2층을 가리키며 밥 먹으러 가자는 신호를 보내왔다. 남자는 손가락으로 밖을 가리키며 약속 있어요, 했다. 사진을 찾으러 가야 하기 때문이다. 어제 점심시간에 남자는 은행에서 꽤 떨어진 방사선과에 가 사진을 찍고 왔다. 그러느라 점심은 햄버거 하나로 때웠다. 사진 때문이 아니라도 이번 주는 혼자 해결할 생각이었다. 언제부턴가 여자와 함께 있으면 남자는 아무것도 삼킬 수가 없다.

남자는 계단을 오르는 여자의 뒷모습을 바라본다. 누군가의 뒷모습을 보게 되면 무작정 그 사람의 뒤를 따라가고 싶어질 때가 있다. 언젠가 남자는 여자의 뒤를 따라간 적이 있다. 작정을 한 미행은 아니었다. 그저 무작정 따라 걷게 되었다. 여자가 골목을 돌면 따라 돌고 계단을 오르면 따라 올라갔다. 여자는 유니폼 차림이 아닌 남자를 알아보지 못했다. 직장을 벗어나서도 여자와의 보폭은 꼭 3000킬로미터 차이였다. 여자의 오피스텔에 불이 꺼지고 난 뒤에도 남자는 한참 더 그 창문 아래에 서 있다가 돌아왔다. 어두운 골목길을 되돌아 그림자를 앞세우고 걷다 보면 몸속에서 쇠붙이들이 서로 부딪치며 내는 소리가 들렸다. 쇠붙이들과 함께 걷는 것 같았다. 남자는 자신이 어쩌면 피뢰침이 될지도 모른다고 생각했다.

의사는 가위만큼 벌어진 입을 다물지 못한다. 남자의 얼굴과 엑스레이 필름을 번갈아 쳐다본다. 뷰박스에 걸린 남자의 복부 사진이 모노톤의 동판화 같다. 의사는 여전히 입을 다물지 못한 채 남자를 쳐다본다. 사진을 얻기 위해 이 정도의 수고로움은 감수해야 한다. 의사와 방사선 기사의 집요한 호기심, 힐끔거리는 간호사들의 눈빛 따위는 이제 아무렇지도 않다. 같은 병원에 두 번 다시 가지 않는다는 원칙에도 충실하다.

가위는 위의 오른편 중간쯤에 조금 벌어진 채 자리 잡고 있다. 가위 아래로 지난번에 삼킨 쇠붙이들이 보인다. 쇠붙이들은 지난번보다 아래로 가라앉아 있다. 위액에 의해 부식이 진행되고 있는지 실루엣도 조금 거칠어진 느낌이다. 거칠어진 그것들은 귀환 명령을 받지 못해 떠도는 우주 미아들처럼 보인다. 거기에 비하면 가위는 이제 막 착륙을 시도하고 있는 최

첨단 우주선 같다. '하늘을 나는 가위' 쯤으로 사진 제목을 정해도 괜찮겠다. 그러고 보니 정말 검은 바탕에 흰 실루엣 몇 개만 나타난 사진은 배 속이 아니라 우주의 어느 부분을 찍어 놓은 것 같기도 하다. 자신의 몸이 우주의 어느 한 귀퉁이와 비밀스럽게 이어지고 있는 것 같다. 그 우주의 한 귀퉁이에 여자가 있었으면 좋겠다고 남자는 생각한다.

랑데부를 준비하는 우주선 조종사처럼 남자는 조심스럽게 필름에 찍힌 클립, 동전, 핀, 가위를 쓰다듬는다. 그것들 하나하나를 삼킬 때의 고통과 희열이 되살아난다. 쇠붙이들은 지난 일 년 동안의 남자의 알리바이다. 클립을 삼킨 날도, 동전을, 실핀을 삼킨 날도 남자는 여자의 3000킬로미터 밖에서 서성거리고 있었다. 남자는 생각한다. 육체가 소멸된 뒤에도 사리처럼 살아남은 이 쇠붙이들이 내 몸의 한때를 기억할 것이라고.

바람이 점점 더 거세지고 있다. 굵은 빗방울이 떨어지기 시작한다. 거리는 밤처럼 어두워져 자동차마다 전조등을 켜고 달린다. 사람들의 걸음이 빨라진다. 부실한 잇몸에 박힌 이처럼 가로수들이 덜그럭거리고 바람에 뜯겨져 나간 나뭇잎들이 거리로 흩어진다. 건너편 건물에 세로로 길게 걸린 현수막이 바람에 이리저리 흔들리고 있다. 그럴 때마다 현수막 끝에 붙은 나무토막이 건물 외벽을 텅텅, 친다.

마감 시간이 가까워지는데도 오늘따라 은행 안은 태풍의 눈 속에 들어앉아 있는 것처럼 조용하다. 각자 마감 준비를 하느라 직원들은 모두 말없이 움직이고 있다. 정작 직원들이 가장 바빠지는 시간은 마감 시각을 넘기고부터다. 수표는 발행 은행대로 정리를 해서 입력해야 하고 입금은 입금대로 출금은 출금대로 결산을 맞추어야 한다. 십 원이라도 오차가 생기는 날이면 그날 받은 전표를 처음부터 다시 검토해야 한다. 다음 주부터 시작되는 감사에 대처하려면 오늘도 직원들 퇴근은 9시를 넘기게 될 것이다. 직원들 전표 정리를 돕고 CD기마다 입출금을 확인하고 돈을 보충해 놓고 하다 보면 남자도 그 시각까지 남아 있을 수 있을 것이다.

TV에서는 조금 전부터 다시 기상특보가 나오고 있다. 바닥에 떨어진 번호표를 줍고 대기석 줄을 맞추고 있지만 남자의 신경이 기상특보로 쏠린다. 알 수 없는 조바심에 남자는 자꾸만 마른침을 삼킨다. 위성사진으로 찍은 태풍의 모습이 화면에 떠 있다. 이상할 정도로 발달한 비구름 때문에 태풍의 눈이 선명하게 보이지 않는다. 전국 어느 지역을 연결하나 기자들은 하나같이 노란색 비옷을 입고 나와 소식을 전한다.

4시 27분. 오늘은 번호표 390선에서 마감을 칠 것 같다. 남자는 창문에 달린 버티컬 줄을 잡아당기며 밖을 내다본다. 비는 이제 앞이 보이지 않을 정도로 쏟아지고 있다. 공습경보가 발령된 것처럼 거리에는 한 사람도 보이지 않는다. 나뭇잎으로 덮인 자동차들만 느린 속도로 움직이고 있다. 남자는 건너편 건물을 올려다본다. 건물 꼭대기에서 어둠에 섞여 희미하게 빛나는 것이 있다. 피뢰침이다. 피뢰침 주위를 맴돌고 있는 팽팽한 긴장감이 남자에게 그대로 전해진다. 몸속의 쇠붙이들이 꼿꼿하게 일어선다. 남자는 뭔가가 다가오고 있다는 것을 예감한다. 길 건너편에서 달려오던 오토바이 한 대가 좌회전 신호를 무시하고 갑자기 은행 쪽으로 방향을 튼다. 왜 바로 그때 TV로 시선을 돌리게 되었는지 남자는 알 수 없다. 화면이 갑자기 환해졌다가 어두워진다. 기자의 등 뒤로 번개가 내리꽂히고 있다. 굳은 표정을 한 기자의 말이 점점 빨라진다. 순간, 남자는 버티컬 줄을 놓아버리고 허리춤을 더듬는다. 가스총이 없다. 점심시간에 병원에 다녀오느라 보관함에 넣어두고 간 것이 생각난다. 이미 늦었다.

번개가 다녀갔다. 이제 막. 등에서 무언가 뜨듯한 것이 흘러나오고 있다. 나는 바닥에 누워 있다. 아무것도 떠오르지 않는다. 아무 소리도 들리지 않는다. 빙 둘러선 사람들이 나를 내려다보고 있다. 그녀는 보이지 않는다.

조금 전, 무언가가 오고 있다고 느낀 순간, 정말 검은 비옷을 입은 사내 하나가 뛰어 들어왔다. 사내는 개머리판을 자른 카빈을 꺼내들고 고함을 질렀다. 아무 생각도 떠오르지 않았다. 나는 멍하니 사내의 검은 비옷만 바라보았다. 사내의 비옷에서 물방울이 흘러내렸다. 어느새 사내의 총구는 그녀의 턱밑에 닿아 있었다. 정확히 그녀의 푸른 핏줄이 시작되는 지점이었다. 몸속 가득 동전을 채워 넣은 것처럼 나는 꼼짝도 할수 없었다. 거긴 안 돼, 거긴 안 돼. 자꾸만 꺾이려고 하는 무릎에 힘을 주며 나는 중얼거렸다. 그녀 옆자리 직원이 사내가 던진 류색에 지폐 뭉치를 담기 시작했다. 처음으로 나는 그녀의 눈을 똑바로 바라볼 수 있었다. 잔뜩 겁에 질려 있는 그녀의 두 눈은 오히려 무심해 보였다. 너무 맑아 깊이를 가늠하기어려운 물속 같았다. 그녀는 그 순간에도 여전히 나의 판공쵸였다. 그녀의 핏기 없는 얼굴이 감색 유니폼에 잘 어울려 보였다. 영문도 모르고 들어온 고객 한 사람이 비명을 지르며 뒷걸음치다 파키라 화분에 걸려 넘어졌다. 사내가 홱 고개를 돌렸다. 순간 나는 대기석을 튀어 넘어 사내의 등을 덮쳤다. 바닥으로 쓰러지면서 사내가 엉겁결에 방아쇠를 당겼다. 소리가너무 커 나는 무언가 내 몸을 뚫고 지나갔다는 사실을 깨닫지못했다. 뻘겋게 달군 쇳덩이를 삼킨 것처럼 몸의 어딘가가 몹시 뜨거울 뿐이었다. 사내의 눈이 내 눈보다 더 크게 벌어졌다. 번개는 토스주의자 김 대리까지 변하게 만들었다. 김 대리가 사내에게 가스총을 쏘았다. 그의 인생 최초로 날린 스파이크였다. 서바이벌 게임광답게 민첩하고 정확한 판단이었다. 앞으로 푹 꺾인 내 몸이 창구 모서리에 부딪치며 넘어갔다.

4:30.

내가 쓰러진 자리에서 벽에 걸린 시계가 정면으로 보인다. 모든 일은 순식간에 시작되었고 끝이 났다. 조금 전 TV 속에서 번쩍이던 번개가 이곳에까지 다녀간 것이다. 번개가 아니었다면 그 모든 일이 그렇게 번쩍, 하는 짧은 순간에 일어날 수는 없었을 것이다.

시간이 한없이 느리게 흐르고 있다. 그녀를 처음 본 날처럼 아래턱이 덜덜 떨린다. 나는 아무도 없는 빈 들에 장대처럼 혼자 서 있다. 바람이 불어온다. 내 몸속의 늪지에서 억새들이 바람을 타기 시작한다. 휘이, 휘이. 어린 날, 내가 쫓아 보냈던 새들이 새까맣게 몰려오고 있다. 휘이, 휘이. 지평선 너머로 달아나는 번개의 뒷모습이 보인다.

그녀는 여전히 보이지 않는다. 건너편 빌딩의 피뢰침이 흐릿하게 눈에 들어온다.

이제 막, 번개가 내 몸을 뚫고 지나갔다.

번지점프대에 오르다

무덤이 환하다. 건너편 산에 걸린 해가 마지막 빛을 무덤 위에 뿌리고 있다. 아무도 찾아오지 않는 무덤이지만 석양 무렵이면 잠깐 무덤의 몸도 따뜻해진다. 시평은 망연히 서서 공장 위쪽 둔덕에 있는 무덤을 바라본다. 무덤 위의 마른 풀들이 바람에 흔들린다. 산그늘이 내려앉은 골짜기에 저녁 이내가 깔리고 있다.

맞은편 골짜기에 있는 가구 공장에는 벌써 불이 켜져 있다. 아직 이곳에 남아 있는 것은 시평이 일하고 있는 석물(石物) 공장과 건너편의 가구 공장뿐이다. 그리고 그 사이에 번지점프대가 하나 서 있다. 작년 여름까지만 해도 번지점프대에는 젊은 애들이 매달려 대롱거렸다. 하지만 산 너머에 스키장이 생기면서 모든 것이 바뀌었다. 스키장 입구에는 더 높은 번지점프대가 새로 세워졌다. 이제 여기까지 찾아오는 젊은 애들은 없다. 스키장이 들어서면서 생긴 넓은 길을 따라 사람들은 하나둘씩 떠나갔다. 가게와 음식점들이 떠나갔고 술집과 여관들이 뒤를 따랐다. 시평과 같이 일하던 재단사도 떠났고 욕 잘하던 마석꾼 김씨도 다른 석물 공장으로 옮겨갔다.

산등성이를 타고 해가 넘어가면서 사위는 빠르게 어두워진다. 무덤과 산이, 산과 길이 경계를 무너뜨리고 몸을 섞으며 어둠의 덩어리를 커다랗게 불려나간다. 공장 안 여기저기에 서 있는 불상이며 연등, 비석들도 부장품처럼 어둠에 묻혀 간다. 야적장 쪽에서 돌가루 섞인 바람이 불어온다. 낡은 루핑과 폐타이어 몇 개를 얹고 있는 컨테이너 박스 하나가 야적장 끝에 서 있다.

어두워질수록 건너편 가구 공장의 불빛이 조금씩 또렷해진다. 시평은 담배를 꺼내 문다. 연기를 빨아들일 때마다 담배는 싸락눈 내리는 소리를 내며 타 들어간다. 손가락 끝에 미세한 온기가 전해져 온다. 담배 불빛은 어둠 저편의 누군가에게 보내는 조난신호 같기도 하다. 답신처럼 건너편 골짜기의 가구 공장 불빛이 반짝, 한다.

컨테이너 안은 텔레비전에서 흘러나오는 푸른빛으로 가득하다. 그 빛 때문에 온기 없는 컨테이너 내부가 차가운 물속처럼 보인다. 어머니는 불을 켜지 않은 채 벽에 기대어 앉아 있다. 벽에 걸어둔 마른 시래기처럼, 어머니에게서는 어떤 양감도 느껴지지 않는다. 시평은 어머니에게 다가가 이불 밑에 손을 밀어 넣어본다. 전기장판을 깐 바닥은 따뜻하지만 이불 바깥으로 나와 있는 어머니의 얼굴과 손은 차갑다. 컨테이너는 좀체 온기를 품을 수 없는 구조물이다. 시평은 어머니의 가슴께까지 이불을 끌어올려 준다. 낡고 무거운 밍크 이불은 느리게 조금씩 미끄러져 내려오고 만다.

시평은 잠깐 망설이다가 형광등 스위치를 올린다. 방 안의 푸른빛이 금세 사라진다. 어머니가 입고 있는 보푸라기 잔뜩인 스웨터에는 초록색 작은 얼룩이 몇 개 묻어 있다. 낮에 치커리와 케일을 갈아 만든 녹즙을 마시다가 어머니는 토해 버렸다. 이제는 녹즙도 받지 않는다. 어머니는 눈이 부신지 눈을 몇 번 껌벅이다가 다시 초점 흐린 눈으로 텔레비전을 바라본다. 산 너머에 스키장이 들어선 뒤로 텔레비전 화면이 자주 흔들린다. 텔레비전 속의 기상캐스터는 얼굴이 두 개로 겹쳐 몹시 화가 난 사람처럼 보인다. 캐스터는 강원도와 경상도 내륙 산간 지방의 폭설주의보를 전한다. 마을과 들과 숲이 눈에 덮여 있다. 그 위로 눈이 내린다. 저 눈 속 어딘가에 사장이 있을 것이다. 일주일 전, 사장은 문경이나 상주 쪽으로 갈 거라고 말했다. 그곳은 애석(艾石)으로 유명한 곳이다.

방 한쪽에 놓인 밥상 위에 돌가루가 엷게 내려앉아 있다. 시

152

평은 행주로 밥상을 닦는다. 냉장고에서 꺼낸 반찬통 위에도 돌가루가 묻어 있다. 입 안이 깔깔해진다. 자신의 혈관을 타고 돌가루가 돌아다니고 있을 것만 같다. 틉틉해진 피 때문에 언젠가는 몸이 돌처럼 서서히 굳어갈지도 모른다. 시평은 가스 불 위에 냄비를 올려놓는다. 냄비 속에 엉겨 있던 미음이 조금씩 풀어지기 시작한다.

시평은 벽에 기대어 앉은 어머니 입 속에 묽은 미음 한 숟가락을 떠 넣는다. 어머니는 멀뚱히 시평을 바라볼 뿐 입 속의 것을 삼키지 않는다. 어머니의 미간에 잔뜩 주름이 잡힌다.

'어머니, 뭘 좀 드셔야 해요.'

시평은 숟가락을 든 채 손가락으로 말을 한다. 어머니는 한참 뜸을 들이다가 천천히 입 안의 것을 삼킨다. 시평이 다시 한 수저 떠보지만 어머니는 이내 고개를 흔든다. 어머니는 여간해서는 고개를 젓지 않는다. 미음은 벌써 식어버렸다. 이 방 안에서는 뭐든지 빨리 식는다. 시평은 숟가락을 내려놓는다. 바닥으로 잦아들 것처럼 마른 어머니가 자신의 손바닥으로 가슴께를 문지른다. 미안하다. 시평이 가장 싫어하는 말이다. 시평은 어머니의 손을 끌어내리고 이불을 어머니 어깨까지 끌어올려 준다. 오래된 밍크 이불은 차갑고 무겁다. 이불은 천천히 미끄러져 내린다.

'날이 풀릴 때까지만 읍내 여관에서 지낼까요?'

시평은 어머니에게서 나올 대답을 뻔히 알면서도 묻는다. 어머니는 대답 대신 모자 테두리만 만지작거린다. 무언가 마음에 들지 않으면 어머니는 쓰고 있는 모자를 만지는 버릇이 있다. 모자 밑으로 드문드문 머리카락 몇 개가 흘러나와 있다. 어머니는 잠자리에서도 모자를 벗지 않는다. 어머니가 죽음을 두려워하고 있다면 그것은 머리카락 없는 머리 때문일 것이다. 주검에 모자를 씌워두지는 않으니. 항암제를 맞고 머리카락이 빠지기 시작하면서부터 어머니는 늘 모자를 썼다.

아직 수도가 얼지 않은 것은 다행이다. 시평은 설거지를 하다 말고 싱크대 위쪽 유리창에 엉긴 성에꽃을 손톱으로 긁어낸다. 성에꽃 때문에 창밖의 어둠은 오석(烏石)에 박힌 실띠처럼 군데군데 토막이 나 보인다. 사장은 돌도 병에 걸린다고 말했었다. 실띠는 검은 오석에 생기는 병이다.

먹장은 원석에 청색 기운의 이물질이 박힌 것, 재통은 돌이 만들어질 때 불에 탄 재가 박힌 것, 편석은 돌의 한쪽은 검고 다른 한쪽은 덜 검은 것, 줄채는 말 그대로 돌에 줄 모양이 난 것…… . 돌도 그런데 하물며 사람의 몸이야 오죽하겠어, 실한 광맥 하나만 잡으면 꼭 도와주마.

어머니의 먼 친척뻘 되는 사장은 시평 모자가 공장에 딸린 컨테이너에 들어오던 날 그렇게 말했다. 애석과 함께 이물질이 박히지 않은 오석을 캐는 일은 사장의 오래된 꿈이다.

시평은 허리를 조금 구부려본다. 멀리 가구 공장의 불빛이 보인다. 어둠 속의 공장이 집어등을 밝히고 밤바다에 떠 있는 어선처럼 보인다. 바람이 세다. 컨테이너가 흔들린다. 가구 공장의 불빛도 흔들린다. 밤바다를 떠도는 배는 난파될지도 모른다. 등대가 필요하다. 시평은 주머니에 있던 라이터를 꺼내 들고 창문을 연다. 찬바람이 몰아쳐 든다. 시평은 한 손으로 바람을 막으며 라이터를 켠다. 라이터돌이 부딪칠 때마다 아주 잠깐 푸른 불꽃이 일었다 사라진다. 한참 만에 불이 붙는다. 너울거리는 불꽃 속에 오로라의 얼굴이 들어 있다. 오로라.

  첫눈이 내리던 날, 시평은 그녀를 오로라로 부르기로 했다. 그녀의 이름이 따로 있었지만 그 이름으로는 이곳의 겨울을 이겨내기가 쉽지 않을 것 같았다. 오로라, 라면 겨울나기가 훨씬 수월해질 것 같았다. 그녀는 일 년 내내 난류가 흐르는 적도 근처의 바닷가에서 왔다. 매년 5월이면 수천 리 바다를 헤엄쳐 온 바다거북이 백사장에 알을 낳는 곳. 필리핀의 어느 조용한 섬이 그녀의 고향이다. 햇빛을 많이 받고 자란 그녀의 몸은 검은 돌처럼 빛이 난다. 웃을 때면 바다거북의 알 같은 하얀 이 때문에 그녀의 얼굴은 더욱 검어 보인다.

  그녀를 처음 만난 것은 지난여름이다. 녹즙에 필요한 재료들을 사러 읍내에 나왔던 길이었다. 시평은 신선초만 빼고 매장 진열대에 있는 야채들을 골고루 샀다. 항암제 치료 후에 입

맛이 변한 어머니는 유독 쓴 것을 싫어했다. 그녀들은 시평의 맞은편에서 걸어오고 있었다. 읍내에 나오면 어렵지 않게 볼 수 있는 모습이었다. 읍내 인근에 있는 가구 공장이나 염색 공장에는 외국인 노동자들이 많았다. 바구니에 이런저런 물건을 가득 담고 있는 그녀들이 꼭 보급 투쟁을 나온 파르티잔 같았다.

아이…… 워너, 고우 투 씨. 무리들 중의 누군가가 말했다. 그녀들 중에 키가 제일 작고 마른 여자였다. 무리들과 조금 떨어져 그녀는 작은 돌멩이처럼 혼자 서 있었다. 바, 다, 를 보고 싶어. 그녀가 다시 한 번 느리게 말했다. 무리 중에 그녀의 말을 귀담아듣는 사람은 없었다. 그녀와 눈이 마주쳤다. 겁이 많아 보이는 눈이었다. 그녀 쪽에서 먼저 고개를 돌렸다.

그녀들을 다시 만난 것은 한 달쯤 후였다. 열대야가 계속되었지만 어머니는 모자를 쓴 채 잠을 잤고 자주 토하기 시작했다. 철거되지 않은 번지점프대에서는 붉은 녹이 피어났다. 동업자에게 사기를 당한 사장은 술로 버티고 있었고 인근에 있는 공원묘지에서 꽃병 몇 개를 주문한 뒤로는 다른 일감도 들어오지 않았다. 공장 안 여기저기에 있는 불상이며 좌대, 석탑에는 하루 종일 뜨거운 햇빛이 쏟아져 내렸다. 그 빛 속으로 여자 몇 명이 들어왔다. 그녀들이었다. 그녀들은 두셋씩 짝을 지어 해태상 옆에서, 갓석이 떨어져 나간 비석 아래서 사진을 찍어댔다. 술 취한 사장이 비척거리며 파리를 쫓듯이 그녀들을 쫓아냈다. 그녀들은 잠시 숨어 있다가 다시 나타나곤 했다. 바다가 보고 싶다고 한 그녀도 그 속에 있었다. 햇빛 때문인지 사진기 앞에 선 그녀는 자주 찡그렸다. 어머니에게도 저런 머리칼이 있었을까. 시평은 햇빛에 반짝이는 오로라의 머리칼을 한참 동안 바라보았다. 수천 년 동안 묻혀 있다 나온 오석처럼 검은 머리칼이었다. 그녀는 사진을 찍는 무리에서 떨어져 나와 잡석 더미 위에 앉아 있었다.

——보고 왔어요?

그녀에게 다가가 시평은 말을 붙였다. 그녀는 무슨 말인지 못 알아듣겠다는 표정으로 시평을 올려다보았다.

——바다, 바다 말예요. 지난번 읍내에서 우연히 들었어요. 바다엘 가고 싶어 했잖아요.

그제서야 알아듣겠다는 듯 오로라는 살짝 웃고는 이내 도리질을 했다. 오로라는 무언가 아득한 눈빛이 되어 시평의 등 뒤를 바라보았다. 둘 사이에 잠깐 침묵이 흘렀다.

——가구 공장에서 일하고 있어요. 저편 골짜기에 있는.

얼마 후 오로라가 짐짓 밝아진 목소리로 말했다. 어머니의 수화처럼 그녀의 말은 많이 어눌했다. 시평은 그녀의 손짓과 더듬거리는 한국말을 이어 말을 만들었다. 한국에 온 지 오 년이 되어가는 그녀의 손등 여기저기에 덴 흉터가 있었다. 전에 일하던 타일 공장에서 일하다 얻은 흉터라고 했다. 앗, 뜨거워. 오로라가 한국에 와서 가장 처음 배운 말은 앗, 뜨거워, 이었다.

그녀는 일요일이면 몇 번이나 차를 갈아타고 서울에 있는 성당에 갔다. 여름과 가을 내내 시평은 일요일 저녁때가 되면 읍내로 나갔다. 사장의 낡은 트럭을 터미널 옆 공터에 세워두고 그녀를 기다렸다. 그녀는 성당 앞 좌판에서 산 물건들을 보여 주기도 했다. 독특한 향의 향신료와 몇 가지 음식 재료들. 머리핀도 있었다. 유리알이 촘촘히 박힌 머리핀이 그녀의 검은 머리카락에 잘 어울렸다.

낡은 차의 엔진에서는 쉬지 않고 가르랑거리는 소리가 났다. 트럭이 술 취한 사장 같다며 그녀는 입을 가리고 웃었다. 윗니 가운데가 벌어진 그녀는 웃을 때마다 입을 가렸다. 그녀의 웃음소리를 듣고 있으면 잔잔한 물살에 발을 담그고 있는 것처럼 발바닥이 간지러웠다. 시평은 그녀를 옆에 태우고 어디로든 달리고 싶었다. 읍내를 몇 바퀴 돌고 새로 난 길을 따라 달렸다. 몇 시간을 달리면 그 길 끝에 있는 바다에 다다를 수 있었다. 하지만 시평은 그 길 끝에 바다가 있다고 말해 주지 않았다. 백사장에 알을 묻어두고 바다로 돌아가 버리는 바다거북이 생각나 시평은 매번 스키장 입구에서 차를 돌렸다. 그녀를 숙소 앞에 내려주고 돌아오는 길, 시평은 어둠 속에 서 있는 녹슨 번지점프대를 한참 동안 올려다보곤 했다. 그녀는 나무를 잘 탄다고 했다.

엄마한테, 꾸중을 들으며는, 혼나면, 그래서 눈물이 날 때는 나무, 나무를 올라갔어요. 나무, 위에서 보면 바다가, 아주, 작아 보아요. 바다에는 섬, 아릴런드, 섬들이 막, 여기저기 있고. 통, 통, 통. 스테핑 스톤즈, 음, 돌을 놓아 만든 다리 있죠, 그런 다리를 건너듯 그 섬들을 밟고……. 건너뛰면 꼭 다른 세상이 나올 것만, 같아요.

입 속에 모래알을 넣고 굴리는 것처럼 토막토막 끊어지는 그녀의 말이 먼 바다에서 간간이 들려오는 해조음처럼 긴 여운을 남겼다.

볕이 굵어져 가다가 첫눈이 내렸다. 어머니는 더 자주 진통제를 먹었다. 일요일에도 그녀가 일하는 공장의 굴뚝에서는 연기가 피어올랐다. 불법체류자에 대한 단속이 강화되었다. 읍내에 나가도 그녀를 볼 수 없는 날들이 이어졌다. 공장 기숙사도 폐쇄되었다. 백사장에 묻힌 거북 알처럼 그녀는 꼭꼭 숨어들었다.

설거지를 마치고 창밖을 바라보던 시평은 어머니 쪽으로 고개를 돌린다. 어머니는 여전히 모자를 쓴 채 잠이 들어 있다. 꿈속에서도 수화로 말을 할까. 진통제를 먹고 잠이 든 어머니는 고요하다. 시평은 불을 끄고 어머니 옆에 눕는다. 수만 겹의 어둠이 컨테이너 안을 가득 메운다. 이 어둠의 겹 어디쯤에 자신이 있는지 알 수 없다. 오로라는? 어머니는? 시평은 손을 뻗어 어머니의 마르고 건조한 손을 잡는다. 시평은 눈을 감는다. 아무것도 보이지 않는 어둠 속에서는 눈을 감아야 무언가를 볼 수 있다. 오로라가 떠오른다. 그녀의 겹 많아 보이는 눈, 하얀 잇속. 이 어둠에서 달아나 그녀의 검은 몸속으로 숨어들고 싶다. 그녀를 만나지 못한 지 두 달이 되어간다. 문밖에서 번지점프대가 운다.

선반을 빠져나온 돌 찌꺼기가 톱밥처럼 둥글게 말리면서 쌓여간다. 바람이 천막을 후려친다. 천막 안에서는 바람 소리가 유난히 크게 들린다. 바람이 얼어붙은 야적장을 지나 마른 검불과 비닐봉지 따위를 들어 올리며 컨테이너 쪽으로 몰려간다. 낡은 루핑 위에 놓인 폐타이어 하나가 바람을 이기지 못하고 굴러 떨어진다. 둔탁한 소리를 내며 떨어진 타이어는 얼마쯤 굴러가다가 맴을 돌며 주저앉는다. 시평은 컨테이너 쪽으로 가볼까 하다가 그만둔다. 진통제를 먹은 어머니는 조금 전에 잠이 들었다. 어머니가 잠에서 깨어난다면 그건 바람 소리가 아니라 통증 때문일 것이다.

시평은 잠깐 멈추었던 일을 다시 시작한다. 선반의 톱날에 부딪치며 돌에서 불꽃이 튄다. 한 귀퉁이만 깎아내면 그런대로 원하는 모양이 나올 것 같다. 오늘 아침, 시평은 잡석 더미를 뒤지다 한 자 정도의 오석을 찾아냈다. 오석은 귀한 돌이라 함부로 버리지 않는데 이런저런 잡석들 틈에 그 돌이 섞여 있었다. 돌을 다듬은 다음 광을 내고 그 위에 직접 글자를 새길 생각이다. 각자(刻字)를 해보지 않았지만 어깨너머로 봐둔 적이 있다. 박옥님의 집. 오석 위에 이렇게 새기면 어머니의 집은 천년이 가도 끄떡없을 것이다. 오석은 천년이 가도 변하지 않는다는 돌이다.

모서리가 매끄럽게 된 오석을 선반에서 내린다. 돌의 표면에 돌가루가 뽀얗게 묻어 있다. 시평은 돌가루를 닦아낸 다음 마광기를 갖다 댄다. 우툴두툴했던 돌의 표면이 매끄럽게 변해 간다. 돌은 몸의 어디에 물을 숨겨놓고 있었던 것일까. 마광기가 지나간 자리마다 물이 생긴다. 돌은 제 몸속에 있던 물을 내보내며 반짝거린다. 시평은 물기를 닦아내다 말고 한참 동안 돌 속을 들여다본다. 돌의 표면에 쥐 발자국 같은 것이 나 있다. 쥐가 물 묻은 발로 여기저기 밟고 다닌 것 같은 무늬다. 이 무늬 때문에 돌은 버려진 것이다. 아버지에게도 말 못하는 어머니가 이 무늬 같은 것이었을까.

──뒤란 대밭 사이로 길이 난 집, 그 집으로 가거라. 그곳에 네 아버지가 있다.

어머니는 오래된 설화를 들려주듯이 시평에게 말하고는 했다. 어머니가 아버지에 대해 아는 것은 그것뿐이다. 그래서 더 절박했던 것일지도 모른다. 그 얘기를 할 때면 돌의 몸 깊숙이 들어와 박힌 실띠처럼 어머니의 눈에 이상한 빛이 스쳐 지나 갔다. 수화를 하는 어머니의 손끝에서 댓잎 서걱거리는 소리가 들리는 것도 같았다.

　어머니는 열아홉이 되면서 술장사하는 당신 이모 밑으로 들어갔다. 어디에 붙박여 하는 것이 아니라 공사판을 따라다니며 하는 술장사였다. 큰 다리 놓는 곳에서 몇 달을 머물 때도 있었고, 철로를 깔고 역을 짓는 공사장에도 있었다. 어머니가 아버지를 만난 곳은 남도 쪽, 첩첩이 산이 쌓인 곳이었다. 몇 개 마을이 모여서 저수지를 만드는 꽤 큰 공사였다. 스무 살의 어머니는 그곳에서 석 달을 머물렀다. 돌 깨는 기술자들이 돌산을 깎아나가면 여자들은 싸리나무로 만든 삼태기에 잔돌을 퍼 나르고 남자들은 리어카에, 달구지에 큰 돌을 실어 날랐다. 귀 막아라. 남포 터진다아! 돌 깨는 사람들은 큰 바위를 메로 쳐 화약을 넣은 다음 황토로 막았다. 발파! 발파! 발파! 외치는 소리가 들리고 심지에 불이 붙으면 사람들이 멀찍이 달아났다. 어떤 사람은 귀를 막고 땅바닥에 엎드리기도 했다. 일순 고요했을 것이다. 그 고요 속에서 하던 일을 멈추지 않는 사람은 어머니뿐이었다. 돌이 사방으로 튀어 오르고 숲의 나무들이 한쪽으로 뒤치는 옆에서 어머니는 아무렇지도 않게 깍두기를 버무리고 말라붙은 탁주잔을 씻었다. 숲에 있던 새들이 일제히 날아올랐다.

외지에서 들어온 처녀였으니 쉽게 보는 사람도 많았다. 더군다나 말 못하는 처녀였으니 아무 데서나 돌베개를 괴주어도 무슨 흠이랴 했을 것이다. 이모할머니의 걸진 입이 아니었다면 어머니는 견디지 못했을 것이다.

일 나온 젊은이 중에 아버지도 있었다. 우스갯소리를 잘했는지 아버지 옆에는 늘 사람이 끓었다고 했다. 새참을 먹다가도 돌을 나르다가도 아버지가 무어라 말하면 사람들이 허리를 꺾고 웃었다. 그래서 그랬을까. 어머니는 아버지를 따라나서는 밤길이 무섭지 않았다고 했다. 이모할머니가 곯아떨어지길 기다렸다가 살그머니 바라크를 빠져나온 어머니는 아버지를 따라 들판을 지나 동네로 들어갔다. 대밭 속으로 한참 들어가면 아버지의 집 뒤란이 나왔다. 그렇게 두어 번 아버지의 시큼한 냄새 나는 방에서 밤을 보내고 날이 새기 전 어머니는 대밭 사이로 난 길을 따라 몰래 빠져나왔다. 저수지 둑이 조금씩 높아져 갔다. 날은 따뜻해지는데 어머니는 자꾸 춥고 잠이 쏟아졌다고 했다. 언제부턴가 아버지는 어머니와 눈을 마주치지 않았다. 달거리가 끊어진 걸 눈치 챈 이모할머니한테 어머니는 이가 솟도록 맞았다. 그래도 하혈이 되지 않았다.

——차라리 너만 알고 나만 알고, 다른 데로 얼른 시집을 가

버리자. 인두겁을 쓰고서는 헐 일이 아니지만 어쩌겠냐. 니 목
숨이나마 부지하려면.

그 벼락 맞을 인종이 누군지 끝내 말하지 않은 질녀에게 이
모할머니는 눈물을 훔치며 그렇게 말했다. 대밭 사이로 길이
난 집. 공사장을 떠나기 전날 밤, 어머니는 아무도 몰래 동네
에 들어갔다. 대밭이 있는 집만 찾아가면 아버지 얼굴을 한 번
더 볼 수 있을 것 같다고 했다.

──무서워라. 온 동네가 대밭 천지더라. 집집마다 시커먼
대밭 하나씩을 달고 있었지.

시평은 한참 더 돌을 들여다본다. 오석의 무늬 사이로 어머
니가 걸었던 어두운 대나무 숲길이 보인다. 칼 가는 소리를 내
며 흔들리는 댓잎 아래로 어머니가 걸어가고 있다. 팔려가다
시피 한 어머니는 시집간 지 여덟 달 만에 시평을 낳았고 세이
레를 못 넘긴 채 쫓겨났다.

박옥님의 집. 시평은 오석 위에 흰 페인트로 글자를 쓴다.
어머니의 무덤 앞에 세워질 이 비석은 어머니의 빛나는 문패
가 되어줄 것이다. 흰 구름과 새들의 노래와 바람이 비석 위로
흘러가리라. 페인트가 마르길 기다리며 시평은 에어 툴 끝에
정을 끼운다.

시평이 열린 컨테이너 문을 본 것은 '옥' 자의 'ㅇ'에 정을
갖다 대고 있을 때였다. 문짝이 바람에 텅텅 소리를 내며 컨테

이너 벽에 부딪치고 있었다. 에어 툴에서 나는 소리 때문에 문소리를 듣지 못했던 것이다. 문밖으로 빠져나온 어머니의 팔이 헝겊처럼 흔들리고 있다. 시평은 에어 툴을 바닥에 내던지고 컨테이너 쪽으로 달려간다.

주사기는 어머니의 오른쪽 아랫배에 꽂혀 있다. 어머니의 몸에서 빠져나온 물이 줄을 타고 링거병 속으로 떨어진다. 어머니의 망가진 조직과 기관에서 새어 나오는 물이란 물은 모두 배로 와 고인다. 주사기가 빨아올린 물은 1000cc들이 링거병 하나를 다 채우고 두 번째 링거병도 반 넘게 채우고 있다. 그 사이 어머니의 배는 눈에 띌 만큼 가라앉았다. 시평은 줄 한쪽에 붙어 있는 조절기를 만진다. 물이 떨어지는 속도가 줄어든다. 조금 전 의사는 한꺼번에 너무 많은 물을 빼내면 저혈압에 빠진다고 말했다. 바싹 마른 어머니의 입술에 거스러미가 일었다. 시평은 손수건에 물을 적셔다 어머니의 입술을 몇 번이고 닦는다. 몸속 어디에 물이 남아 있었는지 어머니의 마른 볼을 타고 눈물이 흐른다. 어머니에게는 평생 어머니의 몸이 무덤이었다.

복수가 빠진 어머니의 몸은 더 검어 보인다. 운전석 옆자리에 어머니를 앉히고 트럭 문을 닫으려 시평은 의자 아래에서 무언가 반짝, 하는 것을 본다. 의자 밑으로 손을 넣어 꺼내어 본다. 오로라의 머리핀이다.

　──저, 위에 올라가면 바다가 보일, 까요.

　오로라의 목소리가 들리는 것 같다. 언젠가 오로라가 번지점프대를 올려다보며 물어본 적이 있다. 오로라는 손가락 두 개로 번지점프대의 사다리를 기어오르는 시늉을 해 보이며 덧붙였다.

　──물소 한, 마리와 지프……. 그러, 면 나, 집에 가요, 갈 수 있어요.

　물소는 소작농인 아버지를 위해, 지프는 도시에 나가 있는 남동생을 위해서다. 남동생은 개조한 중고 지프 한 대를 마련해 관광객들을 태우고 다니는 일을 하고 싶어 한다고 했다. 크롬으로 환하게 도금을 한 전조등과 사이드 미러, 잘 정돈된 마스코트, 유명 영화배우와 가수의 사진을 양쪽 측면에 붙이고 색색의 화환과 플라스틱 조각으로 장식한 중고 지프. 오로라는 수첩 갈피에서 지프차 사진을 꺼내 보여 주었다.

　사다리를 오르는 오로라의 손끝을 쳐다보다 시평은 오로라를 데리고 어딘가로 꼭꼭 숨어버리고 싶다는 생각을 했다. 그날 처음으로 오로라가 몸의 문을 열었다. 오로라를 안았을 때 머리핀이 풀어지면서 트럭 바닥으로 떨어졌지만 핀을 찾지 못했다.

　시평은 한참 동안 머리핀을 들여다본다. 머리핀은 오로라의 벌어진 잇새처럼 유리알 두 개가 빠져나가고 없다. 그날처럼 오래도록 오로라의 검은 몸속에 숨어 있고 싶다.

 붉은 압류예고장 딱지에 가려 TV 화면은 가운데 부분이 보이지 않는다. 바퀴가 없는 자동차가 나오기도 하고 얼굴이 사라진 여주인공이 어딘가로 전화를 걸기도 한다. 흰 눈과 공장 안 여기저기에 붙은 붉은 종이는 선명한 대비를 이룬다. 그 대비가 너무 선명해 공장 안은 누군가가 일부러 연출해 놓은 설치미술관 같다.

 며칠 전, 큰 눈이 내렸고 집달관이 다녀갔다. 태평양을 건너온 습한 바람이 시베리아에서 온 차가운 바람과 만나 만들어진 눈이라고 했다. 눈 속에는 오로라의 고향을 스쳐온 바닷바람도 들어 있을 것이다. 수화기를 들면 한동안 아무 말이 없다가 끝내 아무 말 없이 끊어지는 전화가 몇 번 걸려왔고 어머니의 배가 조금씩 다시 부어오르기 시작했다. 야적장에 있는 석물이며 천막 안에 들여놓은 선반과 이런저런 연장에 빨간색 압류예고장이 붙었다. 컨테이너 안으로 들어온 집달관은 냉장고와 어머니가 보고 있던 텔레비전에도 압류장을 붙였다. 어머니는 압류장을 붙이는 그들을 바라보다가 갑자기 모자를 벗어버렸다. 당황한 집달관은 순간 멈칫했다. 그들은 서둘러 일을 마치고 돌아갔다. 시평이 만들어놓은 어머니의 비석에도 붉은 딱지가 붙었다.

모자에도 붉은 딱지가 붙은 것처럼 어머니는 이제 모자를 쓰지 않는다. 모자를 쓰지 않은 어머니는 더 자주 운다. 어머니의 울음은 소리가 되지 못하고 혀끝에서 맴돈다. 머리카락이 몇 올 남지 않은 어머니의 머리는 오래전에 버려진 무덤 같다.

방송사 로고가 찍혀 있는 헬리콥터가 설원 위를 난다. 어머니는 벽에 기대앉은 채 시평이 건네준 옷을 입기 시작한다. 시평은 어머니의 속옷과 내복 따위를 챙기면서 간간이 텔레비전 쪽으로 눈길을 준다. 화면 속은 온통 눈의 바다다. 몇 년 만에 찾아온 큰 눈이라고 했다. 며칠째 마을들은 고립되어 있다. 눈에 파묻혀 여기저기 흩어져 있는 집들이 이글루를 연상시킨다. 길이 사라진 대문 앞에서 한 촌로가 헬리콥터를 향해 손을 흔든다. 촌로의 모습을 보다가 시평은 언젠가 보았던 다큐멘터리를 떠올린다. 알래스카 원주민을 찍은 프로였다.

남자들은 모두 사냥을 떠났다. 마을에는 여자들과 어린아이들, 사냥터에서 얻은 이런저런 상처를 영광처럼 간직한 노인들뿐이다. 눈보라가 몰아치기 시작한다. 눈보라는 해를 삼켜 버린다. 며칠째 낮도 아니고 밤도 아닌 날들이 이어진다. 세상의 모든 길이 지워지고 묻혀 버린다. 마을의 여자들이 한 집으로 모여든다. 여자들은 자신들이 낼 수 있는 가장 낮은 소리로 노래를 부르기 시작한다. 노래라기보다는 구음에 가깝다. 낮은 목소리로, 가장 낮은 목소리로, 여자들은 번갈아 가며 몇 날 며칠 쉬지 않고 노래한다. 소리는 눈보라를 뚫고 먼 곳까지 달려간다. 순록 떼를 쫓다 눈보라 속에서 길을 잃은 남자들이 아련히 울려오는 그 소리를 듣는다. 한 치 앞이 보이지 않는 눈보라 속에서는 소리만이 등대가 되고 길이 된다.

눈 속에서 길을 잃었는가. 사장에게서는 여태까지 아무런 소식이 없다. 봉우리가 둥싯해 보이는 눈 덮인 산들이 좀 더 나오다 화면이 바뀐다. 봉우리가 뾰족한 칼산보다 둥그스름한 산에 돌 매장량이 더 많다고 사장은 말했다. 흐르는 물처럼 돌도 흐르는 것이라고도 했다. 수맥을 찾듯 어딘가로 흘러가는 돌의 맥을 찾는 데 평생을 바친 사장은 이제 완전히 파산했다. 시평은 몇 달째 받지 못한 월급과 어머니를 생각한다. 그리고 오로라.

어머니는 옷을 다 입고도 가지 않겠다고 떼를 쓴다.

'병원에 가는 게 아니에요. 읍내에 볼일이 있어서 나가는 거예요.'

어머니는 병원에 가는 것을 무서워한다. 병원에 다닌 뒤로 모든 일이 더 나빠졌다고 생각한다. 손톱이 부스러지고 뭉텅뭉텅 빠지는 머리카락 때문에 일 다니던 식당을 그만두게 된 것도 모두 그 주사 때문이라고 생각한다. 치료비 때문에 전세금을 빼 컨테이너로 옮기던 날 어머니는 몹시 울었다. 자신 몸 속에 생긴 몹쓸 덩어리 하나 때문에 아들에게 못할 짓만 하고 있다고 어머니는 생각한다. 의사가 해준 것이라고는 사진을 들여다보며 위에 커다란 혹이 생겼다고 했고, 맞고 나면 몸에 난 터럭 하나하나에 불이 붙는 것 같은 주사를 놓은 것뿐이라 고 생각한다. 이젠 그만 나오세요. 석 달 전, 의사는 이제 더 이상 자기가 해줄 수 있는 일이 없다고 했다. 어머니의 귀가 어둡다는 것을 아는 의사는 어머니 뒤에 서 있던 시평에게 아 무렇지도 않게 말했다. 진료실 안에 있던 다른 환자와 보호자 들이 시평 모자를 힐끗 쳐다보았다. 어머니는 의사에게 고맙 다고 몇 번이나 수화로 전했다. 입 모양만 보고도 어머니는 상 대방 말을 알아들을 수 있다.

어머니의 모자는 밍크 이불 속에 구겨져 있다. 모자 안쪽에 갓난아이의 머리털처럼 가느다란 머리카락 몇 올이 붙어 있 다. 시평이 모자를 건네지만 어머니는 쓰지 않는다. 시평은 모 자를 도로 가방에 넣고 비키니 옷장에서 얇은 이불 하나를 꺼 내 든다. 어머니는 몇 번 더 손사래를 치다 시평이 하는 대로 가만히 있다. 시평은 어머니의 몸을 이불로 싸안고 일어선다. 어머니의 몸이 너무 가벼워 시평은 휘청한다. 통증이 시작되 는지 어머니의 미간이 좁게 모아진다. 어머니는 눈을 감는다.

읍내로 가는 4차선 도로에 들어서다가 시평은 멈칫한다. 반대편 차선에는 끝이 보이지 않을 정도로 차들이 늘어서 있다. 스키장으로 가는 차들이다. 지붕에 스키를 얹고 조금씩 굴러가는 차들이 무장한 이교도 무리처럼 보인다. 이교도들은 끝도 없이 밀려오고 있다. 숨이 막힌다. 얼른 이 길에서 벗어나고 싶다. 그들의 잘 닦여진 차와 원색의 스키복은 어머니의 부어오르는 배와, 오로라의 머리카락에, 손톱에, 혀뿌리에, 녹아드는 페인트 냄새와 결코 함께 달릴 수 없다. 도장(塗裝) 일을 하는 오로라는 가래에서도 자꾸만 페인트 냄새가 난다고 했다.

시평은 속력을 내기 시작한다. 슬롭에서 미끄러지듯이 차는 차선을 넘나들며 달린다. 운전석 앞 유리에 붙은 붉은 딱지 때문에 한쪽 눈을 감고 운전을 하는 것 같다. 어머니가 눈을 뜬다. 어머니의 잔뜩 겁먹은 눈이 오로라의 그것과 닮았다. 어머니의 손이 머리로 올라가다 다시 얼른 내려온다. 모자 테두리를 만지고 싶었을 것이다. 가속페달 위에 얹은 시평의 발에 더힘이 실린다.

"또 왔어?"

어머니를 안고 들어서는 시평을 보고 주인 여자가 말한다. 낮잠을 자다 깼는지 부싯부싯한 얼굴이다.

"빈방 있죠?"

"빈방이야 있지만……."

시평은 주인 여자의 말이 끝나기도 전에 여관 복도를 뚜벅뚜벅 걸어 들어간다. 바닥에 깔린 붉은빛 카펫 때문에 복도 안은 더 칙칙해 보인다. 여관 뒷문으로 해서 들어왔으니 자신이 미안해할 일은 없다고 시평은 생각한다. 혹시라도 손님들이 싫어할까 봐 주인 여자는 뒷문으로 들어와 줄 것을 부탁했었다. 지난가을부터 얼굴을 트고 지낸 사이지만 여자는 시평 모자가 올 때마다 툴툴거린다. 그래도 어머니를 목욕시킬 수 있는 곳은 여기밖에 없다. 어머니 혼자 대중목욕탕에 들여보낼 수는 없다. 읍내 대부분의 여관들은 모텔로 간판을 바꿔 달았고 그곳에서는 시평 모자를 받아주지 않았다. 여기가 목욕탕이야? 목욕을 하려면 목욕탕엘 가야지 여긴 왜 와. 고려장이라도 치르러 온 것처럼 사람들은 시평에게 손을 내저으며 말했다.

시평은 욕실에 들어가 물을 받기 시작한다. 독한 소독약에 단련된 변기와 세면대, 욕조는 주인 여자처럼 누렇게 삭아가고 있다. 소독약도 어쩔 수 없는지 벽 귀퉁이 타일 틈새마다 곰팡이가 피어 있다. 여자는 침대에 기대앉은 어머니를 송장 바라보듯 하고 서 있다.

"얼마나 있을 건데?"

욕조 안을 대충 닦고 뜨거운 물을 받는 시평에게 여자가 묻는다.

"어머니 목욕하고 한잠 주무시고 나면요. 아참, 어머니 주무시는 동안 잠깐 볼일 좀 보러 갈 겁니다."

"에구머니, 어머니를 혼자 두고?"

시평은 바지 뒷주머니에서 지갑을 꺼내어 든다. 여관비에 웃돈을 얹어 주인 여자에게 건넨다. 여자의 표정이 금세 낭창낭창해진다.

"핸드폰 번호나 적어주고 가셔."

어머니의 목덜미에서 쇄골로, 그 아래로 비누칠을 해나가는 시평의 손에서 자꾸만 힘이 빠진다. 쇄골은 물이 고일 만큼 움푹 파였다. 선명하게 드러난 치골과 복수가 차오른 배의 대비가 기이하게 느껴진다. 어머니의 부어오른 배 때문인가, 어쩌면 거웃 한 올 남아 있지 않은 아랫도리 때문인지도 모른다. 시평의 마음이 조급해진다. 시평은 어머니의 몸 여기저기에 비누칠을 한다. 사람의 몸이 아니라 돌을 만지고 있는 것처럼 딱딱하다. 어머니의 뼈만 남은 몸은 돌로 변해 가고 있었다.

'나 죽으면 화장을 해다오. 태우고 나면 몸에 생긴 덩어리도 없어지고 말겠지.'

어머니가 시평을 쳐다보며 손으로 말한다. 시평은 비누칠을 하다 말고 멈춘다. 센물에 잘 풀리지 않는 비누처럼 무언가가 자꾸 시평의 가슴 한편에 엉겨든다.

'아휴, 뜨거워라. 독한 약을 많이 먹어놔서 아주 오래 탈 텐

데, 뜨거워서 어쩔까.'

어머니는 정말 몸에 불이 붙기라도 한 것처럼 질린 표정이다. 시평은 어머니의 마른 등에 얼굴을 묻는다. 어머니의 숨이 짧고 가파르다. 황달이 심해진 어머니의 몸은 오로라처럼 검다.

묘지 관리인은 낮술이 과했는지 불쾌한 얼굴이다. 관리소 안에 켜둔 전기난로의 열선 때문에 관리인의 얼굴은 더 붉어 보인다. 목욕을 마친 어머니를 여관방에 두고 시평은 이곳으로 왔다. 둘레석도 상석도 없는 무덤들이 고만고만하게 자리 잡고 있는 공동묘지다. 오래전부터 봐두었던 곳이다. 그동안 몇 군데를 돌아다녀 봤지만 이곳이 제일 마음에 들었다. 집터만큼이나 묏자리가 중요하다고 생각하는 사장은 자기네 선산에 자리를 알아봐 주마고 했지만 시평은 어머니를 깊은 산속에 혼자 두고 싶지 않았다. 사람들 속에 있게 해주고 싶었다. 계약서를 받아든 시평은 관리인이 가르쳐준 길을 따라 언덕 쪽으로 향한다. 언덕에 오른 시평은 묘지를 둘러본다.

오래된 동네. 겨울 햇빛을 받고 있는 공동묘지는 가난한 사람들의 오래된 동네처럼 보인다. 흰 눈에 덮여 있는 무덤들이 고만고만한 이글루 같다. 살아생전 그들에게 공평했던 햇볕만이 그 위로 골고루 뿌려지고 있다. 군데군데 눈이 녹아 붉은

흙이 보이는 곳도 있다.

시평은 고샅길을 걷듯 무덤과 무덤 사이로 걷는다. 걷다 보면 길의 어디쯤에서 채석장이 있고 저수지가 있고 집집마다 대밭 하나씩을 데리고 사는 마을이 나올 것 같다. 파인애플, 망고, 바나나가 단 냄새를 풍기며 익어가고 청록의 바다에 점점이 섬이 뿌려진 오로라의 마을도 나타날 것 같다.

하나, 둘 무덤들이 시평에게 말을 걸어온다. 어느 작은 이글루 안에서는 낮은 목소리의 노래가 흘러나오는 것도 같다. 시평은 관리인이 표시해 준, 어머니 묘가 들어설 자리에 가 앉는다. 한 번도 자신의 집을 가져보지 못한 어머니에게 이제 옮겨 다니지 않아도 되는 반 평 남짓한 집이 생긴 셈이다. 시평은 어머니의 집이 들어설 자리에 난 누런 잔디를 몇 번이고 손바닥으로 쓸어내린다. 어머니의 정남향 집에는 일 년 내내 해가 들 것이다.

눈이 내리기 시작한다. 야적장 모퉁이에 쌓아놓은 어머니의 유품 위로 눈이 내려앉는다. 다 먹지 못한 약, 녹즙 봉지, 헌 옷가지와 신발 그리고 밍크 이불. 시평은 눈을 맞고 있는 그것들을 오랫동안 바라본다. 어머니는 읍내로 나간 뒤 다시 이곳으로 돌아오지 못했다. 읍내 여관에서의 목욕이 어머니의 마지막 목욕이었다. 시평은 어머니의 유품에 불을 붙인다. 약봉지가 타고 보푸라기 인 스웨터가 오그라들고 낡은 손가방과 신발이 탄다. 불길이 밍크 이불로 더디게 옮겨 붙는다. 무겁고 오래된 이불이 모처럼 따뜻해지겠다고 시평은 생각한다. 몰려 온 눈발이 불길 위에서 사정없이 흩어진다. 이런 밤이었으리라. 사냥 나간 남자들이 길을 잃지 않도록 쉬지 않고 노래하던 여자들. 목소리를 가지지 못한 어머니는 알래스카 여자로 태어났어도 눈보라 속에 남편을 잃고 말았을 것이다. 바람에 불길이 크게 일렁이다 잠잠해진다. 고요해진 불길 속으로 어머니의 모자를 넣으려다 시평은 멈춘다. 번지점프대가 바람에 우는 소리인가. 어디선가 흐느낌 소리가 들려온다.

누군가 야적장 천막 뒤에 작은 몸을 짐승처럼 옹크리고 있다. 오로라다. 얇은 옷을 입은 그녀의 머리와 어깨 위로 눈이 내려앉고 있다. 시평과 눈이 마주친 오로라의 입에서 울음이 터진다. 만나지 못한 사이에 그녀는 많이 야위었다.

"우릴 잡으러, 잡아가려고 사람들이 왔, 어요."

무언가가 틀어막고 있는 것처럼 소리는 힘겹게 이어진다.

"문을, 잠그는 걸 깜박 잊었는데, 내 친구들은 잡히고, 난 그냥, 그냥 뛰어나와 ……달리기 했……어요."

차라리 붙잡히는 편이 나을지도 모른다고 오로라는 말한다. 한국에 올 때 진 빚을 다 갚지도 못했지만 그냥 돌아가고 싶어진다고 말한다. 무서, 워요. 오로라는 몹시 떨고 있다. 흐느끼는 오로라의 등 뒤에 어둠이 바짝 붙어 있다. 눈발이 점점 굵어진다. 귓속이 멍해지는 것 같아 시평은 몇 번이나 고개를 흔든다. 어디선가 대나무 밭이 쏴아, 하면서 한쪽으로 쏠리는 것 같은 소리가 난다. 마지막 어머니 모습처럼 밍크 이불이 형태를 무너뜨리며 내려앉는다. 시평은 그 위로 어머니의 모자를 올려놓는다. 시평은 더 이상 불길을 쳐다보지 못하고 돌아선다. 어디로든 가야만 할 것 같다. 시평은 점퍼를 벗어 오로라에게 걸쳐준다. 그녀에게서 시너 냄새가 난다. 그냥……잡……히면 내 집……바다로……갈……수 있을……. 시평을 올려다보며 오로라가 말한다. 아버지 얘기를 할 때의 어머니처럼 오로라의 눈에 결기가 비친다.

트럭은 금방이라도 부서져 버릴 것처럼 요란한 소리를 내면서 달려 나간다. 시평은 가속기를 밟는다. 옆에 앉은 오로라는 아무 말이 없다. 붉은 딱지가 붙은 석물 공장이 눈에 묻히고 길이 지워지고 산이 사라진다. 환하게 불을 밝힌 스키장의 야간 슬롭도 조금씩 희미해져 간다. 백미러에 비친 야적장의 불길이 점점 작아진다.

번지점프대를 지나쳐 조금 더 달려왔을 때 오로라가 갑자기 시평의 팔을 움켜잡는다. 나, 여기, 여기 내려요. 시평은 엉겁결에 차를 세운다. 오로라가 차 문을 열고 뛰쳐나간다. 눈보라가 몰아친다. 오로라는 뒤돌아 번지점프대 쪽으로 달리기 시작한다. 시평도 오로라를 따라나선다. 대나무 아래로 걸어가는 어머니처럼 눈보라 속에서 오로라의 몸이 자주 휘청거린다.

"오로라! 오로라!"

"?"

그녀가 돌아선다. 시평은 잠시 멈칫한다. 오래전부터 그녀에게 하고 싶은 말이 있었던 것 같은데 아무것도 떠오르지 않는다. 이 길 끝에 바다가 있다는 말만 입 안에서 맴돈다. 오로라와의 간격은 좀처럼 좁혀지지 않는다. 앞으로 나갈수록 눈보라는 거세어진다. 오로라의 모습이 점점 멀어진다. 그녀가 보이지 않는다.

"오로라!"

시평은 소리를 지른다. 아무런 대답도 들려오지 않는다. 소리가 되어 나오지 않는 어머니의 울음처럼 시평의 목이 막혀 온다. 우우웅, 눈보라 속을 달려가는 순록 무리의 발굽 소리처럼 번지점프대가 울린다.

"아이 워너 고우 투 씨!"

오로라의 외침 소리가 들려온 것은 한참 후였다. 눈보라 속으로 그녀의 울음소리가 낮고 깊게 깔린다. 그 소리는 낮은 목소리로, 세상에서 가장 낮은 목소리로 부르는 노래 같다. 시평은 한 발 한 발 앞으로 나가기 시작한다. 소리가 가까워졌다 멀어진다. 멀어졌다 다시 가까워진다. 이글루에서 새어 나오

는 빛처럼 길 저 끝에서 무언가 희미하게 빛을 뿜어내는 것이
보인다. 시평은 눈을 감았다 뜬다. 오로라다.

꽃이 진다

며칠 사이에 꽃밭은 풀무질 잘된 관솔불처럼 활활 타오르고 있었다. 가위를 손에 들고 막 옥상으로 올라서던 정옥은 눈이 부셔 질끈 눈을 감았다. 감고 있는 눈 위로 붉은빛이 어른거렸다. 맨드라미와 과꽃이라고 했던가. 아니 과꽃하고 샐비어라고 했던 것도 같다. 집에 있는 시간 대부분을 옥상에서 살다시피 하는 남편은 가을 내내 꽃 얘기만 했다. 정옥도 가끔 옥상에 오를 일이 있어서 꽃들을 지나치고는 했는데 무슨 꽃이었는지 도통 떠오르질 않았다. 꽃들 사이로 드문드문 있던 배추와 열무는 감은 눈 속으로도 환했다.

무슨 꽃인 줄도 모르고 가위를 들고 나섰다니?

살며시 눈을 뜨려던 정옥은 다시 눈을 감았다. 오기 같은 것일까. 자기 집 옥상에 핀 꽃조차 기억해 내지 못하는 자신에게 은근히 부아가 치밀었다. 제사상에 올려놓을 요량으로 꽃을 꺾으러 올라오는 참이었지만 스스로도 어이없었다. 정옥은 천천히 생각해 보기로 했다. 빨랫줄을 감고 오르던 능소화는 꽃돗자리마저 바짝 말라버렸고, 하룻밤 내린 비에 씨앗 얻을 틈도 없이 져버린 분꽃이랑 코스모스가 있었지. 그리고 지고 있는 꽃들 사이로 꽃대궁을 밀고 올라오는 꽃들을 분명히 보았는데⋯⋯. 한참 동안 아슴푸레한 기억 속을 헤집다가 눈 뜨고 확인해 보면 될 것을 괜한 고집 부리고 있는 자신에게 정옥은 다시 부아가 치밀었다. 요즈음에는 매사가 이렇다. 건망증도 그렇지만 그녀를 더 당황하게 만드는 것은 초조함이었다. 까닭을 알 수 없는 그 초조함은 친정어머니를 볼 때면 더해졌다.

비녀를 꽂고도 비녀를 찾고, 조금 전에 한 얘기를 생전 처음인 것처럼 다시 하고. 빛깔 있는 옷들이 햇빛에 서서히 바래가는 것처럼 언제부턴가 친정어머니는 조금씩 변해 가고 있었다. 며칠 전에는 손가락을 꼽아가며 날짜를 세다가 동생의 제대 날짜를 물어오기도 했다. 그런 친정어머니를 보고 있으면 정옥은 두렵고 안타까워졌다. 어릴 적, 독이 있는 풀을 잘못 씹었을 때처럼 혀가 아리고 가슴이 도르르 말리는 것 같았다.

평생 들바람만 쐬고 사시던 양반이 이렇게 집 안에만 갇혀 있으니 그럴 만도 하지. 나도 하룻밤만 자고 나면 어제 일이 까마득해지는데⋯⋯.

친정어머니의 건망증이 어쩌면 치매가 시작되는 징조일지도 모른다는 정옥의 말을 남편은 그렇게 무지르고는 했다. 하지만 남편의 얼굴에도 어쩔 수 없이 착잡함이 배어 있었다.

바람이 불어왔다. 건조하고 선득해진 바람이었다. 바람 속에는 희미하게 마른풀 냄새가 섞여 있었다. 정옥은 갑자기 부산해지는 마음에 눈을 번쩍 떴다. 엊그제까지만 해도 선선하다 싶었던 바람 끝이 이렇게 바뀐 걸 보면 이삿날도 금세 들이닥칠 것이다. 이사도 이사지만 오늘은 이 집에서 치르는 마지막 기일(忌日)이었다.

옥상은 한쪽 귀퉁이에 오종종히 모여 있는 장독들을 빼고는 온통 맨드라미와 과꽃 천지였다. 옥상 위는 불 속 같았다. 결국 우리 식구는 불을 이고 산 꼴이네. 그래서였을까. 정수리가 후끈 달아오르고 했던 것은. 지난번 계모임에서 누군가가 그건 갱년기가 시작되었다는 표시야, 라고 딱 잘라 말했었지만 정옥은 아무래도 꼭 이 꽃밭 때문인 것만 같았다.

작년 이맘때쯤 회사 안팎의 이런저런 사정으로 직장을 그만둔 남편은 겨우내 옥상에다 꽃밭 만드는 일에 매달렸다. 마치 꽃밭 일 때문에 회사를 그만두기라도 한 것처럼 온종일 옥상에서 살았다. 시멘트로 턱을 쌓고 그 안에는 온 동네를 뒤져 찾아낸 연탄재를 흙에다 섞어 밭을 만들었다. 이 동네에서는 아직도 가스나 기름 대신 연탄으로 겨울을 나는 집이 몇 집 있었다. 4, 5층으로 올라간 건물들 사이로 움푹 꺼진 집은 대부분 연탄으로 겨울을 나는 집들이었다. 아이들의 머리에 난 도장 버짐처럼 그 집들은 높은 건물 틈새 여기저기에 박혀 있었다. 정옥의 집도 그중 하나였고, 정옥네 부엌에서 나온 연탄재도 채 식기 전에 어김없이 옥상으로 올라갔다. 정옥의 남편은 그것으로도 양이 안 찼는지 동네 한의원에서 한약 달이고 남은 찌꺼기를 얻어다가 통김치에 소 채우듯이 연탄재와 흙을 켜켜이 채워 나갔다. 정옥은 날이나 풀리면 꽃밭을 만들든지 과수원을 만들든지 하라고 성화를 대곤 했었다. 하지만 움푹 들어간 남편의 눈을 보면 더 잔소리를 해댈 수도 없었다.

그 겨울, 정옥은 종종 한밤중에 깨어 일어나 앉아 있곤 했다. 남편의 등허리 때문이었다. 웅크린 채로 잠들어 있는 남편의 등을 바라보고 있으면 겨울 산의 능선이 떠올랐다. 푸르렀던 잎 다 지고 삭정이 끝에 매운바람만 부는 겨울 산의 등성이처럼, 마른 등줄기로 돌아누운 남편의 등. 남편의 등이 시릴 것 같아 어깨까지 이불을 끌어다 덮어주고도 정옥은 쉽게 잠들지 못했다.

제법 톡톡해진 맨드라미꽃을 만져보다가 정옥은 아무 생각 없이 그 옆의 과꽃 한 송이를 꺾어 머리에 꽂았다. 그러고는 얼른 주위를 둘러보았다. 아무도 없었다. 하지만 정옥은 머리 위의 붉은 꽃을 두 손으로 가리고 있다가 다시 한 번 사방을 둘러보고는 슬그머니 그 꽃을 빼냈다. 픽픽 실없이 터지는 웃음 끝이 쌉싸래했다. 금세 눈자위가 뜨거워졌다.

보고 있니, 창우야?

정옥은 과꽃 밑동에 가위를 대고 한 송이씩 자르기 시작했다. 그때 절창인 맨드라미와 과꽃 사이로 콩알만 하게 피어 있는 감국(甘菊) 몇 송이가 눈에 들어왔다. 순간 남편의 얼굴이 떠올랐다. 오늘 아침에도 일어나자마자 옥상에 갔다 온 남편은 밥상 앞에서 연신 절창이다 절창이야, 라고 말했다. 뭐가요, 라고 묻는 정옥에게 남편은 나중에 옥상에 좀 올라가 봐, 라고만 했다. 절창이라고 말하면서도 남편의 말끝에는 어딘지 모르게 허전함이 묻어 있었다. 두고두고 붉을 것 같던 꽃들이 조금씩 허물어지고 있었던 것이다. 며칠 후면 건조하고 차가운 바람만이 꽃들의 잔해 위에서 잠시 서걱거리다 지나갈 뿐, 어느 누구도 노랗게 피어난 감국을 보며 한때 붉게 피어났던 꽃들을 기억해 내지는 않을 것이다.

햇볕은 알맞게 따뜻한데도 자꾸만 등이 시려왔다. 어느새 남편과 자신은 피어오르는 꽃보다 지는 꽃에 더 오래도록 눈이 가는 나이가 되어버렸다. 오래된 흙벽이 바스라지면서 이런 소리를 냈던가. 가슴속에서 마른 덤불을 스치는 바람 소리가 나는 것 같았다. 정옥은 일부러 끙, 소리를 내며 일어섰다. 멀리 길 위에, 잘 익은 석류알 같은 햇살 속으로 물수제비뜨듯

통통거리며 아이들 몇이 뛰어가고 있었다. 꽃이 지는 줄도 모르고.

오늘이 무슨 날인 줄 알고나 계신 것일까. 마루로 들어서던 정옥은 노랫소리에 귀가 먹먹해지는 것 같았다. 녹음기에서는 정옥이 옥상에 올라가면서 틀었던 회심곡이 흘러나오고 있었다. 어머니는 듣고 싶은 노래를 몇 번이고 되풀이해서 들을 수 있는 녹음기의 조작법을 알고 있었다.

인간칠십고래희(人間七十古來稀)요 팔십장년(八十長年) 구십춘광(九十春光) 백세(百歲)를 산다 해도 병든 날과 잠든 날이며 걱정근심 다 제하면 단 사십을 못 사는 인생.

옥상에서 꺾어온 과꽃을 든 채로 정옥은 어머니 옆에 가 앉았다. 노래는 노래대로 흘러가고 어머니는 가볍게 코를 골면서 잠들어 있었다. 정옥은 녹음기 소리를 줄였다. 노랫소리가 작아지자 어머니는 금세 잠에서 깼다.

"주무시길래 줄였지."

멀끔한 눈으로 올려다보는 친정어머니에게 정옥이 말했다. 날이 갈수록 잠이 많아지는 어머니는 잠이 깬 순간이면 아이처럼 말간 눈빛을 하곤 했다.

어머니는 하루 종일 녹음기를 곁에 두고 살았다. 딸아이가 라디오 심야방송으로 사춘기를 견디어냈듯이 칠순이 지난 어머니는 그저 회심곡 하나로 하루하루를 건너고 있었다. 정옥은 다시 녹음기의 볼륨을 높였다.

명사십리 해당화야 꽃 진다고 설워마라 동삼 석 달 죽었다가 명년 삼월 봄이 오면 너는 다시 피련마는 우리 인생 한번 가면 어느 시절 다시 오나.

어머니의 생에 어느 하루라도 꽃피는 시절이 있었던가. 아직까지 당신의 목숨 줄이 붙어 있는 것은, 잠든 것처럼 가지 못하고 또 눈을 뜨고 살아 있는 것은 전생에 지은 죄 때문이라고 어머니는 말하곤 했다. 전생의 업 때문에 이승이 고달픈 어머니는 다시 잠이 들었다. 창문을 넘어온 늦가을 햇빛이 가르랑거리며 잠에 빠져드는 어머니의 몸을 감쌌다. 툭 불거진 뼈마디들과 몇 개 남지 않은 이가 드문드문 보이는 입 속. 언젠가는 몇 개의 뼈와 핏줄과 살갗으로 해체되고 말 목숨. 빛 속에 누워 있는 어머니는 더 말라 보였다. 저 몸 어디에 내가 깃들었던 적이 있었던가. 어머니의 몸은 풍장을 치르고 있는 것처럼 보였다. 가을 햇볕과 바람에 서서히 목숨을 말리다가 어느 순간 어머니는 마른 꽃처럼 지상에서 흔적도 없이 사라져 갈 것이다. 몇 년 전 근종 때문에 받은 수술로 정옥 자신의 자궁이 가뭇없이 사라지고 말았던 것처럼.

갑자기 아랫배 쪽이 무엇에 쓸린 것처럼 저려왔다. 자신의 두 아이가 열 달 동안 머물렀던, 그 두 아이의 몸과 자신의 몸이 온전히 하나가 되었던 집. 이제 다시는 그 집의 시절로 돌아가지 못하리라. 정옥은 잠이 든 어머니의 검은 입속에서 무슨 말인가가 울려 나올 것 같아 가만히 귀를 갖다 대었다. 하지만 오래된 옛집에 들어섰을 때처럼 어머니에게서는 아무 소리도 들리지 않았다.

오래된 집. 친정어머니가 정옥의 집으로 들어온 것은 올봄이었다. 친정어머니와 한동네에 사는 당숙모에게서 전화를 받고 정옥 부부가 부랴부랴 내려갔을 때, 풍을 맞은 친정어머니의 몸은 왼편이 비틀어진 채로 굳어 있었다. 세월이 사람의 몸속에 이렇게도 똬리를 트는구나. 친정어머니의 고사리처럼 안으로 말린 손과 발을 잡다가, 툭툭 불거진 뼈마디를 감추지도 못하는 마른 살갗을 쓰다듬다가 정옥은 아랫배 쪽이 허전해 견딜 수 없었다. 그런 몸을 하고도 어머니는 한사코 정옥의 집으로 오는 것을 거부했다. 이제 고향을 뜨면 생전에는 다시 오기 어려울 것이라는 생각과, 당신이 평생 머물렀던 집이 빈집으로 삭아갈 것이라는 안타까움 때문이었으리라. 어쩌면 두렵기도 하셨을 것이다. 틀어진 손과 발을 아들도 아닌 사위에게 보여야 한다는 사실이 어머니에게는 더 견디기 어려운 일이었을 것이다. 하지만 어머니의 성한 한쪽 몸이 비틀어진 다른 한편의 몸을 감당하기에는 어머니는 너무 나이 들어 있었다. 어머니가 그렇게 작았던가. 그날, 언제까지나 자신의 집이고 자궁일 것 같던 인생 하나가 정옥의 그늘로 들어왔다.

여전히 꽃을 든 채로 정옥은 그 자리에 멍하니 앉아 있었다. 열린 마루문 틈새로 마당이 보였다. 친정어머니의 얼굴에 핀 검버섯처럼 갈색 반점이 들어찬 나뭇잎들이 바람에 흔들리고 있었다. 목련 나무였다. 정옥의 가슴속에서 무엇인가가 천천히 내려앉았다.

"목련 나무는 어떻게 할 건지……."

한 달 전, 계약금을 받아가지고 온 남편에게 정옥은 대뜸 목련 나무 얘기부터 꺼냈다. 이십여 년간 살았던 집을 넘기는 계약서를 쓰면서 남편이 느꼈을 상실감에 대해서는 안중에도 없다는 듯이. 남편은 뜨악한 표정이 되어 한참 동안 정옥을 바라보더니 그거야 새 주인 마음이지, 하고는 안방으로 들어가 버렸다. 그제야 집이 팔렸다는 실감을 한 정옥은 부엌 바닥에 쪼그리고 앉아 눈이 퉁퉁 붓도록 울었다. 남편은 우렁이 같았다. 속은 텅 비어버리고 빈 껍질만 둥둥 물 위에 떠다니는 우렁이처럼, 새 주인, 이라고 말했을 때 남편은 텅 비어 있었다.

사실 처음에 집 내놓았다는 말을 듣고도 정옥은 많이 놀라지 않았다. 남편은 여기저기 일자리를 알아보고 있는 중이었고, 이 년 후면 아들도 제대를 하고 직장을 잡을 텐데 굳이 집을 팔 이유가 없었다. 남편이 실직하고도 어찌어찌 근 일 년을 지내왔는데 조금 더 못 기다릴까 싶기도 했다. 더군다나 여전히 꽃밭에서 살기 시작하는 남편을 보면 집을 내놓았다는 말을 온전히 믿기도 어려웠다. 집을 팔아야 하는 이유가 남편의 실직 때문이 아니라 남편이 선 빚보증 때문이었다는 사실을 알게 되기 전까지는.

다행인지 불행인지 집은 곧 임자가 나타났다. 이십여 년간 머물렀던 집이 옥상에서 물봉숭아 씨앗 터지는 사이에 다른 사람의 소유가 되어버린 것이다. 슬래브 집이라 여름에는 덥고 겨울에는 외풍이 센 편이었지만 그래도 네 식구가 서로 등 비비며 살아온 든든한 둥지였다. 오래된 집이라 비가 새기도 하고 성한 데보다 삐걱거리는 곳이 더 많지만 손 좀 보면 몇 년은 끄떡없을 것 같았다. 그러다가 남편이 퇴직하면 퇴직금에 좀 보태어서 새로 집을 지을 요량이었다. 하지만 한번 버그러지기 시작한 일에는 가속도가 붙게 마련이었다. 아이들이 쌓아놓은 모래성이 허물어지기 시작할 때처럼 말이다.

남편은 이것저것 다 떼고 남은 돈으로 변두리에 낡고 작은 집을 세내었다. 새 주인은 정옥의 집을 뜯고 새로 지어 한식당을 할 거라고 했다. 결국 남편은 그의 일생에서 처음 그의 몫으로 가졌던 꽃밭과 연립 전세권을 맞바꾼 셈이었다. 언젠가 다시 남편은 그의 꽃밭 하나를 가질 수 있을까. 하지만 살아오면서 잃어버린 것을 되찾기에는 자신들이 너무 나이 들어 있었다. 아직 남아 있는 것조차 지니고 있기가 버거워지기 시작한 나이인 것이다. 엉뚱하게도 목련 나무에 대해서 물어놓고 정옥은 그날 밤부터 며칠간 호되게 앓았다. 이 집과 정을 떼기위해 통과의례라도 치르는 것처럼 지독한 몸살이었다.

애야, 살다 보면 이런 일은 아무것도 아니란다. 주영이, 주환이 잘 컸고 너희 내외 건강하니 걱정할 것 없어. 돈이 사람을 따라와야지 사람이 돈을 따라가면 큰일 나는 법이야.

친정어머니에게서 이런 말을 기대했던 것일까. 아무것도 모른 채 회심곡에 묻혀 있는 친정어머니를 보면서 정옥은 스스로에게 타이르고는 했다. 걱정할 것 없다고. 집도, 목련 나무도, 어머니의 들랑날랑하는 정신 기운도. 잠든 날과 아픈 날을 제하고 나면 단 사십도 못 사는 인생. 걱정할 것 없다고.

딸아이가 온 건 정옥이 부엌에서 탕국을 끓여 내놓고 숙주며 나물 몇 가지를 데치고 있을 때였다. 고사리를 삶는 비린내가 집 안에 퍼졌다.

"또 회심곡이네요?"

대문이 열려 있었는지 초인종 소리도 없이 들어온 딸아이가마루에 기저귀 가방을 내려놓으며 말했다. 장만해야 할 것이많지도 않은 제사여서 오지 말라고 했지만 딸아이는 굳이 백일이 갓 지난 아이를 안고 왔다. 얼굴도 모르는 제 외삼촌 제

사 때문만은 아닐 것이다. 이사하기 전에 한 번이라도 더 제가 자라났던 집을 둘러보고 싶었을 것이다. 마침 사위도 며칠간 지방으로 출장을 간 터였다. 정옥은 손에 묻은 물기를 닦으며 딸 쪽으로 갔다. 그러다가 아이를 받아 안을 생각도 않고 우두 커니 서서 딸을 바라보기만 했다. 아이를 안고 마루 들머리에 서 있는 딸아이가 꼭 동생을 안고 서 있던 친정어머니로 보였기 때문이다.

빛바랜 흑백사진 속에서도 어머니는 저렇게 동생을 안고 서 계셨다. 친정어머니가 지금 딸만 한 나이였을 때 찍은 사진이었다. 봄날이었고 바람이 불었다. 어머니는 커다란 벚나무 아래에 서 있었다. 어디선가 불어온 바람에 꽃잎이 날리고 어머니의 치마가 날렸다. 어머니는 한 손으로 치맛말기를 말아 쥐고 다른 손으로 동생을 안았다. 그 봄날 지는 꽃 아래에서 어머니는 무엇을 보았을까. 슬픈 꿈을 꾸고 난 사람처럼 젊은 어머니는 바람이 불어오는 쪽을 하염없이 바라보고 있었다.

"할머니는 주무세요?"

딸아이가 제 외할머니가 있는 방 쪽을 쳐다보며 물었다. 그때야 생각난 듯 정옥은 딸아이에게서 아이를 건네받았다. 제법 젖살이 오른 아이는 쌔근거리며 자고 있었다. 정옥은 아이의 볼에 가만히 입을 맞추었다. 아이에게서 달큼한 젖내가 났다. 오랫동안 잊고 있었던 냄새였다. 사진 속 어머니가 그랬던 것처럼 정옥은 아이를 안은 채 사위어가는 빛 속에 한참을 서 있었다.

이렇게 예쁜 것을 본 적이 있니? 창우야.

어머니는 늘 그런 것처럼 바닥에 아무것도 깔지 않은 채 누워 있었다. 잠자리에서도 마찬가지였다. 요를 깔아드려도 아침에 어머니의 방에 들어가 보면 어머니는 늘 맨바닥에서 주무시고 계셨다. 그러고 보면 나날이 흐려지는 기억 속에서도 어머니는 아직까지 친정아버지에게 용서를 빌고 있는 것이다. 친정아버지가 돌아가시고 나서 생긴 어머니의 그 버릇은 어머니가 스스로 만들어낸 일종의 고행 의식 같은 것이었다.

오래전, 친정아버지의 첫 기일에 마시지도 못하는 술을 서너 잔 마신 어머니는, 제사상에 올릴 밤을 치는 사위에게 떠듬떠듬 털어놓았었다.

자네 장인어른이 막 숨이 넘어갈라고 헐 적에 내가, 이 사람아, 내가.

술기운 때문이었을까. 사위에게 제사상을 차리게 하는 미안함 때문이었을까. 별스레 사위를 어려워하는 어머니답지 않게 그날 어머니는 사위에게 이런저런 얘기를 했다.

시망스럽기도 하지. 왜 그 순간에 그런 생각이 들었던고.

정옥은 친정아버지의 임종을 볼 수 없었다. 친정아버지가

위독하다는 전화를 받고 내려갔을 때 친정아버지는 이미 숨을 거둔 뒤였다. 혼자서 친정아버지의 임종을 지켜보던 어머니는 뜬금없이 아버지가 깔고 누워 계시던 요가 아깝다는 생각이 들었다고 했다. 솜을 새로 타다가 만든 두꺼운 요였는데 아버지가 그 위에서 돌아가시면 유품들과 함께 태워질 그 요가 아까웠던 것이다.

시망스럽기도 하지.

친정어머니는 막 임종하려는 아버지를 정신없이 요 위에서 끌어내렸고, 유난히 눈이 많은 산골의 12월, 아버지는 당신의 가난한 유산에 요 하나를 더 보태고 떠나셨다.

그래서였을까. 어머니의 꿈속에 등이 시린 아버지가 나타나고 하는 것은. 밤을 치는 남편의 손이 자꾸만 빗나갔다. 그런 고백을 한 뒤로 어머니는 그때는 사람이 아니었제, 사람이면 그렇게 못허제, 라는 말을 참회게(懺悔偈)처럼 입에 달고 사셨다.

가련하오 우리 인생. 옛 노인네 말 들으니 저승길이 멀다더니 대문 밖이 저승이라. 딸아이가 가만히 녹음기를 눌러 껐다. 어머니는 아는지 모르는지 여전히 잠 속이다. 아이를 안은 채 정옥은 어머니의 옆에 가 앉았다. 사람의 몸을 빌지 않고 꽃의 몸을 빌려 났으면, 강의 몸을 바람의 몸을 빌려 났으면 아픔이 덜했을까. 어머니의 왼손은 잠든 동안에도 부자연스럽게 틀어져 있었다.

　정옥은 아이를 어머니 옆에 가만히 뉘였다. 시작과 끝은 얼마나 멀고도 또, 이렇게 가까운지. 정옥에게는 둘 사이에 놓인 커다란 시간의 웅덩이가 오지 않는 막차를 기다리고 있을 때처럼 막막하게 느껴졌다.

　딸아이는 생선포에 밀가루와 달걀옷을 입혔다. 워낙 말수가 적은 편이지만 오늘따라 딸아이는 더 말이 없었다. 정옥은 그 맞은편에 앉아 프라이팬에 기름을 두르고 생선포를 지져내면서 간간이 딸을 쳐다보았다. 아직도 부기가 덜 빠진 딸아이는 푸석푸석해 보였다. 지난여름 집 문제가 불거지면서 제대로 몸조리를 해주지 못한 것이 영 마음에 걸렸다. 친정에 닥친 일들로 마음이 상한 딸아이는 몸조리하는 동안 많이 울었다. 집도 집이지만 제 외할머니 때문에도 딸아이는 편안하게 있을 수 없었다. 처녀 적 딸아이가 쓰던 물건이며 아이에게 필요한 이런저런 물건까지 더해져 방이 넓은 것도 아닌데 어머니는 꼭 아이 옆에서 낮잠을 주무시곤 했다. 그럴 때마다 정옥은 딸아이에게 미안한 마음이 들고는 했다.

　"할머니는 오늘이 외삼촌 기일이라는 걸 알고 계세요?"

　마지막 동태포를 양푼에 넣으며 딸아이가 물었다.

　"글쎄. 오늘따라 부쩍 노래만 듣는 걸 보면 알고 계시는 것 같기도 하고……."

정옥은 어머니가 누워 있는 방 쪽을 한번 쳐다보고는 대답했다. 회심곡 소리가 들리지 않는 걸 보면 어머니는 아직도 주무시고 계신 것이다.

전 부치는 일이 다 끝나고 조기가 프라이팬에 올려졌다. 정옥은 가스 불을 약하게 줄이고 자리에서 일어섰다. 조기만 굽고 나면 이제 제수 준비도 다 끝나는 셈이다. 찬물에 손 넣지 말라고 했는데도 딸아이는 싱크대며 부엌 바닥에 있던 그릇들을 가져다 씻기 시작했다. 그러더니 갑자기 뒤돌아서서 정옥에게 물었다.

"이사 가고 나면 외삼촌은 어떻게 해? 그리로 찾아오실까요?"

딸아이의 촉촉해진 눈을 바라볼 뿐 정옥은 말이 없었다.

젖비린내 속에 엉겨드는 고요함을 깨뜨린 건 아이였다. 아이는 허공으로 손을 내밀어 몇 번 하비작거리더니 울음을 터뜨렸다. 아이의 옆에서 잠깐 눈을 붙인 딸아이가 얼른 아이를 안았다. 아이의 울음소리에 어머니도 잠에서 깼다.

"누구냐. 대문 열리는 소리를 내고 우는 놈이."

어머니는 아직도 옛집 근처를 서성이고 계시는구나. 정옥의 가슴속에서 자우룩이 물기가 번지더니 이내 먹먹해졌다. 낮게 뜬 비행기가 곤두박질치는 꿈을 또 꾼 걸까. 일어나 앉은 어머니는 아주 오래된 나무 대문처럼 헐거워지고 몽롱한 표정이었다.

동생이 죽은 건 이십오 년 저쪽의 일이다. 여섯 살 터울 진 남동생이었다. 헛기침과 장죽(長竹)으로 생을 산 아버지 때문에 어머니는 실질적인 가장이었고, 들일로 바쁜 어머니를 대신해서 정옥이 업고 기른 아이였다. 인디언식으로 이름을 짓자면 동생은 '대문이 열리는 소리를 내고 우는 놈'이었다. 늦게 본 아들에게서, 자신의 생애에 울어야 할 울음을 한꺼번에 쏟아내듯이 우는 아들에게서 아버지는 왜 대문이 열리는 소리를 들었던 것일까. 아버지는 동생을 이름 대신 늘 그렇게 불렀다.

자기 몫의 울음을 다 울어버린 아이는 순하게 자라났다. 하지만 늘 낡은 대문이 열리는 것 같은 삐걱거리는 살림에 고3이 되었어도 동생은 대학 얘기를 꺼내지 못했다. 정옥의 쥐꼬리만 한 월급은 아버지 밑으로 들어가는 약값으로도 모자랐다. 그 가을 내내 동생의 손끝에서 기타가 울었다. 또래 아이들이 예비고사를 치르고 본고사 준비를 하는 동안 동생은 자원입대했다.

그날, 동생은 서울에서 곤궁한 자취 생활을 하고 있던 정옥에게 다녀가던 길이었다. 첫 휴가였다. 동생이 입고 있던 군복이 너무 커 보여서, 탱탱하게 부풀어 오른 동상 걸린 발가락이 안타까워서 정옥은 잠든 동생의 머리맡에서 소리 죽여 울었었다. 어렵게 마련해 준 용돈을 앉은뱅이책상 위에 고스란히 놓고 간 아이.

누나, 저녁밥 꼭 먹어.

방바닥에 놓인 아이의 메모지만 없었어도 조금은 견디기가 수월했을까. 야근을 마치고 온 정옥은 동생이 새로 지어 아랫목에 묻어놓고 간 밥 보시기를 안고 또 많이 울었다. 그것이 마지막이었다.

며칠 후에 고향집으로 찾아온 헌병은 동생의 사망 통지서를 들고 있었다. 사고사라고 했다. 그뿐이었다. 아무도 동생의 죽음에 대해 말해 주지 않았다. 발가락에 박힌 얼음을 풀어내지도 못하고 동생은 갔다. 자신의 저승길에 놓일 사잣밥처럼 따뜻한 밥 한 그릇을 정옥에게 남기고.

"왜요? 어머니, 또 그 꿈 꾸셨어요?"

친정어머니의 헝클어진 머리카락을 쓸어 넘기며 정옥이 물었다. 동생이 귀대하기 위해 밤 기차를 탔던 밤, 어머니는 큰 비행기 한 대가 마당으로 내리꽂히는 꿈을 꾸었다고 했다. 등이 시린 아버지의 꿈처럼, 어머니의 잠 속에서 무시로 떨어지는 비행기는 어머니의 눈가를 짓무르게 만든다. 어머니는 대답도 없이 손을 휘이, 내저으며 젖을 먹고 있는 아이에게 다가

갔다.

"오메 이놈 손톱 좀 봐라. 우렁이 손톱이네. 참말 귀헌 손톱인디. 이런 손톱 가진 사람은 누에농사를 잘 짓는디. 오메 이 귀한 손톱."

어머니가 아이의 주먹 쥔 손을 자신의 손 안에 담으며 말했다. 딸아이가 뜻 모르겠다는 얼굴을 하고 정옥을 쳐다보았다.

그 아이의 손톱도 저렇게 오목한 우렁이 손톱이었다. 툭, 정옥의 가슴속에서 꽃대 부러지는 소리가 났다.

망제창우신위(亡弟唱佑神位). 밀양박씨신위(密陽朴氏神位).

딸아이는 겉표지가 누렇게 변한 가정백과 사전을 찾아가며 지방문을 썼다. 아침나절에 외출한 남편은 밤 10시가 다 되도록 돌아오지 않고 있었다. 오늘은 딸아이와 둘이 제사를 지내야 할 모양이었다. 생각해 보면 제주가 누구인지 가려야 할 제사도 격식을 차려야 할 제사도 아니었다. 친정 동생의 제사를 결혼한 누나가 지내준다는 것부터 맞지 않는 일인지도 모른다. 그래도 정옥은 먼저 간 동생에게 따뜻한 밥 한 그릇을 해주고 싶었다. 결혼 초에 정옥이 조심스럽게 얘기를 꺼냈을 때 남편도 선선히 그러자고 했다. 얼굴도 모르는 처남의 기일을 남편이 몇 번 잊은 적이 있었지만 많이 서운하지는 않았다.

정옥은 좀 더 기다려볼까 하다가 진설을 시작했다. 과일과

포를 올리고 그 뒤쪽으로 전과 떡을 놓았다. 동생이 좋아한 식혜를 올리고 마지막으로 지방 옆에 과꽃을 꽂은 꽃병을 놓았다. 딸아이가 웬 꽃이냐는 얼굴로 정옥을 쳐다보았지만 응, 하도 고와서, 할 뿐 정옥은 더 말이 없었다. 어머니는 아는지 모르는지 저녁 식사를 마치고는 내다보지도 않았다. 낮게 읽는 축문처럼 회심곡 소리만 문 틈새로 흘러나오고 있었다. 딸아이가 상 귀퉁이에 있는 초에 불을 붙였다. 심지가 길어서인지 검은 연기를 내며 너울거리던 촛불이 잠시 후 잦아들었다. 정옥은 촛불에 향을 갖다 댔다. 향 끝에서 가느다란 연기가 피어올랐다.

이 향내가 먼 곳에 있을 그 아이에게 가 닿아주었으면.

정옥은 딸아이가 따라주는 술을 받았다. 술잔 속 맑은 술에 동생의 얼굴이 고였다. 정옥은 두 손으로 잔을 들고 향불 위로 세 번 술잔을 돌렸다. 동생의 얼굴이 몇 번 흔들리다가 사라지고 말았다.

"외삼촌께 술 한 잔 올려야지."

부기가 덜 빠진 몸으로 무릎을 구부리고 있는 딸아이가 안쓰러워 보였다. 제 어미 젖을 찾는지 조금 전부터 아이가 건넌방에서 칭얼거리고 있었다. 얼른 내보내야 할 것 같았다. 정옥은 딸아이가 든 잔에 술을 따르고 옆으로 물러나 앉았다. 딸아이가 두 번 절을 올렸다.

"얼른 나가 봐."

"엄마 혼자 계셔도 되겠어요?"

아이의 울음소리가 조금씩 커지고 있었다. 제 아이의 울음소리에 벌써 젖이 흐르는지 딸아이의 앞섶이 진해지고 있었다.

"왜 혼자야. 저기 두 사람이 있는데."

정옥은 상머리 쪽 가운데에 놓인 지방을 바라보며 말했다. 딸아이는 방 안 가득 퍼지는 향내에 희미하게 젖내를 남겨두고 밖으로 나갔다. 정옥은 지방을 마주보고 앉았다. 생전에 만난 적도 없는 두 사람이 흰 종이에 검은 글씨로 와 있었다.

동생은 죽은 지 오 년 만에 장가를 갔다. 친정아버지가 돌아가시고 이 년 뒤였다. 아버지는 죽은 아들의 결혼식도 보지 못한 셈이었다. 주위에서는 아버지 삼년상이나 마치면 동생을 맺어주자고 말렸지만 어머니는 막무가내였다. 여기저기 매파를 세우고 용하다는 점쟁이며 고향 인근의 절을 모두 찾아다녔다. 그러다가 며느리로 맞이한 사람이 스물을 갓 넘기고 물에 빠졌다는 여자였다. 건져냈을 때 몸 한군데 상하지 않았다는 말에 어머니는 다른 건 묻지도 않았다.

짚으로 신랑 신부의 몸을 만들어 사모관대와 족두리에 치마저고리를 입히고 굿판이 벌어졌다. 정옥은 아무도 모르게 신랑의 발에 두툼한 양말 두 켤레를 신겼다. 먼저 죽은 며느리가 나중에 돌아가신 시아버지에게 폐백을 바쳤다. 아버지 몫으로 지어진 흰 바지저고리와 고무신이 타올랐다. 굿이 끝나 갈 무렵 짚으로 만들어진 두 사람의 몸에도 불을 살랐다. 화르르, 불은 순하게 타올랐다. 산발한 어머니는 옷을 쥐어뜯으며 불길 옆에서 훌훌 뛰었다. 울어서 부은 눈으로 정옥은 불 속의 신랑 신부와 나도 같이 가자며 맨발로 몸부림치는 어머니를 보았다. 그러다가 불길 너머로 마당 한쪽의 꽃밭이 눈에 들어왔다. 산발해 우는 어머니 옆에 아무렇지도 않게, 꽃들은 붉게 피어 있었다.

그때처럼 죽은 아들에게 산 어머니가 붉은 꽃을 바쳤다. 정옥은 상 위의 꽃병을 바라보았다. 올 봄 정옥에게 온 어머니의 보따리에는 이런저런 꽃씨를 담은 자잘한 봉지가 들어 있었다. 그 꽃씨를 옥상에 뿌렸던 것이다.

얼마나 시간이 흘렀을까. 다 탄 향이 소리 없이 무너져 내렸다. 정옥은 촛농처럼 엉겨드는 방 안의 침묵을 깨고 가만히 일어섰다. 이제 두 사람을 돌려보내야 할 시간이다. 정옥은 지방문을 떼어냈다.

마당으로 나온 정옥은 지방문에 불을 붙였다. 짚으로 만든 그들의 몸이 그랬던 것처럼 까만 글씨들이 순하게 타올랐다. 정옥은 어둠 속으로 사라져가는 재를 오래 올려다보았다.

가니, 창우야?

남편은 몸을 가누지도 못할 정도로 술에 취해 들어왔다. 그 몸을 하고 집을 찾아온 것이 신기할 정도였다. 술을 마시면 말수가 더 적어지는 남편은 집에 오자마자 옥상으로 올라가려고 했다. 정옥은 그런 남편을 말리느라 한참 실랑이를 했다. 딸아이가 나서지 않았다면 남편은 기어이 옥상에 올라갔을지도 모른다.

"아버지, 꽃은 내일 아침에 보러 가세요. 설마 그 꽃이 밤새 다 지겠어요?"

딸의 한마디에 남편은 더 이상 고집 부리지 않았다.

남편은 아침나절보다 몇 년은 나이 들어 보였다. 순간 정옥은 남편이 안쓰러우면서도 울컥 짜증이 났다.

"꽃 지는 것이 그렇게도 무섭다니?"

남편을 이부자리에 눕히고 이런저런 수발을 드는 딸아이를 보면서 정옥은 누구에랄 것도 없이 한마디 하고는 마루로 나와 버렸다. 양껏 젖을 빤 아이는 벌써 잠이 들어 있었다. 정옥은 살며시 방문을 열고 어머니 방으로 들어갔다. 어머니는 불을 켜둔 채로, 여전히 맨바닥에서 잠들어 있었다.

청춘이 가고 백발이 올 줄 알았으면 십리 밖에다 가시성이나 쌓을걸.

정옥은 녹음기를 눌러 끄고 한참 동안 어머니의 얼굴을 들여다보았다. 어머니는 잘 마른 꽃 같았다. 예쁘기도 하지. 우리 엄마. 정옥은 검버섯 가득한 어머니의 얼굴을 가만가만 쓰다듬었다. 그러다가 어머니의 비틀어진 손 때문이었을까. 아니면 어머니가 동생을 따라 어디 먼 곳으로 떠내려가고 있는 듯한 느낌 때문이었을까. 갑자기 어머니를 세게 흔들어 깨우고 싶어졌다. 이승인지 저승인지 안갯속 같은 잠에서 어머니를 깨워 정옥은 고래고래 소리 지르며 묻고 싶었다.

어머니, 어머니이. 제 탯줄은 어디 있지요? 어머니와 제가 한 몸이던 시절, 어머니 살을 내어 제 몸에 붙여 주신 그 긴 끈 말이에요. 깨끗한 볏짚에 싸서 깨끗한 불로 사흘을 태워 강물에 흘려보냈다고요? 그 강물은 어디로 흐르고 있지요? 어머니, 어머니는 알고 싶지 않으세요? 어머니의 탯줄이 어느 강으로 흘러갔는지? 어머니의, 어머니의, 어머니의 살라진 탯줄이 어느 강으로 갔는지. 그 강이 어디인지. 어머니, 꽃이 지면 어디로 가는지.

그날 밤 정옥은 오래도록 마루에 앉아 있었다. 마당의 목련 나무는 짙은 어둠에 싸여 있었다. 정옥은 눈으로 나무의 뿌리 근처를 더듬었다. 그 뿌리의 근처 어디엔가 두 아이의 떨어진 배꼽을 묻었었다. 아이들의 말라 떨어진 배꼽을 함부로 버릴 수가 없어서 몇 년 동안이나 장롱 한쪽에 넣어두었다가 이 집을 사서 오던 날, 그 나무 아래에서 태워 묻었던 것이다.

꽃들에게 내 아픔을 숨기고 싶어. 인생의 괴로움. 내 슬픔을 알게 되면 꽃들도 울 테니까. 내 슬픔을 꽃들에게 알리고 싶지 않아. 내 눈물을 보면 시들 테니까.

어둠 속에서 정옥은 어느 늙은 여가수가 부른, 멜로디도 기억나지 않는 노래를 떠듬떠듬 부르기 시작했다.

스프링벅

형이 칼에 찔렸다. 녹슨 못에 찔리거나 실수로 압정을 밟은 것이 아니라 칼에 찔린 것이다. 아파트 지하 주차장에서 벌어진 일이었다. CCTV에 찍힌 필름을 판독한 결과 사건이 일어난 시간은 2004년 3월 14일 16시 28분. 전국에 걸쳐 황사가 심했고 남도에서 벚꽃 개화 소식이 들려온 날이었다. 하나뿐인 조카의 열한 번째 생일이기도 했다. 형은 조카를 데리고 집 근처 할인마트에서 생일선물로 게임용 시디를 사가지고 오던 중이었다. 차를 댈 곳이 없어서 형은 지하 주차장 안을 돌다 뒷자리에 앉아 있던 조카가 채근하는 바람에 아이를 먼저 내려주었다. 두 바퀴를 더 맴돌다 간신히 자리를 찾아 주차시키고 내리던 중에 일을 당했다. 아이는 먼저 집으로 돌아갔고 한참 후에도 형이 돌아오지 않자 형수는 형의 휴대폰 번호를 눌렀

다. 형은 전화를 받지 않았다. 하는 수 없이 형수가 지하 주차
장까지 내려왔다가 계단참에 쓰러져 있는 형을 발견했다. 다
행히 칼은 뱃속의 장기에 큰 손상을 주지는 않았다. 칼끝은 형
의 간에 조금 못 미쳐 멈추었다. 형을 살린 것은 형의 복부에
쌓인 지방질이었다. 운동을 싫어하는 형의 허리는 몇 년 새에
4인치가 늘어난 상태였고 형수의 잔소리에도 불구하고 꾸준
히 불어난 그 뱃살이 형을 살렸다.

　수술은 잘 되었다고 했다. 형은 수술 부위의 통증보다 두통
을 더 견딜 수 없어 했다. 전신마취에 따른 후유증일 뿐 걱정
할 것은 아니라고 주치의는 설명했다. 상황이 조금 진정되자
가족들은 그 다급한 상황에서 터지지 않은 휴대폰에 대해 불
평을 터뜨렸다. 형은 아랫배를 움켜쥔 채 119를 눌렀지만 연
결되지 않았다고 했다. 다시 집으로 전화를 하다 형은 정신을
놓아버렸다. 가족들은 휴대폰을 우황청심환쯤으로 생각하는
것 같았다.

　관할 경찰서에서 나온 형사는 원한에 의한 사건으로 보인다
고 조심스레 예측했다. 범인은 형의 재킷 주머니에 있던 지갑
과 한눈에 봐도 꽤 값이 나가 보이는 카 오디오에는 손도 대지
않았다. 그저 형의 뱃속에 칼을 쑤셔 넣고 달아났을 뿐이다.

　형사들은 가족 관계, 형의 주변 인물, 채무 관계에 대해 물
었다. 42세. 드링크제로 유명한 모 제약 회사의 연구실 근무.

채무 관계 및 여자관계 깨끗함. 특별한 정치적 견해를 피력한 적도, 이슈화된 사건에 의견을 내놓은 적도 없음. 별명 맹물, 순두부. 누군가 말을 걸기 전에는 절대 먼저 입을 열지 않는 성격. 따라서 영화 올드보이의 주인공처럼 입으로 누군가를 화나게 한 적도 없음.

혐의를 둘 만한 사람이 아무도 나타나지 않았다. 그 사실이 가족들과 담당 형사를 더 답답하게 만들었다. 없는 원한 관계라도 새로 만들어주고 싶을 지경이었다. 도대체, 누가, 왜. 다른 사람도 아닌 형이, 누군가와의 원한이라고는 거리가 먼 형이 이런 일을 당할 수 있다는 데 가족들 모두 경악했다. 형의 배에 생긴 상처가 조금씩 아물어가면서 놀라움은 점점 두려움의 모습을 띠기 시작했다. 사건의 동기 자체가 파악되지 않는 데에서 오는 두려움이었다.

──처음 보는 사람이었습니다.

담당 형사가 바뀌면서 새로 부임한 신참 형사가 병원으로 찾아와 물었을 때 형은 마른 입술을 혀로 핥으며 대답했다.

──처음엔 주먹으로 그냥 아랫배를 한 대 얻어맞은 줄 알았어요. 한데 느낌이 이상해서 보니까 피가 흥건하지 뭡니까.

형은 더 이상 묻지 말아달라는 듯이 돌아누워 버렸다. 사건 현장에는 아무것도 남아 있지 않았다. 형이 앰뷸런스에 실려

병원으로 가고 경찰들이 현장에 도착하기 전에 부지런한 경비원 몇이 현장을 말끔하게 물청소해 버렸기 때문이다. 이제 사건 현장이라고 유일하게 남아 있는 건 형의 배꼽 옆으로 난 15센티미터 정도의 꿰맨 자국뿐이다.

화질 상태가 좋지 않아 CCTV에 찍힌 범인의 옆모습은 잘 알아볼 수가 없었다. 범인은 야구모자를 눌러썼고 엉덩이까지 내려오는 사파리를 입고 있었다. 마스크를 쓰고 있던 범인과 눈이 마주치기는 했지만 형은 알지 못하는 사람이라고 했다. 형이 범인에 대해 확신하는 것은 오십대 중반의 남자라는 사실과 오른손잡이라는 것뿐이다.

——오십대 중반이라……. 어떻게 그걸 확신합니까?

형사는 형의 침대맡에 걸린 링거병을 톡톡 치며 물었다. 돌아누운 형은 꿈쩍도 하지 않았다. 대답할 가치도 없는 질문이라는 것이다. 보지 않아도 형이 어떤 표정을 하고 있는지 알 것 같았다. 형은 대단한 눈썰미의 소유자다. 그가 오십대라고 했으면 그런 것이다. 미대를 꿈꾸다 아버지의 반대로 약학을 전공한 형의 유일한 취미는 초상화 그리기이다. 형은 약물과 인체의 반응 메커니즘보다 사람의 이목구비에 더 관심이 많은 사람이다. 칼에 찔리는 순간 형은 범인 눈가의 주름의 세기, 굴곡도, 분포도를 파악했을 터이다. 중키에 엉덩이를 덮는 갈색 사파리를 입은, 눈꼬리가 약간 처진 오십대 중반 정도의 오른손잡이 남자. 문제는 내가 사는 아파트 앞에만 나가 봐도 그런 남자가 수없이 많다는 사실이다.

형은 일주일 만에 퇴원했다. 퇴원하던 날 아내만 빼고 온 가족이 형의 집에 모였다.

──동서는 일이 바빠서 오지 못한다네요.

형수는 사과를 깎으며 거실에 둘러앉은 가족들에게 전했다.

──또 싸웠니?

포크로 사과를 찍어 올리던 누나가 나를 쳐다보며 물었다. 잠시 침묵이 흘렀다. 분위기를 바꿀 생각이었는지 매형이 농담처럼 한마디 툭 던졌다.

──혹시, 범인이 사람을 잘못 알고 찌른 거 아냐? 큰처남하고 막내 처남하고 헛갈려서. 왜 두 사람이 나이도 비슷하겠다, 덩치도 비슷하니까.

아무도 웃지 않았다.

아내의 발소리에 눈을 뜬다. 머릿속이 멍하다. 침대맡에 놓인 자명종을 본다. 7시 35분. 오늘 취재하러 갈 서해대교에 대한 자료를 찾고 새벽 2시쯤에 잠이 들었다. 그때까지도 아내는 돌아오지 않았다.

이제 막 욕실에서 나온 아내는 거실을 가로질러 부엌 쪽으로 가고 있다. 슈미즈 차림일 것이다. 아내의 화장품은 냉장고에 들어 있다. 허브를 이용해 만든 생약 성분의 화장품이라 냉장이 필수다. 동선이 길어지기는 하지만 화장품의 품질을 위해서는 감수해야 한다. 당귀, 작약, 정향에서 추출한 성분이 아내의 관자놀이, 팔목, 귀 뒤에 스몄다가 서서히 휘발된다. 냉장고 문이 닫힌다. 아내의 기초화장이 끝났다. 나는 잠시 숨을 멈춘다. 주의를 기울이지 않으면 방으로 돌아가는 아내의 발소리를 들을 수 없다. 아내는 예쁜 발뒤꿈치를 가지고 있다. 아내도 그걸 알고 있다. 얼굴에 생긴 잡티나 목에 새로 생겨나는 주름만큼이나 아내는 발뒤꿈치에 신경을 쓴다. 뒤꿈치에 바른 고농축 영양 크림이 바닥에 묻을까 봐 아내는 꼭 뒤꿈치를 들고 걷는다. 발바닥 앞부분에 도도록이 살이 오른 아내의 발은 아무 소리도 내지 않고 걸을 수 있다. 그럴 때의 아내는 꼭 고양이 과의 동물 같다. 나무 위에 숨어 먹잇감을 노리는 표범이나 치타는 통통하게 살이 오른 앞발 때문에 나무 아래로 지나가는 먹잇감에게 들키지 않고 뛰어내릴 수 있다.

동물적인 사업 감각을 지닌 아내에게 어울리지 않지만 아내의 사업 아이템은 식물성이다. 허브를 이용한 화장품과 세제로 출발한 아내의 사업은 건강 침대 개발, 마사지 효과를 누릴 수 있는 특수 욕조 생산을 거쳐 최고급 목욕 문화를 창조하는 스파 산업에까지 확장되었다. 강남의 한 최고급 호텔 지하에 스파를 만드는 사업권을 아내의 회사가 낀 컨소시엄이 따냈

다. 인도네시아 왕족의 전통 목욕 요법을 응용한 스파라고 한
다. 웰빙이 화두로 떠오른 시대에 아내의 사업은 정확하게 맞
아떨어지고 있다.

다시 아내의 발소리다. 조금 전과는 또 다른 소리다. 고탄력
실크 스타킹을 신은 아내의 발이 마룻바닥에 살짝살짝 밀린
다. 잠자리 날개를 비비면 저런 소리가 날까. 아내는 내 방을
지나쳐 그대로 현관으로 나간다. 아내는 오늘 출장을 간다. 출
장지는 터키. 기간은 일주일. 어제 형 집에 들렀다가 형수한테
서 전해 들었다. 각방을 쓴 뒤부터 우리는 이런 식으로 상대방
의 일정을 확인한다. 아직까지 서로에 대한 최소한의 예의는
지키고 있는 셈이다. 우리 결혼을 중매했다는 사실에 형수는
어느 정도 부채감을 가지고 있는 것 같다. 현관문이 열리고 아
내가 나간 뒤 디지털 잠금장치가 자동으로 돌아간다. 우리처
럼 사는 부부에게 맞춤한 자물쇠 방식이다. 아내의 얼굴을 본
지 일주일도 더 된 것 같다. 아내는 형의 입원실에 들를 때도
용케 내가 없는 시간을 골라 다녀갔다.

아내를 태운 엘리베이터가 케이블을 타고 내려간다. 엘리베
이터가 1층에 닿으면 아내와 나는 완전히 다른 종으로 나누어
진다. 아침마다 안전하게 착지에 성공한 아내는 인간들의 세
상으로 섞여 들어가고 나 혼자만 15층 높이에 남는다. 언젠가
베란다에 서서 아내의 뒷모습을 내려다본 적이 있다. 아내와

나의 물리적 거리는 50미터 남짓이었지만 같은 평면에서 그녀의 뒷모습을 볼 때와는 사뭇 다른 느낌이었다. 5만 광년은 떨어진 것 같았다. 그 뒤로 베란다에 서서 아내의 뒷모습을 바라보는 짓은 하지 않는다.

지금쯤 아내의 흰색 그랜저는 단지 앞 사거리를 통과하고 있을 것이다. 액셀러레이터와 브레이크 위에 놓여 있을 아내의 발이 아른거린다. 아내는 운전석에 앉으면 꼭 신발을 벗는다. 뭐든 직접 느끼고 싶어. 하이힐을 벗어 보조석에 앉은 내게 건네주며 아내는 말했었다. 아내가 콘돔을 싫어했던 것도 아마 그런 이유일 것이다. 나는 침대에 기댄 채 그대로 모로 눕는다. 습관처럼 왼손이 오른쪽 겨드랑이를 찾아 들어가다 멈칫한다. 내 손끝이 아직도 아내의 살의 감촉을 기억하고 있다는 사실에 씁쓸해진다. 나는 아내의 겨드랑이에 손을 넣은 채 잠이 들곤 했었다. 자리를 털고 일어나 앉는다. 다시 잠들기는 틀렸다. 박에게 전화해 일찍 출발하자고 하는 편이 나을 것 같다.

자동차 회사 사보에 '다리'에 관한 글을 연재한 지도 일 년이 다 되어간다. 사보 편집장으로 있는 친구의 도움으로 그 꼭지를 맡게 되었다. 이번에 취재할 건 서해대교다. 다음 주 초까지 글과 사진을 정리해서 보내야 한다.

평일인데도 휴게소 안은 상춘객들로 붐빈다. 상춘객의 대부분은 중년을 훌쩍 넘긴 사람들이다. 박은 탁자 위에 커피가 담긴 종이컵을 내려놓으며 내 맞은편에 앉는다. 여자관계가 복잡하고 약속 시간에 자주 늦는 것만 빼면 괜찮은 녀석이다. 사진을 찍는 데 나름대로 독특한 앵글이 있어 이 바닥에서는 꽤 이름이 있다. 나와 박은 사보 세 곳을 맡아 러닝메이트로 뛰고 있다. 사보 일 말고도 박은 결혼식이나 돌잔치 비디오를 맡아 어지간한 수입을 챙기고 있다.

"나이 들면 왜 꽃이 좋아질까? 집 근처에 화원들 놔두고 꼭 그 먼 데까지 찾아 나서야 하나."

휴게소 밖으로 사라지는 한 무리의 상춘객들을 바라보며 박이 말한다. 그 와중에도 똑같은 모양의 모자를 쓴 사람들이 유리문을 밀치며 또 안으로 몰려온다. 탁자가 턱없이 모자라 조금 전 간이 식대에 선 채 아침 겸 점심을 해치우는 동안 박은 계속 툴툴거렸다. 커피라도 느긋하게 마시고 가자며 박은 빈자리가 나자마자 잽싸게 차지했다. 어제 마신 술이 아직 덜 깼는지 부석한 얼굴이다. 박이 커피를 한 모금 마시더니 머리를 흔들며 말한다.

"아우, 이제야 술이 좀 깨네. 참 형수랑은 아직도예요?"

나는 대답 대신 휴게실 밖을 바라본다. 이제 막 도착한 관광버스가 또 한 무리의 상춘객들을 쏟아놓는다.

아내와 나는 지금 넉 달째 각방을 쓰고 있다. 자주 다투기는 했지만 이렇게 심각한 적은 없었다. 다투고 나면 표정 관리가 안 돼 어떤 식으로든 싸움한 티가 났다. 가족들은 나름대로 우리가 자주 다투는 이유를 분석하고 처방하려 했다. 누나가 내세운 주장은 '의자론'이었다. 해 질 무렵에는 의자를 사는 법이 아니래. 아무 의자에나 앉고 싶어지니까. 이왕 늦은 결혼이었는데 너무 서둘렀나 봐. 둘 다 좀 사귀어보고 했어야 했는데. 누나는 벤다이어그램을 그려가면서까지 진단에 따른 처방을 내렸다. 여기 요 부분 있지. 여기가 아이야. 얼른 애를 낳는 수밖에 없어. 애 낳고 좋아진 부부들 많거든. 벤다이어그램 속 교집합 부분을 새까맣게 칠하며 누나는 말했다. 하지만 아내는 동의하지 않았다. 그 교집합 부분에 들어가야 할 것은 아이가 아니라 휴대폰이라고 아내는 생각했다. 내가 기억하는 우리 싸움의 시작은 휴대폰 때문이었다.

아내는 결혼 초부터 나에게 끊임없이 휴대폰 갖기를 요구했다. 휴대폰이야말로 현대인의 생존과 직결되는 것이라고 아내는 주장했다. 사업이 확장되면서 아내는 더 집요해졌다. 당신은 내가 어디에 있는지, 누굴 만나고 있는지 궁금하지 않아? 나한테 급하게 연락해야 할 때 없어? 그렇긴 하지만 휴대폰이 필요할 만큼은 아니라고 했다. 걷다가, 식사하다가, 잠깐 졸다가, 화장실에서 물을 내리다가 전화를 걸거나 받고 싶진 않다고 했다. 휴대폰을 거절한 것이었지만 자신과의 소통을 거절한 것으로 해석한 아내는 몹시 자존심 상해했다. 아내는 나를 이해할 수 없다고 했고 지독한 이기주의자라고 했다. 바깥에서 만난 사람들도 대부분 아내와 비슷한 반응을 했다. 그 사람들에게 세상은 온통 급하게 연락해야 할 일투성이었다. 그들은 당연하다는 듯이 내 휴대폰 번호를 물어왔고 없다고 하면 고개를 갸웃했다. 일부러 번호를 알려주지 않으려 한다는 오해를 받은 적도 있었다. 휴대폰의 혜택을 모르고 사는 나를 진심으로 안타까워하는 사람도 있었다. 하지만 나는 정말 휴대폰이 필요하지 않았다.

언젠가 나는 박에게 도대체 휴대폰이라는 건 뭐냐, 고 물은 적이 있다. 그때도 그 문제로 아내와 다툰 후였을 것이다. 무슨 엉뚱한 질문이냐며 잠시 멈칫하더니 으음, 무기지 무기. 이것도 무기, 이것도 무기. 즉, 따발총. 박은 자신의 휴대폰과 아랫도리를 동시에 가리키며 말했다. 그러더니 형, 내 뇌는 머릿속에 들어 있는 게 아니라 이 속에 들어앉아 있는 거 같아, 라고 자신의 휴대폰을 흔들며 말했다. 그 말이 틀린 것만은 아니었다. 언젠가 박은 휴대폰을 잃어버린 적이 있었는데 다시 장만할 때까지 정말 멍해져서 무뇌아처럼 굴었다. 박의 정의에 의하면 휴대폰은 자신의 상부구조, 아랫도리는 하부구조였다. 그의 상부구조와 하부구조는 잘 맞아 돌아갔다. 상부구조에 입력된 많은 여자들의 번호는 박의 하부구조로 긴밀하게 연결되고 있다. 삐삐를 차고 다닐 때와는 질적으로 다른 세계다. 휴대폰이 이 모든 것을 가능하게 해준다고 그는 믿고 있다.

"형, 왜 이렇게 싸움을 오래 끌어요. 그래 봤자 형한테만 불리해. 사실 형수는 형의 로열 종신보험 아냐? 까짓 휴대폰 그냥 장만하면 안 돼? 목숨을 걸 데다 걸어야지."

"스프링벅이라고 들어본 적 있어?

"스프링벅? 휴대폰이 아니라 그것 땜에 싸운 거예요?"

"들어본 적 있어?"

박이 고개를 젓는다.

"남아프리카 평원에 스프링벅이라는 동물이 있어. 무리를 지어 사는데 무리 중 한 마리가 뛰기 시작하면 다른 스프링벅들도 이유를 모른 채 무작정 따라 뛰기 시작하는 거야. 앞에서 옆에서 뒤에서 뛰니까 그냥 덩달아서. 등을 동그랗게 구부리고 3미터나 되는 점프를 하면서 이유도 모른 채 그냥 미친 듯이 어디론가 달려가는 거지……."

아내와 휴대폰 문제로 다투고 나면 꼭 환영처럼 스프링벅의 무리가 보이곤 했다. 똑같은 표정으로 앞만 보고 달려온 무리가 나를 덮쳤다. 나는 그 무리의 발밑에 깔려 납작해졌다. 간신히 고개를 들어보면 저 끝에서 또 나를 향해 돌진해 오고 있는 무리가 보였다.

"그런데? 걔네들이 점프하는데 형네 부부가 왜 싸우냐고요."

"휴대폰이 딱 그런 것 같아. 나에게 그게 필요하든 안 하든 일단 구입해야 해. 이유 없어. 그냥 누구나 하나씩은 가지고 있으니까. 그걸 배턴처럼 손에 꼭 쥐고 무작정 따라 달려야 하는 거야. 아니면 무리에서 떨어지니까. 외톨이가 되긴 싫거든."

나는 삐삐와 휴대폰이 싫어 산으로 들어간 시인에 대해 얘기한다. 그 시인처럼 나도 휴대폰이 순식간에 사람들을 점령해 버린 현상에 공포를 느낀다고도 한다. 박이 머리를 쥐어뜯는 시늉을 하더니 한마디 한다.

"그 사람은 그러니까 시인이지. 형이 시인이야? 버펄로가 뛰든 스프링이 튀어 오르든 형이랑 무슨 상관이야? 그냥 단순하게 생각해. 휴대폰은 그냥 휴대폰이야. 그게 어떻게…… 어휴, 휴대폰이 스프링벅이면 형수는 치타다. 뭐가 더 무서워요?"

괜히 얘기를 시작했다는 생각이 든다. 부적처럼 휴대폰을 쥐고 있는 사람을 보면 사람이 사람이 아니라 휴대폰 줄에 매달린 커다란 인형처럼 보인다는 말을 하려다 삼킨다. 누군가와 휴대폰에 대해 얘기할 때면 금세 피곤해져 버린다. 아내와도 마찬가지였다. 나에게는 더 이상 아내를 설득할 합리적인 말이 없었다. 휴대폰을 장만한 날 나는 바코드처럼 긴 번호 하나를 부여받았다. 통장 비밀번호, 아파트 디지털 키 번호, 주민등록번호, 집 주소, 휴대폰 번호……. 내 존재가 수없이 많은 숫자들의 조합으로 이루어져 있다는 생각이 들었다. 얼마간의 혈액이나 살을 잃어버리면 죽게 되듯 그 숫자들 중 몇 개를 잊어버리고 나면 내 존재를 증명할 방법도 사라지고 말 거라는 생각이 들었다.

차를 출발시키기 직전 박의 휴대폰이 울린다. 전화기 안에서 여자의 목소리가 튀어나온다. 무얼 잘못했는지 박은 쩔쩔맨다. 알았어, 알았어, 라는 말만 연신하더니 박은 소리 나게 플립을 닫아버린다.

"얘야말로 형이 말한 스프링벅이야. 휴대폰을 쥐고 사는 애거든. 내 참, 며칠 전 얘 배에 올라타 있는데 휴대폰이 울리는 거야. 받지 말라고 했는데 받더라고. 아예 휴대폰에 대고 일기를 쓰더구먼. 아침에 뭐 먹었는지부터 읊어대더라고. 한 대 쳤지, 휴대폰을. 며칠 동안 징징거리는 거야. 휴대폰이 없으니까 불안해서 못 견디겠대요. 지금 휴대폰 대리점이라고 전화 온 거야. 최신식 기종으로 고르겠대네. 내, 참."

박은 거칠게 차를 모는 편이다. 멀리 서해대교의 모습이 보이기 시작한다. 가슴 속에서 조그만 흥분이 인다. 세계의 모든 다리를 찾아다니고 그에 관한 여행기를 써보는 것이 나의 꿈이라고, 조금은 미안한 마음으로 아내에게 얘기한 적이 있었다. 다리라는 건축물에는 묘한 매력이 있다, 다리를 보고 있으면 이쪽과 저쪽, 저쪽과 이쪽의 내통을 꿈꾸는 숙명 같은 것이 느껴진다고도 했다. 그때 아내는 한마디 했다. 휴대폰도 그래.

다리를 건너 당진 쪽으로 넘어가기로 한다. 박은 해가 질 무렵의 다리를 찍을 계획이다. 날씨가 좋아 괜찮은 사진을 건질 수 있을 것 같다. 대교 아래 바다는 별로 바다란 느낌을 주지 못한다. 지중해가 떠오른다. 지금쯤 아내는 터키로 날아가고 있을 것이다. 지중해와 흑해에는 세계적으로 유명한 스파가 꽤 있다. 그 짙푸른 바다 자체가 이미 커다란 스파다.

취재에서 돌아오자마자 형의 집으로 향한다. 박은 형의 아파트 앞에 나를 내려놓고 단지를 빠르게 빠져나간다. 돌아오는 차 안에서 박은 어제의 그 스프링벅과 세 번이나 통화했다.

형수는 조금 초조해 보인다. 담당 형사에게 몇 번 전화를 걸었지만 특별한 소식은 없다고 한다. 이젠 전화 걸기도 미안해요. 통원 치료를 받으러 갈 때 아니면 형은 밖으로 나가려고 하질 않는다고 한다. 형은 피부 트러블로 고생하고 있다. 꿰맨 부위가 가려워 피가 날 때까지 긁어보지만 시원하지 않다고 형은 짜증 섞인 표정으로 말한다. 켈로이드 피부라 꿰맨 자리가 굵은 지렁이처럼 부풀어 올랐다. 시간이 지나면서 형의 상처처럼 사건에 대한 의혹도 점점 부풀어지고 있다. 별로 말이 없고 감정 표현이 드물었던 형은 많이 예민해져 있다. 형이 잔소리가 많아지고 이런저런 주문이 늘었다고 전하는 형수의 표정이 조금 지쳐 보인다. 가족들 모두 쉬쉬했지만 어떻게 알았는지 여기저기서 걸려오는 전화를 받는 일만도 머리 아프다고 한다.

형의 침대 옆에 놓인 탁자 위에는 아로마 램프가 켜져 있다. 아내가 작년 영국 출장길에 사가지고 온 램프다. 동물의 뼈를 섞어 만든 도기 램프는 오일이 휘발하는 데 필요한 적정 온도를 잘 맞출 수 있는 장점이 있다. 램프에서는 라벤더 오일이 휘발되고 있다. 아내는 가족들에게 램프와 함께 몇 가지 아로마 오일로 구색을 갖춘 상자를 선물했었다. 슬픔에 빠져 있을 땐 마저럼, 무기력감을 느낄 땐 재스민, 우울할 땐 시나몬, 스트레스엔 그레이프프루트, 부부 싸움엔 로즈 터키시. 양념 세트에서 필요한 것을 골라 쓰듯 상황에 맞게 오일을 피워 올리면 된다.

자꾸 잠만 자려고 하는 형을 흔들어 깨우며 형수는 조카 얘기를 꺼낸다. 초등학교 4학년인 아이가 휴대폰을 사달라고 조른다는 거였다. 아이 친구 중에 몇이 휴대폰을 가지고 있다고 했다. 형은 안 된다고 잘라 말한다. 안 되는 줄 알지만 형수는 아이가 기죽을까 봐 걱정이라고 한다. 이야기는 휴대폰 쪽으로 흘러간다.

"동서 휴대폰 번호를 누르면 바로 동서가 받더라고요. 국제 번호 누를 필요 없이." 형수는 상처 부위에 얼음찜질을 하며 휴대폰 로밍 시스템이라는 것에 대해 얘기한다. 조금 불편해진다. 형은 미간을 찌푸리며 다시 상처 부위를 긁기 시작한다.

형수가 전화를 받으러 간 사이 어느새 형은 벽 쪽으로 돌아누운 채 잠이 들었다. 램프 바닥에 있던 라벤더 오일이 모두 휘발되고 남아 있지 않다. 형수의 전화가 길어지고 있다. 나는 램프를 끄고 조용히 형의 집에서 나온다. 걸을까 하다 전철을 타기로 한다.

퇴근 시간대가 되려면 한참 남았다. 전철 안에는 드문드문 빈자리가 보인다. 한산한 전철 안의 풍경은 어딘가 낯설다. 속옷을 입지 않고 외출한 기분이다. 나는 빈자리에 가 앉는다. 맞은편 의자는 빈자리 없이 모두 차 있다. 가운데 앉아 있는 중년의 남자는 휴대폰에 대고 상대편에게 무언가를 사정하고 있고 오른쪽 끝에 나란히 앉은 여학생 둘은 휴대폰 번호판을 정신없이 눌러대고 있다. 어쩌면 둘은 서로에게 문자 메시지를 보내고 있을지도 모른다. 휴대폰이 점령한 뒤로 사람들은 누군가와 눈을 마주치며 얘기하는 것을 어색해한다. 나머지 네 사람은 서로 다른 우주에서 온 사람들처럼 무표정한 얼굴로 앞을 바라보고 앉아 있다. 나는 눈을 감는다.

아내는 바쁜 와중에도 주기적으로 컬러링을 바꾸고 휴대폰 케이스나 거기에 부착할 장식품을 사 모았다. 그러다가 신기종이 나오면 어김없이 갈아치웠다. 휴대폰의 기능이 향상된 만큼 그녀도 더 바빠졌다. 바빠진 그녀는 우리 사이에 대화가 부족하다는 강박증에 시달리는 것 같았다. 아내는 틈이 날 때마다 내 휴대폰 번호를 눌렀다. 집안사람 누군가의 생일이나 제사, 갑자기 결정된 출장, 거래처 누군가에 대한 험담, 입찰 결과 발표 직전의 초조함, 오랜만에 함께하는 저녁 외식 메뉴 결정하기…… 전날 밤 섹스의 느낌까지 아내는 휴대폰에 대고 얘기했다. 그러다가 막상 식탁에 마주앉으면 우리는 할 말이 없었다. 휴대폰을 통하지 않고 직접 서로의 목소리를 듣는 일이 점점 어색하게 느껴지기 시작했다. 휴대폰을 통해 한 번 걸러진 목소리가 정말 아내의 목소리 같았다. 언제부턴가 나는 휴대폰 벨 소리에 가벼운 신경증을 보이기 시작했다. 아내는 내가 휴대폰을 갖고 있지 않을 때보다 받지 않을 때 더 못 견뎌 했다.

아내는 잠자리에 들 때도 늘 침대 머리맡에 휴대폰을 두었다. 침대 머리맡에서 깜박거리는 휴대폰을 보고 있으면 무리에서 떨어져 나와 헤매는 스프링벅의 눈동자를 보고 있는 것 같았다. 아내가 잠들면 나는 아내의 휴대폰을 침대 아래에 내려놓았다. 아내는 가끔 나에게 문자 메시지도 보냈다. 글자 사이사이 암호 같은 게 박힌 메시지였다. 나는 아내가 보낸 메시지를 해독할 수 없었다.

맞은편 중년 남자의 목소리가 점점 커지고 있다. 기어이 남자의 입에서 욕지거리가 튀어나오기 시작한다. 나는 눈을 뜬다. 얼굴이 벌게진 남자가 휴대폰을 집어삼켜 버릴 것 같다. 똑같은 악몽을 꾸고 있는 것처럼 전철 안의 사람들은 잔뜩 미간을 찌푸리고 있다. 남자는 아랑곳하지 않는다. 김 사장으로 불리던 전화 속 상대편은 내가 내릴 때쯤 개새끼로 변해 있다. 개새끼. 전철 문이 열린 순간 중년 남자가 내뱉은 욕이 가래처럼 내 등짝에 들러붙는다. 나는 플랫폼에 서서 먼지바람을 일으키며 어두운 구멍 속으로 사라지는 전철의 꽁무니를 지켜본다.

아파트 진입로의 벚나무에는 남자가 마구 쏟아내던 욕처럼 벚꽃이 다닥다닥 붙어 있다. 노인정에서 한 떼의 노인들이 우루루 나와 흩어진다. 뜬금없이 아우슈비츠가 떠오른다. 몇몇 노인의 목에는 수인번호 팻말처럼 휴대폰이 매달려 있다.

갈증 때문에 새벽에 잠에서 깬다. 저녁 대신 맥주 두 병을 비우고 소파에서 그대로 잠이 들었다. 물을 마시고 침대로 와 누웠지만 잠이 오지 않는다. 이리저리 몸을 뒤척인다. 그럴 때마다 매트리스 속에서 무슨 소리가 난다. 아내와 함께 누워 있을 때는 듣지 못한 소리였다. 나는 베개를 치우고 매트리스에 귀를 바짝 붙인 다음 다시 몸을 움직여 본다. 침대 중간쯤에서 울리기 시작한 소리가 아래쪽으로 번져나간다. 매트리스 속 스프링이 울리며 내는 소리다. 소리는 도미노처럼 연쇄반응을 일으키며 공명음을 만들어낸다. 어디서 들어봤지? 소리가 귀에 익다. 한참 더 뒤척인 다음에야 보스포루스의 다리에서도 이런 소리가 났었다는 걸 기억해 낸다. 쇠가 울리며 내는 소리는 대부분 비슷하다.

터키는 우리의 신혼 여행지였다. 여행 전문가로 일하는 친구는 죽기 전에 한 번은 꼭 다녀와야 할 곳으로 터키와 지중해 연안을 꼽았다. 아내와 나는 이스탄불에서 사흘간 머물렀다. 손으로 짠 양탄자와 구운 고등어에 레몬소스를 뿌려 만든 고등어 샌드위치, 블루 모스크. 무엇보다 기억에 남는 건 보스포루스 대교였다. 다리가 너무 높아 걸어서 건너는 것은 금지되어 있었다. 우리는 배를 타고 아시아와 유럽을 잇는다는 그 다리 아래로 지나갔다. 지중해와 흑해의 바람이 불어와 다리 난간에 부딪쳤다. 얼핏 둔중한 소리를 내며 다리가 우는 소리를 들은 것 같았다. 이쪽과 저쪽을 이어야 하는, 끊임없이 내통을 꿈꾸는 다리의 숙명 같은 것이 쇠가 우는 소리 속에 섞여 있었다. 호텔로 돌아와 나는 보스포루스처럼 길게 내 몸을 내어 아내의 몸속으로 들어갔다. 미지의 땅으로 발을 내딛는 것 같았다. 하지만 두 땅덩어리가 만나는 일이 그렇게 수월한 것이 아니라는 사실을 나중에야 알았다.

나는 한참을 더 뒤척이다 주방으로 간다. 아내의 스킨로션은 냉장고 포켓 둘째 칸에 꽂혀 있다. 스킨로션 뚜껑을 연 뒤코에 대고 깊이 숨을 들이마셔 본다. 아내의 귓불과 목덜미 그리고 겨드랑이에서 나는 냄새다. 아내와 헤어지게 되면 가장 나중까지 기억에 남는 것은 그녀의 체취일 것이다. 다시 침대로 돌아와 겨드랑이에 손을 낀 채 나는 잠이 든다.

수사는 여전히 진전이 없다. 신참 형사는 형의 휴대폰 사용 내역과 인터넷 사용 내역을 살펴봐야겠다며 동의를 구했다. 음식 문화나 복식 연구로 과거의 한 시대를 복원해 내는 역사학 방법처럼 화장실만을 연구해 과거를 재현해 내는 방법도 있다고 들었다. 화장실이 자리 잡은 터와 배설물을 분석해 과거의 주거 생활과 식생활을, 배설물 속 기생충에 대한 연구로 질병의 목록까지 알아낸다. 이제 휴대폰 사용 내역과 인터넷에 접속한 사이트만으로 어떤 한 인간을 파악할 수 있는 시대다. 형은 찜찜해하면서 동의했다. 이튿날 형의 몇 달치 사용 내역서를 뽑아온 형사는 강한 의욕을 보였다.

──범인은 반드시 사건 현장에 다녀가게 되어 있거든요.

형사는 내역서를 흔들어 보이며 말했다. 형의 휴대폰과 인터넷이 유일한 알리바이가 되고 현장이 되는 것이다. 종이에 찍힌 숫자들을 조합하면 형의 지난 몇 달간의 생활을 그대로 복원해 낼 수 있을 것이다. 형과 형수는 고적탐사에 나선 학생들처럼 머리를 맞대고 전화번호를 확인해 나가기 시작했다. 그렇듯 아내와 내 휴대폰 내역서를 역추적해 나가면 우리 불화의 처음에 닿을 수 있을까. 하지만 형의 배에 덧난 상처처럼 우리 불화의 모습도 이미 처음을 알아볼 수 없을 만큼 부풀어 올라버렸다. 작은 일로도 부딪치고 서로 상처를 내면서 나중에는 왜 화가 나는지 기억도 하지 못했다. 한 가지 분명한 건 그 중심에 휴대폰이 있다는 것이다.

지금까지 내 손을 거쳐간 휴대폰은 세 개였다. 모두 아내가 사온 것이다. 앞의 두 개는 어디서 잃어버린 것인지도 모르게 없어졌고 마지막 한 개는 여의도에 불꽃놀이 구경을 갔다 잃어버렸다. 그날 나는 아내와 크게 싸웠다.

세계 사십여 나라에서 참가한 불꽃쇼가 여의도 한강 둔치에서 열린다는 광고는 한 달 내내 전철 안 광고판에 붙어 있었다. 불꽃놀이에 가보자고 먼저 말을 꺼낸 건 나였다. 우리는 그 무렵 무슨 일인가로 다툰 뒤 며칠째 말을 하지 않고 지내고 있었다. 환하게 터지는 불꽃처럼 며칠간의 불화를 터뜨려버리고 싶었다. 휴대폰 너머에서 한참 잠잠하던 아내는 좋다고 했다. 선약이 있지만 취소할 수 있다고 했다. 그렇게까지 할 것 없다고 했지만 굳이 나오겠다고 했다. 화해할 때가 되면 우리는 서로에게 지나치게 친절해지곤 했다. 여의나루역 5번 출구에서 7시에 만나기로 했다. 그때 나는 충무로 근처에 있었고 아내의 사무실은 강남이어서 중간에 만나기에는 번거로웠다. 행사는 8시에 시작한다고 적혀 있었다. 한 시간 정도 일찍 만나 근처에서 저녁을 먹고 둔치까지 걷기로 했다.

전철이 애오개역을 통과할 때까지는 모든 것이 순조로웠다. 하지만 마포를 지나면서부터 가다 서다를 반복하던 전철은 한강을 건너 여의도에 들어서면서 아예 멈추어버렸다. 앞차와의 간격 유지 때문이라는 안내방송이 나왔다. 전철 안은 미어터질 지경이었다. 나는 한쪽 다리를 바닥에 딛지도 못한 채 경로석 옆 귀퉁이에 끼어 있었다. 한참 만에 다시 출발하면서 안내방송이 나왔다. 갑자기 몰려든 인파로 여의나루역에 정차할 수 없다는 내용이었다. 바지 주머니에서 휴대폰이 진동하고 있었지만 손을 뻗을 수가 없었다. 한 정거장을 더 간 다음 떠밀려 내렸다.

바깥 사정은 전철 안보다 더했다. 내 앞, 뒤, 옆에 보이는 것이라고는 검은 머리통뿐이었다. 아내에게 전화할 엄두가 나질 않았다. 일제히 한 방향을 바라보고 있는 머리통들이 어딘가로 흘러가고 있었다. 어디로 가고 있는지 알지도 못한 채 나도 사람들 틈에 끼어 그저 무작정 흘러갔다. 꽤 추운 날씨였지만 등에서 식은땀이 흐르기 시작했다. 아내와의 약속 시간이 30분이나 지나고 있었다. 약속 장소인 여의나루역 같은 것은 보이지도 않았다. 모든 풍경이 뭉개지고 온통 머리통, 머리통뿐이었다. 숨이 막혀 왔다. 간신히 휴대폰을 꺼내 아내의 전화번호를 눌렀다. 아내의 휴대폰에서 잔잔한 피아노곡이 흘러나왔다. 아로마 오일로 치자면 바질이나 재스민에 해당하는 곡이었다. 심신의 피로를 풀어주는 스파 사업가다운 컬러링이었다. 곡이 끝날 때쯤 아내의 목소리가 넘어왔다. 그 순간 뒤쪽의 누군가가 헛발을 디디면서 내 어깨를 쳤다. 나는 휴대폰을 놓쳤다. 어! 내 입에서 낮은 신음 소리가 새어 나오는 동안 나는 이미 두 발짝이나 앞쪽으로 밀려나 있었다. 누군가의 발에 아내의 목소리가 짓이겨지고 있었다.

멀리서 폭죽 터지는 소리가 들려오기 시작했다. 머리통들의 더듬이가 소리 나는 쪽으로 향했다. 무리들의 걸음이 점점 빨라지고 있었다. 숨이 차올랐다. 여기서 멈추어야 한다는 생각이 들었지만 그렇게 할 수가 없었다. 그 틈새에서도 사람들은 끊임없이 휴대폰을 눌러대고 거기에 대고 무슨 말인가를 했다. 무리의 모습은 점점 스프링벅의 무리처럼 변해 가고 있었다. 건물에 가려 불꽃 같은 것은 아직 보이지 않았다. 내가 어디로, 왜 가고 있는지 알 수 없었지만 무리 안에서 끌어당기는 보이지 않는 원심력이 아무것도 생각하지 못하게 했다. 나는 없고 두 다리만 살아 움직이고 있었다. 갑자기 눈앞이 환해졌다. 평원 끝에서 절벽 대신 불꽃 터지는 둔치가 나타났다.

밤하늘의 불꽃은 화려했다. 둔치를 가득 메운 사람들은 일제히 같은 방향을 바라보고 똑같은 탄성을 내지르고 있었다. 미리 연습을 하고 온 것처럼 불꽃이 터질 때마다 사람들은 휴대폰을 높이 쳐들고 사진을 찍어댔다. 집단체조를 하고 있는 것 같았다. 퍼뜩, 아내도 저 무리들 속에 있을 거라는 생각이 들었다. 어떻게든 아내를 데리고 무리들로부터 탈출해야 했다. 하지만 생각뿐이었다. 나는 어느새 무리를 따라 휘파람을 불어대며 소리를 지르고 있었다. 불꽃 쇼의 마지막은 대단했다. 한강 다리에서 폭포수처럼 불꽃이 쏟아져 내렸다. 그것을 마지막으로 쇼는 끝났다. 아내에게 전화해야 한다는 생각이 났다. 주위를 둘러보았지만 공중전화 부스는 보이지 않았다. 하는 수 없이 내 옆의 남학생에게 휴대폰을 빌렸다. 막상 플립을 여는 순간 아내의 휴대폰 번호가 생각나질 않았다. 집 전화번호, 아내의 자동차 번호, 열쇠 비밀번호, 박의 휴대폰 번호……. 머릿속이 암전이 된 것처럼 깜깜해지더니 숫자들이 마구 엉켜버렸다. 한참 동안 휴대폰을 들여다보다 돌려주었다. 고맙다는 말을 했지만 내 목소리는 소음에 묻혀 버렸다.

나는 멍하니 서서 강물을 바라보다가 한강 다리를 건너는 스프링벅들을 따라 또 꾸역꾸역 강을 건넜다. 자꾸만 구역질이 나오려고 했다. 다리 아래서는 간혹 불발탄처럼 폭죽 몇 개가 피어오르다 힘없이 꺼지곤 했다.

집에 도착한 건 자정을 넘긴 뒤였다. 아내는 먼저 도착해 있었다. 나는 몹시 피곤했고 아내는 몹시 고요해져 있었다. 아내는 휴대폰 연락이 되지 않은 이유를 물었다. 대답하고 싶지 않았지만 어쩔 수 없었다.

──잃어버렸어.

──잃어버렸다고? 잃어버린 게 아니라 사람들 속에서 슬그머니 놓아버렸겠지? 당신 그것 지긋지긋해했잖아.

아내의 말투는 섬뜩할 정도로 차분했다. 나는 대꾸하지 않았다. 무슨 말을 해도 거짓말이 될 것 같았다. 생각해 보니 휴대폰을 놓치는 순간 후련한 느낌이 들었던 것도 같았다. 아내의 얼굴을 보고 있긴 한데 이상하게 아내의 뒤통수를 보고 있는 것만 같은 느낌이 들었다. 아내처럼 나도 고요해지고 있었다. 나는 눈을 감았다. 끝없이 몰려가던 검은 머리통들이 눈앞에 나타났다 사라졌다.

──당신은 늘 그랬어. 자신이 왕따당하고 있는 게 아니라 자신이 온 세상을 왕따시키고 있는 것처럼.

아내는 말을 경제적으로 할 줄 아는 여자다. 화장대 위의 물건과 속옷 따위를 챙겨 아내는 건넌방으로 갔다. 건넌방 문이 소리를 내며 닫히는 순간 로즈 터키시가 떠올랐다. 부부 싸움했을 때 맞춤한 오일이다. 아니 어쩌면 그런 경우에는 재스민이 더 효과적이었을지도 모른다. 무리에서 떨어진 스프링벅처럼 나는 멍하니 앉아 있었다.

불꽃 쇼는 우리 부부 말고도 한강 근처의 비둘기들에게도 후유증을 남겼다. 폭죽 소리에 놀란 비둘기들이 날아오르다 교각에 머리를 부딪쳐 죽었다는 기사가 이튿날 조간 한 귀퉁이에 있었다. 말 그대로 동양 최대의 불꽃 쇼였다.

범인의 윤곽이 잡혔다. 형사의 말대로 사건의 단서는 형의 통화 내역서에 있었다. 통화 시각 1월 21일 21시 07분. 구정 연휴 첫날 저녁이었다. 같은 시각에 스무 개의 번호가 일렬로 찍혀 있었다. 그날 형은 자신의 휴대폰에 입력되어 있는 번호 모두를 선택해 새해 복 많이 받으세요, 라는 문자 메시지를 보냈다고 기억해 냈다. 그중에 형이 알지 못하는 번호 하나가 찍혀 있었다. 014-247-4528. 형은 자신의 명함집과 수첩을 샅샅이 뒤졌다. 하지만 그 번호는 나오지 않았다. 대신 014-249-4528이란 번호가 형의 수첩에서 발견되었다. 형의 고등학교 동창이었다. 형은 249의 9를 7로 잘못 입력시켜 놓았다. 수사가 급물살을 타기 시작했다.

잘못 찍힌 번호의 주인은 김인숙이라는 여자였다. 형은 모르는 여자라고 했다. 여자도 형을 모른다고 했다. 그런 메시지를 받은 기억도 없다고 했다. 여자는 필요 이상으로 긴장했다. 여자 눈 밑 와잠이 파르르 떨리는 것을 본 순간 형사는 어떤 느낌이 왔다고 했다. 형사가 캐 들어가기도 전에 여자는 울음을 터뜨려 버렸다. 결정적인 단서였다.

범인은 여자의 남편이었다. 그녀의 남편은 오십대 중반의 의처증 병력을 가진 사람이었다. 1월 21일 밤 9시 7분. TV 뉴스로 귀향 행렬 인파를 보다가 형은 휴대폰에 입력된 전화번호를 모두 선택한 뒤 신년 메시지를 날렸다. 잘못 입력되어 있던 여자의 번호로도 어김없이 메시지가 배달되었다. 그 메시지를 확인한 건 여자의 남편이었다. 의처증이 있는 남자는 하루에도 몇 번씩 아내의 휴대폰을 검열했다. 남자에게 아내의 휴대폰은 건수를 잡기 위한 낚싯밥 같은 거였다. 거기에 형이 걸려든 것이다. 남자는 형의 메시지를 들이대며 다그쳤다. 여자는 모르는 번호라고 했지만 남자에게 형의 메시지는 너무나 확실한 물증이었다. 휴대폰은 절대 거짓말을 하지 않는다. 남자는 그렇게 믿는 사람이었다. 심부름센터에 넘긴 형의 휴대폰 번호 하나만으로 남자는 형에 대한 모든 정보를 알아냈다. 생년월일, 고향, 출신 학교, 직장, 직위, 집 주소, 가족 관계, 결혼기념일, 자동차 번호, 혈액형…… 남자의 수첩에는 조카의 학교 이름과 학년, 반까지 적혀 있었다. 남자는 일부러 집에서 멀리 떨어진 쇼핑센터에 가 야구모자와 칼 한 자루를 샀다. 형이 잘못 누른 번호가 부메랑처럼 칼이 되어 돌아온 것이다.

토요일 오후다. 형은 다시 회사에 나간다. 오랜만에 형네 식구와 함께하는 점심이다. 오전 중에 급하게 박에게 연락할 일이 있었지만 하지 못했다. 박의 아내가 그의 휴대폰을 압수했다. 박은 결정적인 실수를 했다. 휴대폰에 입력된 여자 애들의 메시지를 그대로 남겨둔 것이다. 그는 무장해제당했다.

우리는 전면이 통유리창으로 된 음식점을 택한다. 형이 주차하는 걸 지켜보며 형수는 아내의 출장이 사흘 더 연장되었다고 전한다. 그 말을 전하는 형수의 표정이 조심스럽다.

"이젠 화해하세요. 동서도 그러고 싶은 눈치던데……."

무슨 말인가를 더하려다 형이 차에서 내리자 형수는 그만둔다. 음식점 안에는 꽤 많은 사람이 식사를 하고 있었다.

"뭐가 문제야?"

형수와 조카가 화장실에 간 사이 형이 묻는다. 나는 고개를 숙인 채 물수건으로 손바닥만 닦는다. 답답했던지 형이 다시 묻는다. 뭐가 문제인지 나도 잘 모르지만 오늘쯤은 아내에게 전화를 걸어볼 생각이라고 대답한다.

"휴대폰 하나 장만하는 게 그렇게 힘들어?"

그렇게 말하는 형의 얼굴을 나는 물끄러미 쳐다본다. 잠시 침묵이 흐르는 사이 형수의 휴대폰이 울린다. 형과 내 눈이 부딪친다. 서로 쳐다보기만 할 뿐이다. 주위에 앉아 있던 사람들이 힐끗힐끗 우리 쪽을 본다. 형이 잔뜩 미간을 찌푸린다. 나는 형수의 휴대폰을 집어 든다. 언니이. 낯익은 목소리다. 순간적으로 나는 숨을 멈춘다. 아내다. 형수의 대학 후배인 아내는 아직도 형수에게 언니라고 부른다. 전화기 너머에서 아내가 낮게 숨을 토해 낸다. 터키 시각으로는 지금이 언제쯤인지 알 수 없다. 많이 생각해 봤는데…… 정말 모르겠어…… 뭐가 문젠지. 아내의 이야기는 끊어지다 이어지다 한다. 전화기 너머에서 보스포루스의 다리 우는 소리가 들리는 것 같다.

음식점 통유리창 밖으로 햇살이 눈부시다. 음식점 건너편에는 팬시 가게가 있고 그 옆으로 휴대폰 대리점이 보인다. 휴대폰 안에서 아내는 계속 무슨 말인가를 하고 있다.

건너편 휴대폰 대리점 문이 열리며 남자 애들이 쏟아져 나온다. 아이들은 저마다 휴대폰을 쥐고 있다. 그중 한 아이가 휴대폰 플립을 열고 꾹꾹 누르더니 귀에 가져다 댄다. 순간 스프링벅의 빛나는 뿔처럼 아이의 귀에 붙은 휴대폰이 햇빛에 반짝 빛을 발한다. 한 아이가 뛰기 시작한다. 휴대폰을 꼭 쥔 한 떼의 스프링벅들이 덩달아 달리기 시작한다.

프로메테우스가 잊은 것

권택영

등걸이 검게 변하고 물이 번지면 아, 봄이 오는구나, 밭 갈고 씨 뿌릴 준비를 했다. 저녁이면 호롱불 아래, 해진 옷을 깁고, 겨울의 긴 밤을 가마니, 망태기, 그러고도 시간이 남으면 짚신을 엮어서 매달아 놓았다가 두고두고 신었다. 여름이면 물고기를 잡고 가을이면 곡식을 거두고…… 사계절의 변화에 맞추어 삶을 꾸려가던 시절에 주인 아버지는 하늘이고 주인 어머니는 땅이었다. 가족은 한곳에 모여 대를 이어가고 이웃은 큰 가족일 뿐이었다. 물론 못된 관청의 벼슬아치들이 착취를 해도 너와 나의 삶은 큰 차이가 없었다. 자연은 가장 공평하고 두렵고 넉넉한 주인이었기 때문이다.

그러나 우리는 넉넉하지만 말이 없고 두렵지만 한결같은 주인에게 만족할 수 없는 욕망이 있었다. 제우스를 반역한 프로메테우스처럼 우리는 언제나 느리게 자연에 순종하지 못했다. 그가 불을 훔쳐다 인간에게 주었을 때 제우스는 곰곰이 생각했다. 이 반역자에게 어떤 벌을 내려야 할까. 커다란 바위에 그를 묶어놓고 독수리가 간을 파먹도록 하자. 먹으면 다시 간이 나오고 먹으면 나오고…… 제우스 신은 인간이 불을 사용하는 대신에 영원한 형벌을 내렸다. 이것이 문명의 시작이었고 문명의 운명이었다. 문명을 창조하고 문명의 혜택을 누리며 내 품에서 벗어나지만 너희들의 풍요는 자만심에 따르는 고통과 함께 있을 것이다.

프로메테우스가 몰랐던 것

프로이트가 문명 속의 불만을 지적하고 발터 벤야민이 「기술 복제 시대의 예술 작품」을 쓴 이래 거의 한 세기가 지나고 있다. 봉건제도가 무너지고 식민주의가 제도적으로 무너지고 귀족만 누리던 물건들을 모든 사람들도 누릴 수 있게 복제되고…… 언제나 투쟁은 있었지만 인간은 좀 더 나은 환경을 만들고 다 같이 편하게 잘 살기 위해 애를 썼다. 그런데 우리는 행복한가. 작가 한수영의 대답은 전혀 그런 것 같지 않다.

프로메테우스는 불을 훔쳐다 주면서 인간이 더 편하게 잘살기를 바랐다. 그런데 어찌 된 셈인지 기술이 발달하면 언제나 그에 따른 문제가 졸졸 따라오곤 했다. 한수영의 주인공들을 보자. 그들은 가난하거나 불행하다. 시평의 어머니는 집 한 칸 없다.(「번지점프대에 오르다」) 흙에 뿌리 내리고 자연의 품속에서 살던 시절에는 누구나 비슷비슷하게 살았다. 가을이면 쌀을 털어내고 남은 짚단으로 지붕을 덮고 짚단을 날라다 방을 데우고 타고 남은 재를 화로에 담아 방 안에 들여놓았다. 자연은 끝없이 베풀고 누구에게나 공평했다. 그러나 지금은 다르다. 그런데 어찌 된 셈인지 시평의 어머니에게는 그 초가집 한 칸이 없다. 병든 몸으로 컨테이너에서 추운 겨울을 보내고 죽기 전에 마지막으로 여관에서 목욕을 한다. 「나비」의 주인공도 옥탑방에서 전세를 산다.

자신의 문패를 달기 위해 시평의 어머니는 죽어 흙 속에 묻힌다. 흙은 누구에게나 공평하다. 이제야 부자도 가난한 자도 똑같이 한 평의 땅을 나누어 갖는 기회를 얻는다. 그 옛날 프로메테우스는 불을 훔쳐다 주면서 제우스에게 어떤 벌을 받게 될 것인지 예측하지 못했다. 그는 성급하게 그저 불을 훔쳐다 인간에게 주면 행복해질 것이라 믿는다. 그는 문명이 지닌 함정을 몰랐다. 독수리가 간을 파먹어도 자꾸만 생겨나듯이 인간은 일단 불을 사용하기 시작하면서 계속 기술 문명을 발전시켜 간다. 그 욕심은 파먹힌 간이 다시 나오듯 아무리 채워도 끝을 몰랐다.

기술 문명은 물자를 복제하여 만인의 풍요를 꿈꾸었지만 벤야민의 예측처럼 고전적 아우라(aura)를 앗아가는 대가를 지불해야 했다. 고전적 아우라는 인간이 상호 신뢰와 자연스런 의사소통을 하게 만드는 신비한 자연의 질서이다. 그런데 복제 문화의 시대로 들어서면서 우리들은 그 아우라를 상실한다. 상호 간의 신뢰와 대화가 무너진다. 이제 서로 얼굴을 맞대고 나누는 정다운 대화의 자리에 쇠붙이가 들어선다. 그래도 아주 급할 때 공중전화를 돌릴 정도면 괜찮았다. 그런데 지금은 어떤가. 쇠붙이가 인간의 몸을 대치했다.

한수영의 단편들은 의사소통의 기술이 발달할수록 우리는 더욱 단절되고 외롭다는 역설을 보여 준다. 옛날에는 외로우면 꽃잎을 씹었지만 지금은 쇠붙이를 먹는다. 단편 「피뢰침」의 주인공은 외로울 때마다 쇠붙이를 먹는다. 이번에는 가위를 먹었다. 그런데 그의 위장은 사랑하는 여자가 만진 물건만 먹는다. 이식증은 무엇이든지 먹는 병이다. 문명은 이식증이다. 피뢰침이 번개를 만나려고 건물 위에 외롭게 서 있듯이 그도 그렇게 서 있다.(142쪽) 그가 쇠를 먹는 고통 속에서도 희열을 느끼는 이유는 자신의 몸이 죽어도 쇠붙이가 자신을 기억해 주리라는 희망 때문이다.(147쪽) 인간의 몸은 그런 것이다. 몸의 욕망은 그녀가 만진 것이면 가위도 먹는다. 그러므로 신은 불을 훔쳐다 줄 때 인간의 몸을 몰랐다. 몸의 욕망은 문명과 상극이었다.

사랑에서만 아니라 부부 간의 애정에서도 쇠붙이는 몸의 욕망과 싸운다. 두 몸이 하나 되는 부부 사이에서 쇠붙이가 끼어든다. 이번에는 가위가 아니라 그보다 더 심술궂은 핸드폰이다.(「스프링벽」) 이놈은 프로메테우스가 훔쳐다 준 것 가운데 현재 가장 강력하다. 이놈은 인간의 편리함을 위해 태어난 제 신분을 모르고 끼어들지 않는 곳이 없다. 지하철 안에서 소란을 피우지 않나, 입학 시험장 안에 캠코더를 부르게 만들지 않나, 가난한 부모의 호주머니에서 뭉칫돈을 지불하게 만들지를 않나. 이제는 부부의 침대 위로 기어오르기까지 한다. 「스프링벽」의 주인공은 프랑켄슈타인 식으로 커진 핸드폰이라는 괴물이 아내와 자신을 갈라놓아도 무기력하다. 그는 화보에 글을 써서 그럭저럭 먹고사는 이 시대의 별 볼일 없는 사람이지만 핸드폰 갖기를 거부하는 작가의 눈이다. 이 단편에서 유일하게 핸드폰이라는 기술 문명과 상품 사회에 저항하는 사람이다. 이에 비해 아름다운 아내는 인간의 우울증이나 마음의 병을 기술 신약으로 치료하는 스파 사업을 하고 있다. 기술 과학을 아버지로, 상품 사회를 어머니로 삼고 태어나는 수많은 신기술, 신약 개발 가운데 한 상품이다.

단편 「스프링벽」은 범인을 찾는 추리소설의 얼개로 엮어져 있는데 그 속에 동생과 아내의 불화를 담고 있다. 그리고 바로 이 두 개의 서사 구조를 하나로 이어주는 놈도 역시 핸드폰이다. 핸드폰은 이제 서사의 구조까지 침범한다. 형이 갑자기 지하 주차장에서 괴한의 칼에 맞았다. 순두부, 물병 등의 별명이 암시하듯이 원한 관계가 전무한 형이다. 그는 위기의 순간에도 핸드폰을 믿고 119에 전화를 했으나 불통이었다. 불평을 하는 그는 핸드폰을 만병통치약쯤으로 안다. 서술은 이어서 동생의 시점으로 옮아가 아내와의 불화를 소개한다. 아내는 부부가 더욱 친밀해지는 데는 핸드폰으로 대화를 나누는 것이 필수적이라고 믿으며 그에게 불만을 갖는다. 아내의 달콤한 체취가 그리운 그는 냄새 맡는 코만 있으면 되지 왜 핸드폰이 침대 위로 기어오르는지 이해가 안 된다. 서술은 형의 범인을 잡으면서 끝난다. 범인은 형이 없으면 못 사는 바로 그 핸드폰이었다. 아내의 부정을 의심하다가 핸드폰을 감시해 온 어떤 남자가 형이 실수로 잘못 누른 핸드폰 번호를 보고 아내를 다그쳤다. 그리고 형을 정부로 오해하고 범행을 저지른 것이다. "형이 잘못 누른 번호가 부메랑처럼 칼이 되어 돌아온 것이다."(235쪽)

제우스와 프로메테우스 : 누가 이길 것인가

후기 산업사회는 상품 사회이고 핸드폰 사회다. 이제 의사소통은 사람과 사람 사이에서 이루어지는 것이 아니라 사람과 기계, 사람과 구리줄 사이에서 이루어진다. 단편 「구리 연」에서 의사소통을 이어주는 것은 지하에 묻힌 케이블의 가느다란 구리줄들이다. 지하에서는 구리줄, 지상에서는 핸드폰, 쇠붙이가 인간의 마음을 전달한다. 그러므로 옛날의 따스한 정감과 아우라 대신에 차가운 쇠붙이가 아내의 부정을 탐색하거나 도청하거나 수사에 쓰인다. 핸드폰은 간편하게 소식을 날라다 주지만 엉뚱한 사람을 칼로 찌르기도 한다. 그러므로 이제 우리는 칼날을 조심해야 하는 시대가 되었다. 계몽주의와 근대가 프로메테우스를 영웅으로 숭배했지만 이제 인터넷 시대에 이르면 그를 무조건 숭배할 수만은 없다. 불을 어떻게 사용해야 제우스의 벌에서 벗어날 수 있을지 생각해야 한다. 채워도 채워지지 않는 텅 빈 욕망을 쇠붙이로 채워야 한다면 가능한 쇠붙이를 줄이고 대신에 너그럽고 정확한 자연을 채워야 하는 게 아닐까. 프로메테우스보다 제우스가 한 수 위이기 때문이다.

제우스는 자연을 따라 살라고 하고 프로메테우스는 문명을 훔쳐다 주었다. 그러기에 한수영은 쇠붙이에 미친 사람들, 쇠붙이에 멍든 사람들, 그리고 쇠붙이를 거부하고 인간의 고향으로 돌아가고 싶어 하는 사람들을 다양하게 재현했다. 연변에만 있다는 핑궈리 나무를 그리워하는 만자 씨는 한국으로 시집온 연변 여자다. 그곳에서 그녀가 그리워한 고향은 조선이었지만 그 조선은 그녀에게 가난과 남편의 폭력만 안겨 주었다. 사과와 배를 접목한 독특한 나무 핑궈리, 연변에만 있는 그 나무는 그녀가 꿈꾸는 천상의 나무다. 그 나무에 대한 환상이 있기에 그녀는 남편을 참고 살아간다. 어머니의 문패를 만들어주는 시평이 바라보는 오로라 역시 비슷하다. 다만 그녀는 필리핀에서 왔고 바다를 보고 싶어 한다. 그들을 살아가게 만드는 힘은 쇠붙이가 아니고 핸드폰도 아니고 자연에 대한 그리움과 고향에 대한 환상이었다.

두 편의 단편 「나비」와 「스프링벅」을 통해 한수영이 자연과 쇠붙이를 어떻게 대조하고 있는지 알아보자. 오월의 포근한 아지랑이 속에서 작은 날개를 펄럭이며 이 꽃에서 저 꽃으로 날아가는 노랑나비와 아프리카의 스프링벅이란 놈은 모양도 생태도 전혀 다르다.

"남아프리카 평원에 스프링벅이라는 동물이 있어. 무리를 지어 사는데 무리 중 한 마리가 뛰기 시작하면 다른 스프링벅들도 이유를 모른 채 무작정 따라 뛰기 시작하는 거야. 앞에서 옆에서 뒤에서 뛰니까 그냥 덩달아서. 등을 동그랗게 구부리고 3미터나 되는 점프를 하면서 이유도 모른 채 그냥 미친 듯이 어디론가 달려가는 거지……" (194쪽)

아, 얼마나 친숙한 우리들의 모습인가. 쇠붙이를 먹을수록 우리들은 점점 더 스프링벅처럼 되어간다. 뉴스 한마디에 온 나라가 떠들썩하고 어느 시점에서 치마 길이가 똑같이 올라가고 여자들의 코 높이가 똑같아진다. 갈수록 스프링벅은 점점 빨라져서 이제는 글로벌로 뛴다.

오월의 화창한 들판에 나비가 가볍게 훨훨 날면 사람들은 아지랑이 속에서 나비와 함께 난다. 멋모르고 무리 지어 달리는 스프링벅과 달리 나비는 환상과 자유의 상징이다. 나비는 사람과 자연을 하나로 이어주는 환상의 날개다. 단편 「나비」에서 화자는 외할머니에게 인슐린 주사를 놓아주는 초등학교 4학년 학생이다. 아이는 갈빗집에서 일하는 어머니의 머리 속에서 나비를 날려 보내는 것이 소원이다. 아버지가 죽은 후 어머니는 늘 술을 마시고 김정호의 「하얀 나비」를 부른다. 아이는 어머니의 머릿속에서 아버지에 대한 그리움의 나비를 몰아내고 대신 자신이 나비가 되기를 바란다. 사랑이 그리운 아이는 외할머니에게서 '머릿니'를 옮고 그것을 안 어머니는 외할머니의 머리를 잘라버린다. 어머니가 처음으로 자신의 머리를 뒤적이며 이를 찾아낼 때 아이는 "툭" 떨어지는 이를 다시 주워 머릿속에 깊숙이 집어넣는다. 어머니와 자신을 이어주는 이가 소중한 것이다. 만자 씨를 고향으로 이어주는 나무, 오로라가 그리워하는 바다, 문패를 달게 해주는 흙, 그리고 어머니와 아이를 이어주는 이. 이 모든 것들은 쇠붙이가 아니다. 그것들은 우리가 어디에서 왔고 어디로 갈 것인지 알려주는 생명체이고 아우라다.

그래서 우리는 묻는다. 프로메테우스의 불을 어떻게 사용해야 제우스의 벌을 줄일 것인가. 프로메테우스는 영웅이지만 어느덧 우리는 영웅보다 제우스의 자연이 더 필요한 시대를 맞고 있는 것은 아닌가, 복제 문화의 시대란 인간을 복제하는 시대란 말인가. 파시즘이 프로메테우스가 훔쳐다 준 불의 결론인가. 그는 불을 훔쳐다 주기만 했지 어떻게 써야 한다는 다짐을 깜빡 잊었다. 한수영의 소설을 읽으면서 이런 생각들을 혼자 떠올려본다.

(문학평론가, 경희대 교수)

작가의 말

2002년부터 3년 동안 발표했던 단편들을 한곳에 모았습니다. 저의 첫 번째 소설집입니다.

발표한 작품들을 남의 자식 바라보듯 데면데면 바라보는 나쁜 버릇이 있어 잊고 지내다가 이참에 다시 살펴보게 되었습니다. 세상에 책을 내어놓는다는 것이 얼마나 부끄럽고 겁나는 일인가를 알게 되었습니다. 그래도 뿔뿔이 흩어져 있는 단편들을 모아 집 하나 마련해 주었다는 기쁨이 부끄러움보다 더 큽니다.

집 하나 마련해 주었으니 이제 다시 떠나야겠지요.

소설 속에서 저와 함께 부대꼈던 사람들이 모두 문 앞에 나와 섭니다. 제가 그들을 떠나보낸 것이 아니라 그들이 저의 등을 밀어 보내줍니다.

잘 가라.

해설을 써주신 권택영 선생님, 소설집을 묶도록 도와주신 민음사에 감사드립니다. 가족과 친구들, 온 갖가지 꽃들과 나무들, 돌, 강, 구름, 바람. 고마운 것 천지입니다. 세상 오만 가지 것에 오만 가지 고마움을 전합니다.

저의 글이 누군가에게 세상 고마운 것 중 하나가 될 수 있다면 부끄러움도 잠시 잊고 한량없이 기쁘겠습니다. 고맙습니다.

그 녀 의 나 무 **펭귄리**

1판 1쇄 펴냄 · 2006년 2월 10일
1판 2쇄 펴냄 · 2006년 6월 15일

지은이 · 한수영
발행인 · 박근섭
펴낸곳 **(주) 민음사**

출판등록 1966. 5. 19. 제16-490호
서울시 강남구 신사동 506번지 강남출판문화센터 5층 (우)135-887
대표전화 515-2000 / 팩시밀리 515-2007
www.minumsa.com

값 9,000원

ISBN 89-374-8087-5 (03810)